# 내게 남은
# 사랑을 드릴게요

자이언트 픽

# 내게 남은
# 사랑을 드릴게요

이유리 ♥ 김서해 ♥ 김초엽 ♥ 설재인 ♥ 천선란

자이언트북스

차례

# 내게 남은 사랑을 드릴게요

♥

이유리

♥ 1988년에 발표된 발라드 〈내게 남은 사랑을 드릴게요〉에서
제목을 빌려왔습니다.

♥ ♥ ♥ ♥ ♥

성재가 떠났다.

내게는 텅 빈 집과 아픈 고양이, 그리고 아무짝에도 쓸모없는 사랑이 남았다.

남은 사랑을 팔기로 한 것은 그래서이다. 조심스럽게 받은 제안을 단박에 수락했고 수락하고 나서야 그래도 되나, 생각했지만 안 될 이유가 없었다. 우선 순대의 치료비 문제가 있었다. 이제 고작 다섯 살 된 내 고양이, 뽀얗고 부드럽고 한없이 착한 내 고양이 순대가 만성 신부전증 판정을 받은 지 벌써 일 년째였다. 유산균이며 인흡착제며 아무튼 좋다는 영양제는 다 구해다 먹이고 피하수액을 자가 주사해가며 나름대로 돌보고는 있었지만 순대는 툭하면 상태가 나빠져 동물병원 신세를 지곤 했다. 수혈을 해야 하는 때도 많았는데, 순대의 혈액형은 하필 고양이 중에서도 희귀하여 그마저도 매번 가능한 일은 아니었다. 그런 와중이니 비용까지는 생각할 겨를도 없었다. 이럴 때를 위해 순대를 키우기로 한 날부터 들어둔 적금이 있었지만 한 번의 입원비만큼도 되지 않는 돈이었다. 얼마 먹지도 않은 것을 모두 게워내며 금방 죽을 것처럼 몸을 떠는 순대를 제발 살려만 달라고 애원하는 사이, 예금이며 적금은 눈 녹듯이 사라졌다. 살고 있는 집 보증금이라도 빼야 될 판이었다. 그런 상황인데 돈을 준다니, 그것도 내게는 더이상 쓸모없는 것을 사 가는 대가라니 그야말로 거절할 이유가 없었다.

게다가 사 간다는 사람이 내 이십 년 지기 친구라면 더욱 그랬다. 그러니까 그야말로 신원과 사정이 확실한 구매자라고나 할까. 내 친구 최영인은 변호사고 같은 변호사인 남편과 함께 로펌을 운영하고 있다. 그 이름하여 최앤고 법률 사무소, 짐작하겠지만 성이 고씨인 영인의 남편 말고도 세 명의 변호사가 더 일하고 있다. 뭐 재벌까지는 아니지만 삶에 절실한 무엇인가를 구매하는 데에 돈을 아낄 만한 상황도 아닌 사람들인 것이다. 그런 영인에게라면 별로 면구한 일도 아니라고 생각되었다. 뭐 나쁜 일에 쓰겠다는 것도 아니고, 영인의 사정이야 내 일만큼이나 자세하게 알고 있었으니까.

내게 남은 사랑을 드릴게요

너무 쉽게 수락하자 오히려 당황한 건 영인이었다. 평소답지 않게 영인은 말이 없었고 수화기 너머에선 작게 숨 내쉬는 소리만 한참 넘어왔다.

"정말 괜찮겠어?"

한참 만에 영인이 물었다.

"뭐가?"

"너한테 그게 없어도 되겠냐고."

"야, 있어서 뭐 해. 뒀다가 국 끓여먹을 거냐."

말하고 나서야 좀 눈치 없는 소리를 했는가 싶었다. 내게야 그야말로 짐짝 같은 감정이지만 영인에게는 돈을 주고서라도 가지고 싶은 무언가일 텐데. 그러나 영인은 그제서야 흐흐 웃고는 관련 사항에 대한 이야기를 이것저것 말했다. 감정 이식을 하기 위해서는 먼저 우리 둘 다 적합도 검사라는 것을 받아야 하는데 한 시간 정도 걸리지만 전혀 아프거나 거슬리는 것은 없을 것이고, 검사 전날에는 술을 마시거나 슬픈 영화를 보는 등 감정이 요동치는 일은 하지 않는 게 좋다나. 손으로는 순대를 쓰다듬으며 건성건성 듣고 있었는데 영인이 마지막으로 생각난 듯 덧붙였다.

"아 그리고, 마늘이나 파김치 같은 거 먹고 오지 말래."

"뭐? 그건 왜?"

"몰라, 그렇대. 아무튼 내일 시간 돼?"

"어어."

그런 것을 먹진 않았고 먹을 예정도 없었지만 대체 무슨 검사를 하기에 그런 얘기를 하지. 알쏭달쏭했지만 어쨌든 영인과 내일 감정전이센터 앞에서 오후 네시까지 만나기로 약속한 뒤 전화를 끊었다.

지도 앱을 켜고 감정전이센터가 어디인지 찾아보았다. 삼성역 4번 출구, 투썸플레이스 방향으로 오백 미터 직진하라고 되어 있었다. 지도 옆에 그곳을 방문한 사람들이 남긴 짧은 후기 여러 개가 떠 있었다. '오 개월 전에 예약해서 겨우 검사했어요' '예약이 너무 오래 걸리네요' '상담 예약 전화가 연결조차 안됩니다'…… 후기들은 대부분 예약에 관해 불평하고 있었고 그것들을 슥슥 내려보다 흐음, 과연 최변답군, 하고 생각했다. 영인이 내게 감정전이를 해줄 테냐고 물은 것은 방금 전의 일이지만, 검사 예약은 사실 오래전에 해둔 게 틀림없다. 내가 성재와 헤어진 것이 육 개월 전쯤의 일이니 아마 그 소식을 듣자마자 예약했을 것이다. 변호사답게 철저한 대비성을 발휘해 예약은 해두었지만, 최영인 특유의 우유부단함으로 입이 떨어지진 않아 내게 알리기를 미루고 미룬 거겠지. 그 두 가지가 모두 내가 아는 최영인이고 이해가 되지 않는 바도 아니었으므로 나는 피식 웃고 말았다. 이게 뭐라고.

순대가 무릎 위에서 끙, 소리를 냈다. 나는 순대의 뜨끈뜨끈한 머리를 부드럽게 쓰다듬었다. 순대야, 영인이 언니 기억나지. 영인이 언니가 내 사랑을 사 가겠대. 그거 팔아서 우리 순대 수혈도 받고 약도 먹고 빨리 낫자. 건강해지자 응. 순대의 귀에 대고 속삭였다. 순대는 눈을 동그랗게 뜨고 뭔가를 묻고 싶은 얼굴로 나를 올려다보았다. 정말 그래도 되겠냐고? 응, 응 그럼 당연히 되지. 나는 품에 파고드는 순대를 끌어안으며 자문자답했다. 어차피 성재는 돌아오지 않으니까. 아직은 차마 입 밖으로 꺼내기조차 슬픈 말이라 마음속으로만 덧붙였다. 영인이에게 이 감정을 다 줘버리고 나면 이젠 이게 슬퍼지지 않을까, 그럼 성재를 떠올릴 때마다 가슴이 쿵 무너지는 것 같은 이 감정도 사라지는 걸까 생각하며 나는 오래오래 순대의 앞발을 주물렀다.

감정전이센터 내부는 고급스러운 호텔 로비처럼 꾸며져 있었다. 벽면에 붙은, 알파벳 D와 R이 서로 얽힌 모양의 황금빛 로고 앞에 커다란 접수 데스크가 놓여 있었다. 깔끔한 남색 투피스 차림의 데스크 직원이 영인의 이름을 확인하고 우리를 작은 상담실로 안내했다. 테이블을 사이에 두고 둥근 의자가 네 개 놓여 있었다.

"감정전이는 처음이신가요?"

의자에 앉는 우리에게 직원이 물었다. 둘 다 고개를 끄덕이자, 품에 안고 있던 종이를 두 장 꺼내어 우리 앞으로 한 장씩 밀어주었다.

"전이 과정은 이 안내문에 잘 설명되어 있으니 읽어보시고요, 일단 간단하게 설명을 좀 드릴게요. 우선, 어느 분이 감정 제공자이신가요?"

"저예요."

"네, 그러시면 우선 헷갈리지 않게 이걸 옷에 달아주세요. 센터 안에서는 계속 달고 계시면 됩니다. 이쪽 분은 이걸."

직원이 손바닥만한 종이딱지를 꺼내 나와 영인에게 주었다. 내 것은 연두색으로 안에 D라고 쓰여 있었고, 영인의 것은 주황색으로 R이라고 쓰여 있었다. 무슨 의미인지 모르겠지만 일단 달으라니 달아야지, 딱지 뒤에 붙은 옷핀으로 각자 주섬주섬 옷섶에 그것을 달았다.

"D는 도너Donor, 기증자, R은 레시피언트Recipient, 수령자예요. 앞으로 센터에선 두 분을 각각 D님, R님이라고 부를 거고요. 개인 정보를 최대한 보호해드리기 위한 차원이니 처음엔 조금 어색하시더라도 이해해주시면 감사하겠습니다."

영인이 긴장한 얼굴로 내 옷섶에 붙은 딱지를 흘끔거렸다. 아마 나도 비슷한 표정을 짓고 있을 거였다.

"자, 그럼 일단 감정전이 과정을 설명드릴게요."

직원이 볼펜을 꺼내 들고 앞에 놓아둔 안내문을 톡톡 쳤다.

"우선 오늘은 D님, R님 모두 심층 조사지라는 서류를 작성하실 거예요. 주고받으실 감정에 대해서 서로 구체적으로 정확하게 알고 계신지, 서로 어떤 사이이시고 얼마나 알고 계신지 등등을 조사하는 거고요. 서류 작성이 끝나시면 본격적으로 감정 샘플 추출에 들어갑니다. 작성해주신 서류와 감정 샘플을 토대로 분석해서 감정 적합도가 얼마나 나오는지를 체크할 거예요. 적합도가 팔십 퍼센트 이상 나와야 전이가 가능하다는 점은 알고 계시죠?"

당연히 처음 듣는 이야기였다. 나는 의아한 눈을 하고 영인을 바라보았다. 그러나 영인은 이미 알고 있었다는 듯 가만히 고개만 숙이고 있었다.

"그럼 그 적합도라는 게 팔십 퍼센트에 못 미치면 어떻게 되나요? 그런 경우가 많나요?"

"네, 꽤 있어요. 감정이라는 게 단순하게 '사랑' 혹은 '용기' 같은 단어로 뭉뚱그려놓으면 같은 것 같지만, 실제로 조사해보면 그 종류가 다 다르거든요. 어느 정도 결이 같은지를 조사해서 기준치에 못 미치면 전이는 불가능합니다. 사실, 불가능하다기보단 소용이 없어요."

직원이 종이 위에 볼펜으로 동그라미 두 개를 그리고는, 각각 안에 D와 R이라고 적었다.

"자, 여기서부터가 중요한데요. 우선 D에게서 감정을 추출하고, 그 추출한 감정을 흡수가 가능한 형태로 변환한 뒤 R에게 주입할 거예요."

말하며, 직원은 볼펜으로 D라고 적힌 동그라미에서 귀퉁이를 조금 떼어내 빗금을 치고는 그것을 화살표로 R에게 얹었다. 그러곤 빗금이 그어진 부분을 가리켰다.

"그럼 D에게는 주어버린 감정만큼의 공간이 남겠죠. D님께서는 전이하시려는 감정을 크게 중요하지 않게 여기시기 때문에 전이를 선택하신 것이겠지만, 이 빈 공간을 그냥 두면 굉장히 큰 상실감과 공허함을 느끼게 돼요. 정신 건강에 아주 좋지 않은 일이지요. 때문에 저희 센터에서는 이 공간을 채울 방법을 꼭 미리 마련해두신 뒤에 전이에 임하시기를 권해드리고 있어요."

"네?"

도대체 무슨 소리인지 알 수가 없었다. 빈 공간을 뭘 어쩐다는 거지, 좀더 자세히 설명해달라고 말하려는 차에 영인이 테이블 밑에서 가만히 손을 잡아왔다.

"내가 나중에 설명할게."

영인이 속삭였다. 직원은 영인을 흘끗 쳐다보고는 말을 이었다.

"자세한 방법은 두 분이 상의하셔서 정하시면 되고요. 곧 심층 조사지 작성하는 공간으로 이동하실 텐데 거기서 감정 샘플 추출도 같이 진행될 거예요. 작은 컵을 드릴 건데, 밀봉 포장이 되어 있으니까 우선 포장을 뜯어주시고요. 숨을 깊게 들이쉬시고 D님은 전이하시려는 감정을, R님은 전이받으시려는 감정을 집중해서 떠올려주세요. 그 상태로 컵에 대고 깊게 숨을 후우우, 하고 내쉬시면 됩니다. 그러면 컵 내부의 색깔이 조금씩 바뀔 건데요. 완전히 다 바뀔 때까지 반복하신 뒤에 그대로 컵은 두고 나오시면 돼요."

"그럼…… 그러면 그 안에 감정이…… 모이나요?"

"네, 그게 저희 센터의 특허받은 기술이거든요."

직원이 미소 지었다. 같은 질문을 수백 번 받아본 사람의 미소였다.

"자, 더 궁금하신 것 있으신가요?"

무엇부터 물어야 할지 알 수조차 없을 만큼 궁금한 것투성이였지만, 말을 꺼낼 새도 없이 영인이 나섰다.

"괜찮아요, 나머지는 저희끼리 얘기할게요."

"네, 그럼 준비되면 로비로 나와주세요. 심층 조사지를 준비해두고 있겠습니다."

직원이 방을 나갔다. 문이 닫히자마자 나는 영인을 째려보았다.

"야, 너는 왜 말도 못하게 해."

"······너 진짜 아무것도 안 알아보고 왔구나. 너답다, 너다워."

영인이 머리를 절레절레 흔들며 한숨을 내쉬었다.

"뭘 알아보고 와, 오면 다 설명해줄 줄 알았지. 그러라고 돈 내는 건데."

"그렇기야 한데 인터넷이라도 좀 대강 찾아보고 오지 그랬어. 넌 겁도 안 났냐?"

그러고 보니 그랬다. 감정전이라고 하니 그렇구나 했을 뿐 그게 어떤 방법으로 어떻게 이루어지는지는 생각도 해보지 않았다. 뭔가 검사를 한다니 막연하게 몸에 전극 같은 것을 여럿 붙이고 앉아 있는 장면쯤을 떠올리긴 했었지만 이미 들은 설명에 의하면 그것조차 완전히 틀린 이미지였으니까.

"아무튼 뭐 필요한 얘기는 이미 다 들었으니까. 그냥 하라는 대로만 하면 돼."

"아니 잠깐, 그 빈 공간이란 거에 대해서 얘기해야지."

"음, 그건······ 내가 준비해둔 게 있긴 한데. 자세한 건 검사 다 하고 나서, 적합도 판정 보고 얘기하자. 어때?"

나는 눈을 가늘게 뜨고 영인을 쳐다보았다. 영인은 시선을 슬쩍 피했다. 확실히 뭔가 수상했다. 영인이 저런 말투로 어물쩍 눙치려고 드는 건 꼭 뭔가 켕기는 게 있을 때였다.

"야, 걱정 마. 내가 설마 너한테 문제가 생긴다는데 준비도 안 해놨을까봐. 어차피 적합도 판정에서 떨어지면 다 소용없는 거니까 일단 검사부터 해보자고."

영인이 책상에 놓여 있는 안내문을 부산스레 챙기며 일어섰다. 어차피 여기까지 따라온 이상 뭐라고 하더라도 감정전이는 할 거였고, 최영인이 한번 저렇게 나오면 아무리 캐물어도 소용없다는 사실도 익히 알고 있으므로 엉겁결에 따라 나가긴 했지만 아직도 뭐가 뭔지 알 수 없기는 매한가지였다. 긴 설명을 들으니 오히려 더 혼란스러워진 것 같기도 했다.

문 너머 로비에선 아까 그 직원이 우리를 기다리고 있었다.

"준비되셨나요? 두 분 서로 분리된 공간에서 조사 진행하실 거고요. 따라오시면 됩니다."

우리는 직원이 이끄는 대로 좁은 복도를 걸어갔다. 밖에서 봤을 땐 그다지 크게 느껴지지 않았는데, 지금 보니 센터 내부는 상당히 넓은 듯했다. 직원은 성큼성큼 앞서 걸으며 작은 방 여러 개를 지나쳤다. 불이 켜진 곳도 있었고 안에서 뭔가 낮은 말소리가 새어나오고 있는 방도 있었다. 직원과 영인을 따라 종종걸음 치다 나는 문득 우뚝 멈춰 섰다. 누군가 우는 소리를 들은 것 같아서였다. 문에 나 있는 기다란 창문을 슬쩍 들여다보려 했는데 간유리가 들어간 창이라 아무것도 보이지는 않았다. 영인이 돌아보며 눈빛으로 발걸음을 재촉했다.

이윽고 직원이 멈춰 섰다.

"R님은 이쪽, D님은 이쪽입니다."

직원이 복도 양쪽으로 난 작은 방 두 개의 문을 열어 보였다. 책상과 의자가 하나씩 놓인 좁은 방이었다. 내 몫의 방에는 안에 연두색 벽지가, 영인의 방에는 주황색 벽지가 발려져 있다는 점만이 달랐다.

"다 끝나시면 책상에 달린 벨을 눌러주세요. 저희가 모시러 들어갈 거예요."

직원이 가리키는 책상 위에는 작은 컵과 볼펜, 그리고 제본된 종이 뭉치가 놓여 있었다. 두꺼운 종이로 된 표지에 '감정 전이를 위한 심층 조사지'라고 적혀 있는 것이 보였다. 영인이 내게 고개를 한 번 끄덕여 보이곤 방으로 들어갔다.

"이따 봐."

나도 방에 들어가 책상에 앉았다. 직원이 문을 닫아주었다. 이윽고 문 너머로 직원이 복도를 걸어가는 발소리가 들렸다.

나는 방안을 두리번거렸다. 마른 꽃이 꽂힌 디퓨저 병과 크리넥스 티슈가 놓여 있었고, 그 옆에 조그만 버튼이 하나 달려 있었다. 서류를 다 작성하고 나면 누르라고 한 벨이 저것인 듯했다. 일단 이것부터 살펴봐야지 싶어 서류를 집어 들고 후루룩 넘겨보았다. 조사지라고 하기에 대답해야 할 질문이 가득 있을 줄 알았는데, 꼭 무슨 논술 시험지처럼 줄이 쭉쭉 그어진 백지만이 열몇 장 제본되어 있을 뿐이었다. 그제서야 제일 첫 장을 펼쳐보자 다음과 같은 안내문이 쓰여 있었다.

## 감정전이를 위한 심층 조사지: Donor용

※ 해당 조사는 감정전이 이전에 Donor와 Recipient의 감정 상태를 분석하고 적합성을 파악하기 위한 조사입니다. 거짓이나 과장 없이 최대한 사실만을 서술해주시길 바랍니다.

※ 아래 사실이 명확하게 드러나게 서술해주세요.

☑ 전이하려는 감정은 언제, 어떻게, 왜 발생한 감정인가요? 왜 그 감정을 전이하려고 하시나요? 나에게 그 감정은 어떤 의미인가요?

☑ Recipient와는 어떤 관계인가요? 현재 그/그녀에게 어떤 감정을 갖고 있나요?

☑ 감정전이 이후에 나와 Recipient는 어떤 사이가 될까요? 각자의 삶은 어떻게 달라질까요?

• 자유로운 방식으로 편안하게 서술해주시면 됩니다. 수정이 필요한 부분은 두 줄로 긋고 옆에 적어주세요.
• 의문 사항이 있으시면 벨을 눌러서 직원을 호출해주세요.

아이고, 보기만 해도 머리가 아프구만. 여하간 여길 나간 뒤엔 영인에게 거한 저녁을 얻어먹고 말겠다고 다짐하며 나는 조사지 첫 장을 넘겼다. 넘기긴 넘겼는데 자아, 그럼 무슨 얘기부터 해야 좋을까.

볼펜을 꼬나쥐고 빈 백지를 노려보았다. 마음속에 든 것은 많은데 그게 얼른 글자가 되어 나오지 않는 느낌이었다. 결국 한참 망설이다 첫 번째 줄에다 저는, 이라고 고작 두 글자를 적어둔 뒤 나는 한동안 입술만 깨물고 있었다. 어디서부터 어떻게 말해야 한단 말이야, 이 모든 것들을. 나는 고개를 들고 문 너머를 바라보았다. 저쪽 어딘가에서 영인도 백지를 마주한 채 눈을 꾹 감고 있겠지. 문득 아까 복도를 걸어오며 들었던 우는 소리며, 책상에 뜬금없이 크리넥스 티슈가 놓여 있는 이유를 이제서야 알 것 같다는 생각이 들었다.


저는 저는 지금으로부터 육 개월 전에 애인이던 S와 헤어졌습니다. 3년 5개월 24일째의 일이었 S는 여러모로 다정하고 착한 사람이었습니다. 우리는 사귀기 시작한 이후부터 한집에서 같이 살았지만 거의 다투지 않았습니다. S는 요리를 잘했고 화분 가꾸기를 좋아했고 매일 아침 수영을 다녔습니다. 머리가 젖어서 돌아온 S의 머리를 말려주고 함께 아침을 먹는 것이 우리 하루 일과의 시작이었습니다. 우리는 생활의 모든 것을

내게 남은 사랑을 드릴게요

함께했습니다. 같은 드라마를 보고 같은 잠옷 바지를 입고 함께 고양이를 길렀습니다. 서로의 친구들과 친해지고 부모님을 만났습니다. 저는 매일 더할 나위 없이 행복했습니다. 이렇게만 늙어갈 수 있다면 나이드는 것도 나쁘지 않다고 여겨질 만큼 행복했습니다.

그런데 어느 날 S가 할말이 있다고 했습니다. 다른 사람을 사랑하게 됐다는 얘기였습니다. 수영장에서 만난 사람이라고 하기에 어떤 여자냐고 물으니 여자가 아니라 남자라고 했습니다. 자꾸 마음이 커져서 걷잡을 수 없었고 결국 오늘 서로 같은 마음임을 확인했다고 했습니다. 게이임을 숨겼던 건 아니라고, 자기도 몰랐는데 그 사람 때문에 깨닫게 됐다면서 너무 미안하다고 했습니다. 미안해야 할 것은 그게 아니었는데. S는 우는데 저는 당황해서 아무 말도 할 수 없었습니다. S는 다음날 집을 떠났고 그 뒤로는 연락하지 않았습니다.

지금 S에 대한 마음이 어떤지는 정확히 설명하기 어렵습니다. S가 밉기도 하고, 잘 지내지 못했으면 하는 생각도 듭니다. 하지만 그 모든 나쁜 감정보다 아니 비교할 수도 없을 만큼 아직 사랑하고 있습니다. 그것만은 어떤 사건으로도 부정될 수 없는, 확실하고 명료하게 존재하는 감정입니다. 이 감정은 시간이 지난다고 사라지는 종류의 것이 아니라는 것도 확신하고 있습니다. 때문에 없앨 수만 있다면 없애고 싶습니다. 너무나 고통스럽습니다. 여전히 S가 돌아왔으면 좋겠다는 생각을 S가 돌아온다고 해도 예전처럼 지낼 수는 없을 것입니다. 이미 모든 것은 고칠 수 없이 망가졌으니까요.

R과는 중학교 때부터 친구이며 지금까지도 절친한 사이로 지내고 있습니다. R은 비교적 이른 나이에 같은 학교에서 만난 남자와 결혼했고 아이는 없습니다. R 역시도 저처럼 남편과 더할 나위 없이 행복하게 지내고 있었습니다만, 작년 말쯤에 남편이 앱으로 조건 만남을 했다는 사실을 알게 됐습니다. 그저 호기심이었고 처음이자 마지막이었다고 싹싹 빌어 넘어갔지만 그 이후로 남편에 대한 마음이 예전 같지 않다고 했습니다. R의 남편은 그후 R과의 관계를 회복하려 매우 애쓰고 있고, R도 잊으려고 노력하고 있지만 잘되지 않는 것 같습니다. 그러던 중에 R이 감정전이를 부탁했습니다. 저는 아픈 고양이를 키우고 있습니다. R은 감정전이의 대가로 제 고양이의 치료비를 전부 부담하겠다고 했습니다. 물론 그것도 제겐 중요한 일이지만, 이 감정을 제게서 없애는 것 역시 간절히 바라고 있습니다. 그리고 이왕 제게 쓸모없는 것이라면 R에게 소용이 되어 R이 행복해졌으면 좋겠습니다. S가 떠난 지금 R은 제게 남은 유일한 친구이고 소중한 존재입니다. 저와 R의 차이라면 R은 그들의 관계가 예전으로 돌아갈 수 있다고, 단지 자신의 감정을 조금만 조절하면 되는 문제라고 믿고 있다는 점일 것입니다. S와

제가 행복했던 것만큼 R이 남편을 용서하고 다시 사랑하고 싶다면, 그렇게 되었으면 좋겠습니다. 제 고양이도 건강해지고, 저도 이 괴로움에서 벗어날 수 있겠지요. 결국 모든 게 좋아질 거라고 생각합니다.

마지막 문장을 적은 뒤, 나는 볼펜을 내려놓았다.

컵을 집어 들고 직원이 말한 대로 컵 위에 둥글게 덮인 은박 포장지를 뜯어냈다. 흰색 종이로 된, 언뜻 보아선 평범한 테이크아웃 커피 컵처럼 생긴 물건이었다. 바닥 부분에는 센터 로고가 찍혀 있었다. 컵에 입을 가져다 대고 나는 숨을 훅 들이켰다.

이윽고 후우우우, 숨을 깊이 내쉬며 내가 떠올린 것은 오래전 어느 오후, 내가 취직을 하려고 애쓰던 때의 일이었다. 유난히 힘든 면접을 보고 돌아왔는데 집 앞 복도에서부터 맵싸한 김치찌개 냄새가 풍겼다. 김치찌개는 내가 제일 좋아하는 음식이자 성재가 제일 잘하는 요리였고 이건 분명 우리집에서 나는 냄새다, 하는 확신에 신이 나서 도어락 비밀번호를 빠르게 누르고 들어갔다. 과연 문을 열자마자 얼큰한 냄새가 얼굴에 확 끼얹어졌고 가스레인지 앞에 서 있던 성재가 돌아보며 왔어, 하고 웃었다. 나는 무작정 성재의 허리를 끌어안고 등에 얼굴을 비볐다. 성재는 간지럽다며 몸을 배배 꼬았고 옆에서는 칙칙칙칙, 밥솥에 밥 지어지는 소리가 나고 있었다. 나는 성재를 안은 팔에 힘을 꽉 주며 생각했다. 바깥에서 어떤 고통과 수모를 겪든 나는 견딜 수 있다, 성재가 기다리는 이 집으로 돌아올 수만 있다면. 나는 언제든 성재를 만날 수 있고 성재와 맛있는 음식을 먹고 함께 몸을 씻은 뒤 잠을 청할 수 있다. 오늘도, 내일도, 아마 죽을 때까지 평생. 그 사실을 되새기자 기쁘고 행복해서 마음 깊은 곳이 파들파들 떨렸다. 감히 내가 이런 걸 누려도 될까. 어느 날 누군가 나타나 착오였다고, 다른 누군가에게 갈 행운이 잘못 도달한 모양이라고 말하며 이것을 빼앗아간대도 반박할 수 없을 것 같았다. 하지만 지금 이 순간 성재는 내 것이지. 성재는 나를 사랑하고 나는 성재를 사랑하고 우리는 서로 이토록이나 사랑하지. 그런 것을 생각하며 나는 오래오래 성재를 끌어안고 있었다. 발밑에서는 순대가, 아직 건강하고 기운찬 순대가 우리 주위를 맴돌았다. 너희들의 행복에 나도 한몫 끼고 싶다는 듯이.

컵에서 입을 뗐다. 처음엔 평범한 흰색이었던 컵 안이 신기하게도 진한 분홍색으로 물들어 있었다. 본래의 흰색이 전혀 보이지 않을 만큼 골고루 색이 든 채였다. 여러 번 해야 된다고 했던 것 같은데 이상하다, 직원의 말을 떠올리며 의아해하다 이윽고 슬퍼졌다. 아무래도 감정이 그만큼 진하고 강렬하기 때문이 아닐. 단지 떠올리며 숨을 내쉬기만 했는데도 날

숨에 뚝뚝 묻어 나올 만큼, 내 안에 이 기억들이 아직 생생하게 살아 있는 탓이겠지. 그건 아직도 이렇게 예쁜 색깔이구나. 이토록 고통스러운데도 이토록 아름답구나. 컵 속의 분홍색을 골똘히 들여다보며, 나는 한참을 그렇게 앉아 있었다.

검사를 마치고, 영인과는 저녁을 먹고 헤어졌다. 이럴 땐 고기지, 외치며 각자 휴대폰으로 맛집 검색에 돌입했는데 마침 감정전이센터 근처에 유명하다는 소고깃집이 있었다. 영인은 자리에 앉자마자 먹고 싶은 것 다 시키라며 호기를 부렸고 나는 정말로 먹고 싶은 것을 모두 먹었다. 육회에 물냉면까지 콧잔등에 땀을 흘려가며 야무지게 먹는 동안, 검사에 대한 얘기는 서로 일절 하지 않았음은 물론이었다. 나보다 한참 뒤에야 코가 빨개진 채 검사실에서 나온 영인이 그 안에서 무슨 생각을 했는지는 말하지 않아도 알고 있었다.

그러고 돌아온 밤이었다. 사실 마음 같아서는 술이라도 한잔하고 싶었지만 혼자 있을 순대가 걱정도 되었고, 이런 기분에 알코올이 들어갔다간 무슨 말이 튀어나올지 모른다는 것에는 둘 다 암묵적으로 동의했으므로 깔끔하게 헤어진 거였다. 현관에서 나를 반기는 순대를 한참 쓰다듬고 비비는데 전화가 걸려왔다. 이 시간에 누구지 싶어 보니 '고변'이라고 떠 있었다. 영인의 남편이었다.

"여보세요."

"수진 씨? 오랜만이에요. 저 고민후입니다."

"예에, 크흠, 오랜만이에요."

목소리가 저절로 어색해지는, 아니 정확히 말하자면 삐딱해지는 것을 느끼고 나는 목을 가다듬었다. 이 사람이 무슨 짓을 저질렀는지 들어 알고 있었으니 좋은 목소리가 나올 리가 없는 게 당연했다. 그러나 무턱대고 싸늘하게 굴기도 뭣한 것이, 이전에 우리는 성재까지 넷이서 자주 만나서 와자지껄하게 놀았던 사이이기도 했다. 우리집에서든 영인의 집에서든, 아무 와인이나 한 병 안고 가면 언제든 서로를 환영했다. 날짜를 맞춰 캠핑을 떠나고 야구장을 가고 맛집 투어를 다녔었다. 두 쌍의 사람들이, 서로 진심으로 사랑하면서. 이제는 정말로 많은 것이 달라졌구나. 그 사실을 실감하며 나는 품안의 순대를 힘주어 안았다.

"저, 오늘 영인이 만나셨죠? 감정전이…… 때문에."

"그랬죠."

"저어, 뭐라던가요? 전이가 된대요?"

"검사 결과가 나와봐야 안대요. 오늘은 검사를 했을 뿐이고요."

영인이에게 물어보시지 그러세요, 하고 퉁명스레 대꾸하고 싶은 걸 참았다. 민후 씨도 그것을 눈치챘는지 머쓱해하는 것이 수화기 너머로도 느껴졌다.

"저한테는 말을 안 해줘서…… 그럼 검사 결과는 언제 나온대요?"

"내일이나 모레 바로 나온대요."

그러자 민후 씨는 한참이나 말이 없었다. 하고 싶은 말을 입속에서 굴리는 중이라는 것을 알 수 있었다. 나는 휴대폰을 어깨와 볼 사이에 끼우고는 기다렸다. 한참 뒤, 민후 씨가 입을 열었다.

"저는 그게 좋다고 생각하지 않아요. 감정전이라는 거."

"왜요?"

"대강 사정은…… 사정은 들어서 알고 계실 거예요. 제가 너무 큰 잘못을 저질렀고……"

"네, 알아요. 다 들었어요."

"……네. 저는 그게…… 제가 감당해야 할 일이라고 생각해요. 당연히. 그리고, 뭐랄까 이렇게 말씀드리면 뻔뻔하다고 욕하실지 모르겠지만, 영인이에게도 마찬가지로 감내해야 하는 부분이 있다고 생각하고요."

이 남자가 지금 뭐라는 거야. 이번에야말로 한마디 쏘아붙이려고 막 입을 연 순간이었다.

"그리고 수진 씨의 감정에 대한 제 생각 역시 같아요. 성재 씨랑 헤어져서 너무 괴롭고 슬플 마음 정말 이해해요, 정말 마음 깊이 이해해요. 근데 이건…… 이런 방식은…… 저는 좀 아닌 것 같아요. 수진 씨에게 남는 사랑을 영인이에게 주입해서 수진 씨는 성재 씨를 잊고 영인이는 다시 저를 사랑하게 된다, 말은 좋고 모든 게 해결된 것처럼 들려요. 정말 모두에게 좋아 보여요. 근데 그게 진짜 해결일까요?"

반박당할 것을 예상했다는 듯, 민후 씨가 빠르게 말을 이었다.

"물론 제가 무슨 말을 할 입장이 아니라는 거 알아요. 영인이랑 수진 씨가 하고 싶다고 한다면 저는 당연히 해야 한다고 생각해요. 그런데…… 그런데 저는 정말로 모르겠어요."

"뭘 모르겠다는 건데요?"

"그러게요. 콕 집어 설명할 순 없지만…… 감정이라는 게, 무슨 장기 이식하듯이 누구 것을 빼서 다른 누구에게 넣는다고 그게 진짜 자기 것이 될까요. 그게 무슨 의미가 있겠어요."

"……민후 씨, 지금 민후 씨가 그렇게 말해도 되는 상황이라고 생각하세요?"

날카롭게 받아치는 서슬에 무릎에 누워 있던 순대가 소파 밑으로 슬금슬금 기어들어갔지만, 할말은 해야 했다.

"영인이가 민후 씨 때문에 얼마나 힘들어했는데 그게 지금 민후 씨가 할 말이에요? 영인이에게 도움이 된다면 그게 뭐든 간에 민후 씨가 제일 먼저 발 벗고 나서서 해주려고 해야 되는 거 아니에요?"

"알아요, 저도 잘 아는데……"

"아무 말 마시고 영인이나 잘 챙겨주세요. 그리고 제 감정에 대해선 제가 알아서 할 테니까 간섭하지 마시고요. 제가 어떤 마음인지, 그리고 영인이가 어떤 마음인지 민후 씨는 진짜 아무것도 모르니까요."

다다다 쏘아붙인 뒤, 민후 씨가 뭐라고 대답할 새도 없이 전화를 끊어버렸다. 그러고도 화가 풀리지 않아 나는 한참을 씩씩거렸다. 염치도 없지, 와이프 놔두고 찌질하게 조건 만남이나 하려고 했던 인간이.

하지만 사실은 알고 있었다. 이토록 화가 난 이유는 내 마음속 어딘가에 민후 씨의 말이 옳을지도 모른다는 생각이 있기 때문이라는 것을. 이 감정을 이렇게 처리하는 게 옳을까. 성재가 떠난 충격에 일도 운동도 집어치우고, 겨우겨우 순대를 돌보는 것 외에는 아무것도 못하며 살고 있는 주제에 이런 생각을 하는 것조차 사치긴 했지만 생각하지 않을 수 없었다. 나는 지금 영인이의 사정이나 순대의 병원비를 핑계 삼아 내가 책임져야 할 것을 외면해버리고 있는 게 아닐까. 밥을 먹으면 설거지를 해야 하고 옷을 입었으면 빨래를 해야 하듯 사랑을 했다면 끝난 자리에 남은 것은 남은 사람이 깨끗이 치워야 하는 것, 그렇다면 죽이 되든 밥이 되든 이 슬픔을 꼭꼭 씹어서 소화시켜야 되는 것인지도 모른다. 사람들이 흔히 말하듯 시간이 약이 될 때까지, 언젠가 그런 사람도 있었지 하고 지나가듯 이야기할 수 있게 될 때까지 꾹꾹 누르고 다져서 결국 내 마음의 굳은살로 만들 수 있다면.

하지만 그건 도저히 불가능했다.

나는 아까 내던졌던 휴대폰을 도로 집어 들었다. 습관처럼 메신저 앱을 켜고 친구 목록을 쭉쭉 내렸다. 야속하게도 성재의 프로필 사진은 아직도 헤어지기 전과 같은 것이었다. 우리집 소파에서 순대를 안고 활짝 웃는 얼굴. 물론 내가 찍어준 사진이었고 이 사진을 찍은 순간의 날씨며 기분이며 모든 것이 아직도 생생하게 기억나서, 그리고 사진 속의 성재와 순대가 너무나 편안하고 행복해 보여서 눈물이 핑 돌았다. 그때는 그런 날이 영원할 줄 알았는데. 이럴 줄 알았다면 한 번이라도 더 안아보고 조금이라도 더 이야기할걸. 나는 소파에 픽 쓰러졌다. 관자놀이를 거쳐 귓바퀴로, 미지근한 눈물이 지치지도 않고 줄줄 흘렀다. 어떻게 이걸 혼자 이겨낼 수 있단 말이야, 이렇게 고통스러운걸.

감정전이센터에서 걸려온 전화를 받은 것은 그 다다음 날 오후였다. 적합도 검사 결과는 팔십일 퍼센트, 아슬아슬하게 통과였다.

　　　　　　　　　　　내게 남은 사랑을 드릴게요

"자, 지금부터 감정전이 방법을 설명드릴게요."

나와 영인은 긴장한 얼굴로 직원의 설명을 듣고 있었다. 이전번에 왔던 그 상담실에 앉아 가슴팍에는 같은 종이딱지를 단 채였다. 지난번과 다른 것이라면 책상 위에 투명한 아크릴로 된 상자 같은 것이 놓여 있다는 점이었는데, 그 안에는 정체 모를 진분홍색 기체가 가득차 있었다. 꼭 솜사탕을 조금 떼어다가 넣어놓은 것처럼 보였다.

"여기 이건 D님께 채취했던 감정 샘플을 배양해서 만들어진 특수 기체예요. 저희는 감정 기체라고 부르는데, 미리 한번 보여드리려고 가져왔어요. 두 분, 여기 손을 넣어보시겠어요?"

직원이 상자의 뚜껑을 열었다. 기체라더니, 신기하게도 뚜껑을 열었는데도 그것은 새어나오지 않고 분홍빛 구름처럼 상자 안에 둥둥 떠 있었다. 서로 눈을 한 번 마주본 뒤, 우리는 시키는 대로 조심스럽게 손을 집어넣었다. 따뜻했고 부드러웠다. 체온보다 사오 도 높은 정도일까, 적당히 기분 좋은 온도에다 꼭 베개 솜 안에 손을 쑥 집어넣은 듯 몽글몽글한 촉감이 나쁘지 않았다.

"어떠세요? 거부감이 들거나 싫은 느낌이신가요?"

"아뇨, 생각보다 느낌이 좋네요."

"네, 저도요."

대답하며 손을 빼냈는데 손에는 아무것도 묻어 있지 않았다. 깨끗하게 쏘옥 빠져나온 손을 보며 눈을 동그랗게 뜨는데 직원이 웃었다.

"신기하죠. 다들 신기해하세요. 아무튼 이따가 감정전이실로 이동하시면, 커다란 캡슐 모양의 전이관이라는 곳에 들어가시게 될 거예요. 전이관 안에는 이 감정 기체가 가득차 있어요. 물론 숨이 막히는 일은 없으니 걱정 안 하셔도 되고요. 전이관 안에 보시면 작은 의자가 두 개 있어요. 두 분은 손을 잡으시고, 서로 눈을 마주보면서 숨을 천천히 들이쉬고 내쉴 거예요. D님께서는 전이하시려는 감정을, R님께서는 전이받으시려는 감정을 생각하시면서 숨쉬기를 반복해주시면 됩니다. 전혀 어려운 건 없을 거예요. 손을 잡고, 눈을 마주보고, 감정을 떠올리고, 심호흡을 한다. 이 네 가지만 생각하세요."

나는 영인과 시선을 교환했다. 직원의 말대로 어려운 과정은 아니었지만 그래서 더 못 미더웠다. 겨우 그런 걸로 감정이 전이될까. 영인도 비슷한 생각을 하는 듯 영 찜찜한 얼굴을 하고 있었다.

"그럼, 가실까요? 전이실은 바로 옆방이에요."

직원이 아크릴 상자를 챙기며 일어섰다. 우리도 엉거주춤 일어나 직원을 따라 방을 나갔다. 직원이 몇 걸음 떨어진 문을 열어주며 우리를 들어가게 했다. 쭈뼛거리며 안으로 들어가니 서너 평 정도 되어 보이는 방안은 어두웠다. 바닥의 네

귀퉁이마다 켜진 작은 LED 촛불만이 유일한 조명이었다. 한 가운데에 놓인, 꼭 곤충의 알처럼 생긴 커다란 물체만 아니었다면 꽤나 분위기가 좋다고 생각했을지도 몰랐다. 사람 두 명이 들어가면 꼭 맞을 듯한 크기의 길쭉한 타원형 물체에는 여러 가지 버튼이 붙어 있었다. 직원이 그 버튼 중 몇 개를 누르자 별안간 푸슉, 소리가 나며 있는 줄도 몰랐던 문이 열렸다. 안에 아까 보았던 진분홍색 기체가 가득찬 것이 보였다.

"들어가시면 됩니다. 너무 걱정 마시고요. 금방 끝날 거예요."

직원이 열린 문을 가리켰다. 우리는 서로 눈을 마주본 뒤, 문을 넘어가며 진분홍색 기체 속으로 쑥 들어갔다. 직원의 말대로 숨쉬기가 어렵지는 않았다.

"문을 닫겠습니다. 혹시 무슨 일이 생기시면 안의 빨간 버튼을 눌러주세요."

직원이 버튼을 조작하자 다시 한번 푸슉 소리와 함께 문이 닫혔다. 전이관 안은 조금 어둑어둑한데다 몽실몽실한 기체 때문에 꼭 구름 속에 들어온 것 같은 기분이었다. 그러나 불편하거나 겁나진 않았다. 그보단 오히려 뭔가 포근하고 안락한 느낌이었다. 더없이 어색한 장소였지만 이상하게도 익숙한 기분마저 드는 것 같았다. 조금씩 숨을 쉬어보다 이윽고 평소처럼 편하게 숨을 쉴 수 있게 되자, 나는 분홍빛 기체 너머를 두리번거리며 전이관 안쪽을 살펴보았다. 벽은 반들반들한 조약돌처럼 이음매가 하나도 없는 기묘한 재질로 되어 있었고 천장에는 기체가 나오는 곳인 듯 작은 구멍이 세 개나 있었다. 다리가 높고 둥근 의자가 두 개 있었는데 의자에 앉으면 눈높이쯤일 만한 곳에 빨간 버튼 하나가 달려 있었다. 그 의자에 무심코 털썩 주저앉았을 때였다.

도너가 감지되었습니다. 편안한 자세로 앉아주세요.

전이관 어딘가에서 기계 음성이 들려왔다. 으악, 깜짝이야. 우리는 동시에 펄쩍 뛰었다가 키득키득 웃었다. 영인도 의자에 앉자 이번에도 같은 목소리가 나왔다.

레시피언트가 감지되었습니다. 편안한 자세로 앉아주세요.

서로 손을 잡으시고 눈을 마주보아주세요.

시키는 대로 우리는 손을 맞잡고 얼굴을 바라보았다. 둘 다 어색해서 비실비실 웃고 있었다. 오랫동안 허물없이 지내온 영인이지만 이렇게 손까지 잡은 채 눈을 마주보고 앉아 있는 것은 처음이었으니까.

이제 감정전이가 시작됩니다. 두 분 모두 천천히 심호흡을 하시며 전이할 감정을 떠올려주세요.

나는 영인의 눈을 똑바로 바라보았다. 영인도 나를 바라보고 있었다. 숨을 한가득 가슴속에 모았다가 끝까지 내쉬었다. 빠져나가라, 전부 빠져나가. 속으로 되뇌었다. 이 고통스러운 마음, 쓸데없는 미련아 모두 내 몸에서 나가줘. 한 가닥도 남기지 않고 전부 없어져라. 분홍빛 기체를 뚫고 영인의 숨결이 얼굴에 와닿는 게 느껴졌다. 어둑어둑한 가운데 보이는 영인의 눈은 어느새 고인 눈물로 반짝이고 있었다. 영인도 같은 생각을 하고 있겠지, 그저 이 괴로움에서 벗어나 행복해지고 싶다는 생각만을. 제발 그것이 이루어지길 마음 깊이 바라며, 나는 끊임없이 숨을 내쉬고 들이쉬었다.

잘하고 있습니다. 조금만 더 심호흡하세요.

기계음이 나를 격려했다. 잘하고 있다는 말을 듣자 이상하게 가슴 한쪽이 울컥했다. 그래, 잘하고 있어. 잘하고 있는 거야. 나는 좀더 깊게 숨을 들이마셨다. 느리게 내쉬자 몸이 부드럽게 이완되며, 이윽고 점차 나른한 기분이 온몸으로 퍼졌다. 따뜻한 분홍빛 기체로 된 팔이 나를 안아주고 있는 것 같았다.

"민후야!"

센터를 나서자마자, 영인이 핸드백을 내던지고 달려갔다. 그대로 돌진하며 펄쩍 뛰어올라 안기는 서슬에 민후 씨가 휘청거렸다. 어찌어찌 균형을 잡으며 영인을 받아 안았지만, 민후 씨의 표정은 멀리서도 어색해 보였다. 나는 민후 씨와 눈인사를 주고받으며 영인이 내팽개친 핸드백을 집어 들었다.

"민후야, 나 이제 괜찮아. 너 다 용서할 수 있어."

영인이 빠르게 말했다.

"그 사실이 없었던 게 될 순 없어. 하지만 그보다 훨씬 더 네가 소중해. 네가 없으면 난 진짜 안 될 거 같아. 우리 다 잊 자. 잊고 잘해보자. 잘할 거지? 그치?"

"그럼. 잘할게. 정말 잘할게."

"그래, 그래. 아, 정말 보고 싶었어, 민후야. 우리 민후."

영인이 민후 씨를 끌어안고 춤추듯 빙글빙글 돌았다. 지나 가던 사람들이 영인을 흘끔거렸다. 나는 영인의 핸드백을 든 채 그 광경을 몇 발짝 떨어져 지켜보았다. 공중에 흩날리는 영인의 머리끝이 햇빛에 반짝거리고 있었다. 그 반짝임을 눈 으로 쫓다보니 그래, 다 괜찮다는 생각이 들었다. 다 괜찮아, 정말 괜찮아.

내 계좌에 돈이 입금된 건 집에 돌아오고 얼마 되지 않아 서였다. 신규 입금 내역을 알리는 문자와 거의 동시에 영인이 보낸 메시지가 도착했다. '수진아 진짜 고마워 덕분에 잘 해 결됐어 치료비 부족하면 언제든 말해 순대 빨리 낫길.' 나는 은행 앱에 들어가 계좌를 확인해보았다. 입금된 금액은 이천 만원, 입금자명은 고민후로 되어 있었다.

다음날엔 청소를 했다. 아직도 성재의 체취가 조금씩 남아 있던 이불과 베개를 깨끗이 세탁했고 성재가 먹다가 냉장고에 넣어뒀던 음식 부스러기를 음식물 쓰레기통에 부었다. 서랍들은 아예 통째로 뒤집어엎어 성재가 두고 간 잡동사니를 집어내 커다란 종량제 봉투에다 모아 버렸다. 훨씬 깨끗해진 거실 소파에 앉아, 마지막으론 휴대폰을 열었다. 사진첩을 하나하나 넘기며 성재의 사진들을 모두 삭제했다. 웃는 성재, 누운 성재, 밥을 먹는 성재, 농구하는 성재, 책을 읽는 성재의 모습들이 차례차례 지워졌다. 이 일을 울지 않고 할 수 있는 날이 오다니, 슬프지도 아련하지도 않은 채 다만 그 사실을 신기해하기만 하며 손가락을 움직였다. 이것들이 너무 소중하고 아파서 차마 들여다볼 수도 없었던 시간이 내게 있었다니, 고작 이런 것들을. 내가 특히 좋아했었던, 곤히 잠들어 있는 성재의 사진을 나는 유심히 들여다보았다.

나는 성재를 완전히 잊었구나.

물론 김성재라는 사람이 내 인생에 존재했던 것은 분명하게 기억하고 있으나 성재를 떠올리면 뭐랄까, 그래 마치 이런 기분이랄까. 아마도 초등학생 때의 일이었는데, 시골에 계신 할머니 댁에 성묘를 갔다가 그 동네에 살고 있는 동갑내기 아이와 이틀을 재미있게 논 적이 있었다. 정확히 누구 집 아이인지도 모르고 다만 눈이 예뻤다는 것만 기억나는 아이였다. 그 아이와 나는 가을볕에 목덜미가 새카매지도록 산이며 들이며 뛰어다니며 놀았다. 각자의 학교에서 유행하는 놀이를 알려주고 때로는 새로운 놀이를 만들기도 하면서. 그러나 서울로 돌아오는 차에 오르자마자, 나는 단 한 번도 그 아이를 떠올리지 않았다. 억지로 떠올리려 하면 기억나는 것은 그런 시간이 있었다는 흐릿한 확신, 혹은 그날 개울 위로 부서지던 햇빛이나 풀잎에 맨종아리가 베이는 느낌 같은 두루뭉술한 감각들뿐이었다. 성재를 떠올리면 꼭 그와 같았다. 그 얼굴을, 목소리를 떠올리기만 해도 차바퀴에 깔린 과일처럼 와그작 터져버리던 가슴이 이제는 아무렇지 않았다. 그저 예전에 함께 즐거운 시간을 보냈던 사람, 이제 다시는 그 시간이 돌아오지 않을 것을 알지만 그것이 그다지 슬프지는 않은 사람. 맞아, 그런 사람이 있었어 하고 끄덕거리다 곧 다른 일로 생각을 옮겨갈 수 있는 그런 사람. 성재는 내게 그런 사람이 되었다.

내가 진정으로 원하던 것이었다.


부작용이 찾아온 건 며칠 뒤였다.

순대와 함께 동물병원에 다녀오는 길이었다. 순대를 담은 이동장을 가슴에 안은 채 아무 생각도 기분도 없이 그저 걷고 있었는데 갑자기 발이 뚝 하고 한순간에 멎어버렸다. 뭐지, 왜 이러지. 어리둥절한 채로 멈춰 서 있을 때 이윽고 그게 왔다. 가슴속에 번지는 차가운 구멍이.

　나는 그대로 길 한복판에 쪼그려 앉았다. 이동장 안에서 순대가 야옹야옹 미친듯이 울어댔지만 신경쓸 겨를이 없었다. 그저 가슴을 양팔로 끌어안고 헉, 헉 숨을 고르는 게 내가 할 수 있는 전부였다. 왜 이런 일이 일어났는지는 모르겠지만 무슨 일이 일어났는지는 직감할 수 있었다. 구멍이었다. 그저 비유가 아니라 정말로 가슴 한가운데에 구멍이 뻥 뚫린 것 처럼 허전했고 그 사이로 드나드는 시리고 싸늘한 바람까지 온몸으로 느낄 수 있었다. 뭐지, 이게 무슨 일이지. 당황하고 있는데 이번에는 갑자기 얼굴이 축축했다. 손으로 얼굴을 쓸어보고서야 알았다, 내 눈에서 눈물이 펑펑 쏟아지고 있었다는 것을. 깨달은 것이 신호라도 되듯 걷잡을 수 없이 울음이 터졌다. 나는 흑흑 흐느끼다가 종내는 끄억끄억 흉한 소리를 내며 울기 시작했다. 길 가던 사람들이 힐끔거렸다.

　한 손에 순대의 이동장을 쥐고 다른 손으로 얼굴을 닦으며 집으로 왔다. 이동장을 열어 순대를 꺼내주고 나서도 나는 소파에 주저앉아 한참을 울었고 그러고 나서야 좀 진정되는 것 같았다. 도대체 이게 무슨 일이지. 가만히 앉아 생각해보았는데 아무래도 도저히 모를 일이었다. 다 큰 어른이 길거리에서 끅끅 울었다면 분명 무슨 일이 있어야 하는데 내게는 어떤 일도 없었다. 슬픈 것도 아니고 우울한 것도 아니었는데. 그렇다면 혹시 감정전이 때문일까.

하도 울어서 꽉 막혀버린 코를 킁킁거리며 휴대폰을 켜고 포털 사이트에 들어갔다. '감정전이 부작용'을 검색하자 수많은 게시물이 나타났다. 맨 위의 것을 클릭하고 눈으로 빠르게 읽어 내려갔다. 감정전이 후 갑작스레 눈물이 흐르고 허전한 느낌…… 놀랄 수 있어…… 미리 대비책을 마련해두는 게 중요…… 그제서야 생각났다. 첫날 직원이 설명해준 내용에 이런 이야기가 있었던 것도 같았다는 것을. 그때 영인이 의뭉스러운 말투로 얘기했었지, 뭔가 준비해둔 것이 있다고. 내친김에 곧바로 영인에게 전화를 걸었다.

"어, 수진아!"

영인은 바로 전화를 받았다. 근래에 들은 적 없던 밝은 목소리였다.

"어어, 잘 지내는 것 같네."

"덕분이지 뭐. 요즘 다시 신혼으로 돌아간 거 같은 기분이야. 참, 순대는 어때?"

"똑같아. 그래도 덕분에 못 썼던 약도 써보기로 하고, 산소방도 사려고. 좋아질 거야. ……근데 있잖아."

"응?"

나는 말을 꺼내놓고 망설였다. 내 상태를 뭐라고 설명해야 할지 모르겠어서였다. 이전에 성재를 생각했을 때 느꼈던 감

내게 남은 사랑을 드릴게요

정과는 종류가 아예 다른, 그러나 그보다 훨씬 깊고 넓은 무언가가 내 안에 있었다. 아니, 있었다가 없어졌다고 해야 더 정확할까. 오래된 큰 나무를 뿌리째 뽑아낸 자리에 생겨난 깊은 구덩이처럼, 마음이 푹 파인 자리에 아무것도 고일 것이 없어 텅 비어 있었다. 여기에 도대체 무엇을 채워넣어 메꿔야 할지 모르겠는 이 감정을 뭐라고 말해야 할까. 아무리 설명한들, 지금 너무너무 행복하다는 영인이가 이 감정을 이해할 수 있을까. 말을 잇지 못하고 있는데 다행히 눈치 빠른 영인이 잽싸게 물었다.

"……너 부작용 왔구나."

"……그런 것 같아."

"야, 걱정 마. 다 예상하고 있었어."

영인이 의외로 자신만만한 목소리로 대꾸했다.

"다 준비해뒀으니까 진짜 아무 걱정 말고 시키는 대로만 해. 다 괜찮아질 거야."

"뭘 준비해뒀다는 건데?"

"야, 됐어. 일단 끊어봐."

그리고 영인은 진짜로 전화를 뚝 끊어버렸다. 어이가 없어 휴대폰을 멍하니 바라보는데 어라, 화면 위로 물방울이 뚝뚝 떨어졌다. 닦을 새도 없이 또 눈물이 줄줄 흐르고 있었다. 뭐야, 왜 이래 정말! 나는 옷소매를 길게 늘여 눈가를 눌러댔다.

어느새 순대가 미야옹, 울며 다가와 내 어깨에 머리를 부볐다. 아니야 순대야 나 안 슬퍼, 안 슬픈데…… 진짜로 다 괜찮은데…… 그러나 생각과는 달리 눈에서는 꼭 호스가 빠진 수도꼭지처럼 끊임없이 눈물이 펑펑 흘러나왔다.

그때 휴대폰이 울렸다. 영인이 보낸 문자였다.

'내일 한시에 니네 집 앞 스타벅스로 나와.'


최영인, 가만 안 둬.

스타벅스의 둥근 의자에 앉은 내 머릿속에는 딱 이 문장만이 맴돌고 있었다. 덫에 걸린 토끼처럼 꼼짝없이 앉아 눈알만 데굴데굴 굴리면서, 나는 내 심경을 최대한 눈빛에 담아 영인을 째려보았다. 영인은 잘도 모른 척하며 커피만 호록호록 마시고 있었다. 아마 죄 없이 끌려 나왔을 민후 씨, 그리고 민후 씨 옆에 앉은 멀끔하게 생긴 남자 두 사람만이 좌불안석으로 우리 둘의 눈치를 살피고 있었다.

"저, 혹시 뭐 마실래요? 아메리카노? 라테? 차?"

정적을 견디지 못한 민후 씨가 물었다.

"……커피요. 아무래도 뇌를 좀 깨워야겠네요. 이게 무슨 상황인지 알려면."

그러자 남자가 벌떡 일어섰다.

"제가 사 올게요. 따뜻한 거, 차가운 거 어떤 걸로요?"

내게 남은 사랑을 드릴게요

"아니, 아니에요. 제가 사 올게요."

다급히 따라 일어나자 남자가 만류했다.

"아닙니다. 제가 커피 정도는 사드리게 해주세요. 따뜻한 거, 괜찮으시죠?"

남자가 외투 주머니에서 지갑을 챙겨 카운터로 갔다. 남자가 시야에서 멀어지자마자 나는 영인의 옆구리를 아프게 콱 찔렀다.

"야, 어떻게 된 거야?"

"야, 보면 몰라? 소개팅이지. 잘생겼지? 우리 사무실에서 일하는 변호사님인데 사람 되게 괜찮아."

"괜찮고 자시고 뭔 소개팅이야 뜬금없이, 내가 그런 거 하게 생겼어?"

"미리 말했으면 너 절대 안 나왔을 거잖아. 그리고 니가 진짜 뭘 모르는구나, 자고로 사람 빈 자리는 사람으로 채우는 거라고 했어."

출처 모를 말을 주워섬기는 영인을 한번 더 찔러주려고 했건만, 주문을 마친 남자가 잽싸게도 자리로 돌아오는 바람에 그러지 못했다. 하긴, 가까이서 다시 보니 잘생기긴 한 것 같았다. 약간 까무잡잡한 피부에 짙은 눈썹, 투박한 얼굴선이 건강해 보였다. 목선이며 어깨가 떡 벌어진 것이 연약한 소년 같은 분위기를 풍기던 성재와는 전혀 다른 타입이었다.

"제가 소개도 안 하고 실례했네요. 여기 두 분이랑 같이 일하는 김영욱이라고 합니다."

남자가 들고 있던 지갑에서 명함을 꺼내 내밀었다. 영인의 사무실 로고가 찍혀 있었다.

"오수진이에요. 저는 명함이 없네요, 현재 잠시 백수 상태라서요. 사실 이런 자리인지도 모르고 나왔고요. 좀 당황스럽긴 하지만, 어쨌든 반갑습니다."

남자가 씩 미소 지으며 영인에게 눈짓했다.

"들은 대로 성격이 시원시원하시네요."

"그런가요……"

비실비실 웃으며 시선을 돌리는데 마침 유리창에 내 모습이 비치고 있었다. 세상에, 나 이렇게 하고 온 거야? 화장기 없는 얼굴에 머리는 뒤로 질끈 묶은 채, 집 앞 편의점에 갈 때나 입는 추리닝 차림인 나는 평소보다 훨씬 초라하고 못생겨 보였다. 깔끔하게 차려입은 세 사람과 마주앉은 터라 더 그랬다. 정말 최영인, 살짝 언질이라도 주면 덧나나. 나는 영인을 다시 한번 노려보았다. 유리창 속에서 눈이 마주친 영인은 다 안다는 듯 빙글빙글, 얄미운 미소를 지어 보였다.


그날 이후 우리는 빠르게 가까워졌다.

이야기를 나누다 서로의 공통점을 발견하고 신기해했던 것이 시작이었다. 영욱 씨도 고양이를 기르고 있었는데 우연히도 순대와 같은 유기 동물 입양 홍보 앱에서 데려온 코리안숏헤어였다. 앵두라는 이름의 그 고양이도 복막염을 크게 앓으며 죽다 살아난 적이 있어, 우리는 아픈 고양이를 돌보는 일로 한참 이야기꽃을 피웠다. 물론 비슷한 점은 그뿐만이 아니었다. 둘 다 어렸을 때 첼로를 배운 적이 있는데 지금은 베란다에 방치한 지 십 년이 넘었다는 점부터 치킨을 먹을 땐 목부터 발라먹는다는 점, 잠잘 땐 꼭 다리 사이에 베개를 끼워야 잘 수 있다는 점까지. 그런 것을 하나씩 찾을 때마다 우리는 깔깔 웃으며 신기해했고 그러다가 머쓱해져서 얼굴을 붉히곤 했다.

영욱 씨는 다정한 사람이었다. 집으로 일을 싸 들고 가는 한이 있어도 퇴근길엔 꼭 우리집 앞에 들러 얼굴을 보고 갔고, 순대에게도 잊지 않고 다양한 장난감을 선물하곤 했다. 법원에 가지 않는 주말에는 함께 드라이브를 가거나 영화를 보았다. 둘이 영화 취향이며 식성도 비슷해 매번 즐거운 시간을 보냈다. 그러니까 그야말로 평범한, 시작하는 연인의 모습이었달까.

그러고 집에 돌아와서는 가끔 성재를 생각하는 때도 있었다. 성재와 사귀기 직전에는 어땠더라. 그때도 이런 기분이었나. 그다지 먼 과거의 일도 아니건만 잘 기억이 나지 않았다. 분명한 사실들, 그러니까 예를 들면 성재는 예전에 일했던 회사의 거래처 직원이었고 첫 데이트 장소는 회사 일층에 있는 이탈리언 레스토랑이었으며 그땐 해물리조토를 먹었다는 그런 사실들은 또렷하게 기억났으나 거기에서 떠오르는 감정은 아무것도 없었다. 수차례 사용하고 난 티백처럼, 아무리 뜨거운 물에 담가도 이제는 우러나는 것이 전혀 없었다고나 할까. 분명 그때도 지금처럼 설렜었을 텐데, 간질간질하고 즐거운 느낌으로 가득했었을 텐데 신기하게도 그랬다.

한번은 영인과 민후 씨까지 넷이서 더블데이트를 하기도 했다. 교외에 있는 백숙집엘 갔는데, 이곳은 이전에 성재와 다 함께 자주 왔던 곳이었다. 물론 그런 사실을 입 밖에 낼 눈치없는 사람은 없었기에 우리는 감쪽같이 모른 척하고 맛있는 백숙을 실컷 먹었다. 영욱 씨는 자기 뚝배기에서 닭다리를 뚝 뜯어내 내 그릇에 놓아주었다. 그게 성재가 하던 짓과 똑같아서, 나는 나도 모르게 웃음을 반쯤 물고 앞에 앉은 두 사람을 쳐다보았다. 영인은 웃고 있었는데 민후 씨는 복잡한 얼굴을 하고 있었다. 그게 무슨 표정인지 읽어내기도 전에 민후 씨는 자기 뚝배기를 향해 고개를 숙여버렸다.

민후 씨에게 전화가 걸려온 건 그로부터 한 달쯤 뒤, 밤이었다.

내게 남은 사랑을 드릴게요

"웬일이에요?"

반갑게 전화를 받았는데 민후 씨는 한참 말이 없었다. 집 밖에 나와서 전화를 걸어온 듯, 수화기 너머로 바람 소리만이 넘어왔다. 잠시 후 칙, 하고 라이터 켜는 소리가 들렸다. 민후 씨가 담배를 피웠었나. 몰랐던 사실에 의아해하고 있는데 민후 씨가 말했다.

"수진 씨, 요즘 잘 지내요?"

"그럼요, 잘 지내죠."

"그 공허한 느낌도 이젠 없고요?"

"네, 전혀 없어요."

말하고 보니 정말 그랬다. 가슴에 구멍이 뻥 뚫린 것 같던 느낌, 몸안의 물기를 전부 빼내고 말겠다는 듯 눈물만 줄줄 나던 그런 일이 영욱 씨를 만나고 나서부터는 더이상 없었다. 그것 참 신기한 일이네. 옛말 틀린 것 하나 없다더니, 영인이가 한 말이 정답이었나.

"다행이네요."

"민후 씨는요? 좀 어때요?"

"저도 잘 지내죠."

말은 그렇게 했지만 전혀 잘 지내는 목소리가 아니었다.

"왜요, 무슨 일 있어요?"

"아뇨, 무슨 일이 없어서 탈이죠."

"무슨 일이 없으면 좋은 거지 탈일 거 있나요."

"그게……"

민후 씨는 말을 흐렸다. 후욱, 담배 연기를 내뿜는 소리만 한참 들릴 뿐이었다. 결국 정적을 참지 못한 내가 먼저 물었다.

"요즘 영인이랑 문제 있어요?"

"……문제가 없어요. 아무 문제가 없어서 오히려 이상해요."

"그건 또 무슨 소리예요."

"……요즘 영인이 기분이 엄청 좋아요. 항상 웃고 있고 사랑한다고 자주 말하고, 꼭 연애 초기로 돌아간 것 같달까요. 근데 그게 뭐랄까, 진짜 같지가 않게 느껴져요. 아, 제가 이렇게 말할 주제가 아니란 거 잘 알아요. 제발 나쁘게 듣진 말아주세요."

민후 씨가 황급히 덧붙였다.

"영인이한텐 너무 고마워요. 사실 저도 이게 훨씬 좋고요. 다 좋은데, 제가 이렇게 느끼는 게 미안할 만큼 다 좋은데, 그래도 이게 진짜가 아니라는 생각이 가끔 들거든요. 그런데 문제는 저뿐만이 아니라…… 영인이도 그렇게 생각하는 것 같다는 거예요."

"영인이가요? 그런 말을 했어요?"

"말을 한 건 아니고요. 그냥 가끔 영인이 표정이나 몸짓에서 느껴져요. 지금 영인이의 생각이 온전히 영인이의 것이 아니라는 게. 껍데기는 분명 영인이인데 속 알맹이는 다른 누군가의 것을 대신 집어넣은 것 같아요. 그럴 때면 영인이도 화들짝 놀라고는, 억지로 더 크게 웃고 더 기뻐하려고 애써요."

"……"

"이게 그냥 새로 집어넣은 감정에 적응할 시간이 필요한 건지, 아니면 감정전이의 부작용인 건지 모르겠어요. 걱정이 돼서 감정전이센터에 전화로 물어봤더니 부작용인 경우엔 레시피언트뿐만 아니라 도너 쪽에도 비슷한 현상이 있을 거라고 하더라고요. 그래서 혹시…… 수진 씨도 그런지 궁금해서 연락했어요. 수진 씨도 요즘 영욱 씨랑 잘 만나고 있다면서요. 그런 와중에 이렇게 묻는 것도 정말 죄송하지만…… 혹시 수진 씨도 그런 적이 없었나요?"

"그런 적이 정확히 뭔데요?"

"음…… 수진 씨의 감정이 수진 씨 스스로가 느끼는 게 아니라고 생각될 때, 라고 설명하면 될까요. 영욱 씨에 대한 감정이나, 성재 씨에 대한 감정이나."

수화기 저편에서 여전히 넘어오고 있는 바람 소리를 들으면서, 나는 입을 다물고 생각에 잠겼다. 우선 영인의 상태가 어떤지는 설명을 들으니 대강 짐작이 되었다. 왜냐면 그건 사실 정말로 영인의 것이 아니었으니까. 그렇다면 그것에 적응하는 데 시간이 필요하다는 것도 사실일 것이다. 하지만 나는, 나는 어떨까.

물론 나도 영욱 씨가 좋았다. 떠올리면 보고 싶고 만나면 기뻤다. 아직은 서로 조심스럽게 알아가는 단계이긴 했지만, 그 감정은 매일 착실하게 조금씩 살을 찌워가고 있었다. 어쩌다 만나지 못하는 주말에 하루종일 느꼈던 섭섭함이라든가, 은근슬쩍 관계 진전에 대한 암시를 주고받으며 손끝 발끝이 짜릿했던 일들. 그러느라 물론 성재에 대한 생각은 할 겨를도 이유도 없었다.

그런데 그건 정말로 나의 의지일까.

영인과 마찬가지로, 나 역시 성재를 잊은 것은 내가 스스로 한 일이 아니었다. 그러나 영욱 씨를 만난 것은 달랐다. 혹시 내가 지금 영욱 씨에게 호감 아니 사랑을 느끼는 것도 감정전이 때문이라면. 그렇게 생각하고 나니 그게 맞는 것도 같았다. 애초에 영욱 씨를 만난 건, 갑작스레 비워져버린 감정을 채울 만한 무언가가 필요했고 마침 영인이 거기에 맞는 적당한 누군가를 마련해준 것일 뿐이었으니까.

"……수진 씨?"

민후 씨가 부르는 소리에 나는 퍼뜩 정신을 차렸다. 이상하게도 민후 씨의 목소리를 들으니 뭔가 생각이 한 가닥으로 모아지는 것도 같았다.

"민후 씨, 생각해봤는데요. 그게…… 중요할까요?"

"네?"

"민후 씨도 지금 상태가 좋다고 했잖아요. 저도 지금이 좋아요. 저도 성재 때문에 너무 힘들었고 영인이도 민후 씨 때문에 많이 힘들었잖아요. 지금 다 좋아졌는데 굳이 그걸 따질 필요가 있을까요? 애써 감정전이도 했는데 말이에요."

"그건, 그건 그렇지만……"

"아마 일시적인 부작용일 거예요. 너무 걱정 마시고 영인이랑 잘 지내세요. 영인이가 바라는 것도 그거일 테니까."

"그래도……"

"전 더 할 말 없어요. 이만 끊을게요."

후다닥 전화를 끊어버렸다. 순대가 기다렸다는 듯 무릎 위로 뛰어 올라왔다. 그러고는 야옹, 울며 나를 올려다보았다. 나는 순대의 얼굴을 비스듬히 바라보며 중얼거렸다. 거짓말 아니야, 정말이야. 순대의 목에는 영욱 씨가 선물해준 목걸이가 걸려 있었다. 그것을 쓰다듬으며 나는 생각에 잠겼다. 순대는 노랗고 투명한 눈으로 나를 오래오래 처다보고 있었다. 그러다가 한참 후에야 야옹, 하고 다시 한번 울었다.


그렇게 또다시 며칠이 지났을 무렵이었다. 오랜만에 영욱 씨가 한가한 주말이라, 우리는 바다를 보러 가기로 하고 이른 아침 출발했다. 내비게이션을 강릉 아무 카페로 맞추고 달리는 길은 기분마저 산뜻했다. 나도, 영욱 씨도 말은 안 했지만 어른의 감으로 알고 있었다. 곧 해변을 걸으며 관계 정립에 대한 이야기를, 그러니까 진지하게 만나보자는 말을 주고받게 될 거라는 사실을. 그 예감이 맞는다고 증명하듯 영욱 씨는 바다에 가면서도 평소보다 훨씬 멋진 옷을 차려입고 있었고 나도 예쁜 원피스에 새로 산 샌들을 신은 참이었다. 마침 날씨도 맑은 초여름, 바다에 가기엔 그만이었다. 나는 낮게 콧노래를 부르며 창문을 활짝 열었다. 달리는 차창 밖으로 손을 뻗자 부드러운 바람이 팔을 어루만졌다.

일은 잠시 휴게소에 들렀을 때 일어났다. 차에서 내린 영욱 씨가 화장실에 다녀오겠다며, 주머니에서 지갑을 꺼내 쥐여주었다.

"먹고 싶은 거 다 사요, 나는 아이스 아메리카노 한 잔만!"

외친 영욱 씨가 빠른 걸음으로 화장실로 사라졌다. 급했나 보네, 나는 웃으며 휴게소 안의 테이크아웃 커피점으로 걸어갔다. 내 것까지 커피를 주문하고 계산을 하려고 영욱 씨의 지갑을 열었을 때였다. 카드 수납칸 안에 뭔가 삐죽 나와 있는 것이 보였다. 명함이라기엔 너무 작았고 영수증이라기엔 두꺼운 종이였다. 이게 뭐지. 남의 지갑이라는 자각도 없이 무심코 쑥 뽑아냈는데 그건 사진이었다.

내게 남은 사랑을 드릴게요

계산을 재촉하는 직원에게 카드를 뽑아 건네준 뒤, 나는 화장실 쪽을 돌아보았다. 영욱 씨는 아직 보이지 않았다. 나는 황급히 화장실 반대편으로 돌아서서는 사진을 살펴보았다. 사진 속에는 웬 여자와 영욱 씨가 다정하게 어깨동무를 하고 무슨 공원 같은 곳에 서 있었다. 한눈에 보아도 연인이었고 영욱 씨의 머리 모양이며 스타일이 지금과는 좀 다른 느낌이긴 했지만 그다지 오래된 사진처럼 느껴지지는 않았다. 아마도 작년, 혹은 재작년 여름쯤이 아닐까. 그게 아니라면, 혹시 양다리? 하지만 그렇다면 그런 사진을 이렇게 대놓고 지갑에 넣어 다닐 리가 없을 텐데……

"뭐 해요?"

악! 어깨 너머로 영욱 씨가 고개를 쑥 들이미는 바람에 나는 깜짝 놀라 펄쩍 뛰었다. 그러느라 손에 쥔 사진을 숨길 틈도 없었음은 물론이었다.

"미안해요, 지갑을 열었는데 이게 있길래……"

나는 민망해서 고개를 들지 못했다. 영욱 씨가 손에 든 사진을 가져가더니 살펴보았다.

"아, 이거…… 아직도 지갑에 들어 있었네."

"누구예요? 예전 여자친구?"

"네, 아마도…… 작년에 만났던 친구인 것 같네요."

아마도라니? 그 애매모호한 단어에 의아해하고 있는데 영욱 씨가 사진을 들고 뚜벅뚜벅 걸어갔다. 몇 걸음 떨어진 쓰레기통 앞에 서더니 사진을 미련 없이 집어넣고 돌아왔다. 그러곤 혹여나 오해하지 말라는 듯 눈을 동그랗게 떴다.

"걱정 마요, 지금은 아예 생각도 안 나니까."

"에이, 생각 좀 나면 어때요. 다 그런 거지."

미안하기도 하고 머쓱하기도 해서 그렇게 대강 눙치고 넘어가려 했을 때였다.

"아니, 진짜 생각 전혀 안 나요. 감정전이 했거든요."

"……네? 영욱 씨가요?"

마침 주문한 커피가 나왔다. 영욱 씨는 양손에 커피를 한 잔씩 받아 쥐고 돌아서며 가볍게 말했다.

"네, 한두 번 한 게 아닌걸요. 아마 이 친구는…… 그러니까 세 번째, 아니다 네 번째였던 같은데."

"……"

"전 헤어지면 무조건 감정전이를 해요. 얼마나 좋아요? 사랑을 원하는 사람은 생각보다 많고, 저에게는 더이상 이 사랑이 필요가 없고. 서로 윈윈이잖아요."

무슨 문제라도 있냐는 듯한 얼굴로, 영욱 씨가 차를 향해 걷기 시작했다. 영욱 씨를 따라가야 하는데, 가서 차에 타야 하는데. 머릿속이 꼭꼭 엉킨 실뭉치처럼 복잡해서 나는 그 자리에 못박여 서 있었다.

내게 남은 사랑을 드릴게요

"수진 씨, 안 와요?"

벌써 차 옆에 선 영욱 씨가 돌아보며 불렀다. 돌아보는 영욱 씨의 머리 위로 햇빛이 부드럽게 내리쬐고 있었다. 더없이 좋은 날씨, 쏟아지는 빛 아래 서서 나는 생각을 가다듬으려 노력했다. 바다, 그래 바다를 생각하자. 지금 해변은 반짝반짝 아름다울 것이다. 모래는 따뜻하게 데워져 있을 테고 그 위로 파도가 부서지고 있을 것이다. 시작하는 연인들에게 더없이 좋은 그런 풍경, 그곳에 있는 모두는 행복하겠지.

이윽고, 나는 영욱 씨의 차를 향해 걷기 시작했다.

# 폴터가이스트

♥

김서해

　손금을 보고 있었다. 주름 같은 선들이, 손바닥 위의 작은 구획이 정말로 사람의 수명이나 운명을 암시하는지 궁금했다. 나는 흉터가 남은 곳을 물끄러미 내려다봤다. 손바닥을 꿰맨 적이 있는데, 수술 자국과 이어져 뚜렷해진 선 하나가 살갗을 가로질러 부글부글 끓는 것처럼 보였다.

　접수창구에서 돌아온 엄마가 내 손을 포개어 잡고 뒤집어놓았다. 땀이 나는데도 놓지 않더니 돌아가는 길에 반찬을 사 가자고 했다. 내가 조용할 때 엄마는 강박적으로 말을 걸었다.

　복도에 앉아 있는 동안 통창으로 저녁 해가 쏟아져 들어왔다. 손등의 마디마다 노란빛이 차올랐다. 눈을 들어 바깥을 바라봤다. 도시가 여름이라는 유리병에 담아둔 작은 모형처럼 보였다.

내 차례가 되었을 때, 진료실에는 철럭이는 마찰음이 났다. 의사는 진료 데스크 뒤의 블라인드를 비스듬하게 걷어두고 나를 돌아봤다. 상담은 진부해서 귀담아듣지 않았다. 그는 꼭 내게 사연이 있어야 할 것처럼 물었다. 일종의 취조 같았다. 학교에서 혹시 힘든 일 있어요? 슬픈 일, 짜증나는 일 같은 거. 공부는 안 어려워요? 괴롭힘을 당한다든가, 도움이 필요하다든가…… 언제부터 이 **소리**를 듣기 시작했어요? 아까 말한 것과 약간 다르네? 손바닥의 상처는 언제 난 거예요? 주로 소리를 들은 장소가 어디라고요?

그는 내가 수험 생활이 괴롭고 지루해서 꾀병을 부린다고 생각하는 것 같았다. 대학 가면 안 들릴 거라고 무성의한 처방을 해서 결국 건성으로 답했다. 없어요, 몰라요, 기억 안 나요. 의사는 익숙한 듯 열심히 타자를 치다가 보호자를 불렀다. 엄마 얼굴에는 빗금 모양의 그림자가 졌다. 나는 고개를 돌려 진료실의 블라인드를 쳐다봤다. 엄마는 그가 별말 하지도 않았는데 울먹거리며 자기 탓인 것 같다고 말했다. 상담받아야 할 사람이 뒤바뀐 것 같았다.

이 병원은 내가 네 번째로 찾아온 곳이었다. 집 앞에서, 현관문을 열 때, 아무도 없는 교실에서, 후문으로 하교할 때, 밤 아홉시 버스 정류장에서, 혼자 있을 때 **소리**를 듣는다고, 게다가 환청이 아니라고 말하면 의사들은 대개 녹음을 해보았는지 물었다. 내 말이 거짓임을 증명하려는 듯한 말투였다.

그들은 이 소리가 스트레스 또는 트라우마에 의한 증상이라고 주장했다. 또 내가 말이 없고 딴청 피우고 적극적으로 대화하지 않는 것을 보고, 환청을 듣는 이유가 내 삶 속에 숨어 있다고 가정했다. 어딘가 부서지고 고장난 구석이 분명 있을 거라고, 잘 살펴보면 그 갈라진 틈에 답이 있을 거라고. 소리가 외부에 실재한다고 믿어주는 사람은 없었다.

병원을 찾기 전, 무당도 몇 명 만나보았다. 그들은 나를 오색 방석 위에 앉혀두고 다 다른 말을 늘어놨다. 전생이니 업보니, 처녀귀신이 들러붙어 있다느니. 내가 정색하면 그들은 더 과장했다. 곧 있으면 죽을 수도 있다, 굿을 해야 한다, 매일 와서 기도를 드려야 한다 등등. 엄마가 "사실은 세인이가 어릴 때요" 하며 쓸데없는 소리를 하려고 하면 나는 그때만 나서서 말렸다. 내 얘기를, 엄마의 감정을 구구절절 듣고 싶지도, 들려주고 싶지도 않았다.

엄마가 아무 성과 없이 복채를 날리는 모습을 몇 번 지켜보다가 결국 병원을 찾았던 건데, 어딜 가나 항상 껄끄러웠다. 또래와의 대화도 싫지만 어른과의 대화는 더 싫었다.

어른들은 내 삶이 하나의 단계라고 생각한다. 지금의 내게서 자신의 과거를 보고, 나의 미래를 자신의 현재라 여긴다. 어른들은 학생을 만나면 사람으로 보지 않고, 어떤 시절이라고 믿는 게 틀림없다.

대학 가면 더는 이상한 환청을 듣지 않을 것이다, 나도 그맘때에는 비슷했다, 시간이 지나면 나아질 것이다…… 이런 말을 들으면 비웃게 되었다. 당연히 나아지겠지. 그걸 누가 몰라. 나이가 들어도 아무것도 바뀌지 않는다면, 뭐 하러 살아?

그럼에도 매번 나는 시간이 아무리 지나도 나아지지 않을 수 있다고 반박하고 싶었다. 내게는 그런 필연적 개선이 일어나지 않을 것 같았고, 내 시간은 진즉에 끝난 것 같았다. 시간이 흐르는 게 낯설기만 했다.

계절이 바뀌거나 생일이 되어도 즐겁지 않았다. 진료 직전에도 문진표를 작성하다가 버벅거렸다. 이름 김세인, 나이 만십칠 세. 십칠 위에 두 줄을 그어 지우고, 십팔이라 덧대어 적었다. 이 주 전 생일부터 셈을 다시 하고 처음으로 열여덟 살이 되었다.

생일날에도 **소리**는 어김없이 나를 찾아왔다.

집으로 돌아가려고 정류장에서 버스를 기다리는 중이었다. 나는 학원가의 어지럽게 빛나는 간판과 길 건너 행인들을 바라보고 있었다. 옆에 서 있던 사람들이 택시를 잡아탔고, 택시가 떠나자마자 얼핏 사이렌 소리 같은 게 들렸다. 찻길이라 경찰차나 구급차가 지나가도 이상할 게 없었지만, 그 소리는 끽끽거릴 정도로 음고가 높고 불편했다. 갑자기 어디선가 바람도 불어오는 것 같았다. 나는 이것이 어떤 초자연적 존재의 다급한 부름 같다고 느꼈다.

정확한 음원을 알아내기 위해 집중했지만, 소리는 점점 작아졌다. 내가 한참 두리번거리고 있을 때, 정현수가 앞머리를 쓸어올리며 나타났다. 그때 소리는 완전히 멎었다.

정현수는 살갑게 인사했다. 안녕, 누구 기다려? 하고. 나는 짧게 답했다. 아니.

내가 하염없이 바닥을 보는 동안 정현수는 크림색 헤드셋을 벗고 손부채질했다. 안 덥냐고 중얼거렸다. 수영장에서 나온 지 얼마 되지도 않았는데 벌써 땀이 흐른다고 낮은 목소리로 혼잣말을 했다. 나는 턱을 들어 눈을 가늘게 뜨고 정류장 스크린이 띄워주는 현재 온도를 읽었다.

"지금 삼십 도래."

"그거보다 더 더운 것 같은데."

"그러게."

"이런 게 열대야인가?"

"아마도."

나는 불성실하게 대답하고 정류장 의자에 앉았다. 정현수는 운동화 코로 내 발을 툭툭 건드렸다. 옆자리를 내어주자 간격을 두고 앉았다. 더 대화하지 않았다. 정현수가 나타나지 않았다면 그 소리를 좀더 자세히 들을 수 있었을 것 같아 아쉬웠다. 몇 달 동안 속절없이 시달린 주제에 그런 걸 아쉬워하다니. 유령한테 정이라도 든 모양이었다.

"근데…… 좀 전에 이상한 소리 못 들었어?"

정현수도 혹시 그 소리를 들었는지 알고 싶었다. 길바닥에서 솟아오른 게 아니라 분명 근방에서부터 걸어왔을 테니까. 그러나 정현수는 뒷머리를 긁적이다가 어깨를 으쓱였다. 노래를 듣고 있었기 때문에 다른 건 전혀 못 들었다고 했다.

내가 작게 탄식하자마자 정현수가 내 주의를 끌었다.

"사이렌 소리 말하는 거야?"

"그거 들었어?"

"저쪽에서 사고 났잖아."

정현수는 턱짓으로 길 건너를 가리켰다. 일 킬로미터 정도 떨어진 곳에서 좀 전에 교통사고가 났다고 했다. 직접 보진 못했지만, 한 중학생이 뭔가에 홀린 듯 무단 횡단하다가 오토바이와 부딪혔다고 했다. 나는 더 캐묻지 않았다. 내가 들은 소리는 그 사건과 상관없었다.

"내일 뉴스에 뜨겠지? 근데 왜 그랬을까."

"그러게."

나와 정현수는 때마침 도착한 버스에 올라탔다. 같은 반도 아니고, 등교할 때나 집에 갈 때 정류장에서 마주치는 게 전부면서 정현수는 아무렇지 않게 내게 말을 걸었다. 전광판의 영화 광고를 보며 영화를 좋아하는지, 반짝이는 빨간 십자가를 가리키며 교회나 성당에 다니는지, 모바일 배틀그라운드에 접속하며 게임은 안 하는지 물었다.

창밖에 새까만 가로수가 줄지어 지나갔다. 나는 바깥을 유심히 구경했다. 나무 한 그루가 차에 붙어 질질 끌려오는 것처럼 보였다. 나무들은 다 가만히 서 있고 움직이는 것은 오로지 버스뿐인데도.

아파트 단지 입구에서 헤어지기 전, 정현수는 생일 축하한다고 말했다. 뜻밖의 대사에 정색하고 말았다.

"내 생일인 걸 어떻게 알아?"

정현수는 헤드셋을 끼느라 내 질문을 듣지 못했다. 그저 손을 흔들며 웃더니 자기가 사는 동으로 가볍게 뛰어갔다. 별로 친하지도 않은데 어떻게 알았지, 메신저에 뜨나.

몇 년간 들어본 적 없는 축하에 소름이 돋았다. 정현수가 전학생이라는 게 실감났다. 나를 아는 사람 중에 내 생일을 축하하는 사람은 드물어서 달력에서 뜯겨나간 것만 같은 그 숫자를 나조차 어떻게 대해야 할지 알 수 없었는데, 정현수는 아무렇지 않게 대했다. 어딘가에 파묻힌 내 나이의 불연속면을 정현수가 대충 손을 휘저어 발굴한 것 같았다. 그런 날이 었는데도 오늘 나는 나이 먹은 것을 잊은 것이다.

병원을 빠져나온 나는 엄마와 차 안에서 기계식 주차장의 승강기를 기다렸다. 엄마는 내가 공부를 너무 열심히 해서 극심한 스트레스를 받아 이명을 듣는 것 같다며 보약을 짓겠다고 했다.

"그런 거라면, 내가 전교 일등이어야 쪽팔리지나 않겠다."

"전교 일등만 스트레스 받으라는 법 있니?"

나는 차창에 머리를 대고 빨리 집에나 가자고 재촉했다. 반찬은 어디서 사 갈 거야? 아빠 언제 퇴근한대? 이 승강기는 내려오고 있는 거야? 이런저런 얘기를 했지만 내가 무슨 말을 하든 엄마는 자신이 나를 제대로 돌보지 못해서 내가 이렇게 된 거라고 주장하며 운전대를 붙잡고 눈물을 흘렸다. 그게 왜 엄마 탓이냐고 달래면, 엄마는 자기 때문에 내가 고생이라고 자기 할 말만 했다.

나는 곧 있으면 성인인데 엄마는 아직도 사고를 당한 열한 살의 나를 키우고 있었다. 우리 엄마만의 증상은 아닐 것이다. 엄마들은 어느 시점이 되면 스스로 시간을 멈추는 것 같았다. 현재를 거부하고 오직 기억만으로 자녀를 이해하는 법을 터득하는 것 같았다. 그래야만 사랑이 닳지 않으리라 믿는 것처럼.

우리는 한참을 숙연하게 앉아 있다가, 승강기 문이 열리고 빛이 새어 들어오자마자 정신을 차렸다. 엄마가 눈가를 닦느라 꾸물대자 뒤에서 기다리던 차가 경적을 울리는 바람에, 마음이 급해진 우리는 아무데도 들르지 않고 곧장 동네로 향했다.

엄마는 라디오에서 흘러나오는 90년대 가요를 따라 불렀다. 가라앉은 분위기를 수습해보려는 것 같았다.

"옛날 노래들은…… 왜 이렇게 다들 열창하는 거야?"

"이게 옛날 스타일이야."

전혀 모르는 노래들이라고 불평해도, 엄마는 강수지와 엄정화, 장혜진의 노래에 심취해 내 말을 무시했다. 그대라는 낱말이 끝도 없이 등장하는 집착적인 가사를 얌전히 듣고 있을 수밖에 없었다. 문득 정현수는 뭘 듣느라 그렇게 항상 헤드셋을 끼고 다니는지 궁금했다. 개도 가끔은 간절히 말을 거는 듯한 노래를 듣는지.

신호에 걸려 차가 잠시 멈췄을 때였다.

요란한 소리를 내며 옆 차선에서 까만 중형차 한 대가 급정거했다. 그러자 뒤에서 달려오던 소형차가 중형차를 들이받았고, 그 소형차를 또 다른 새까만 중형차가 들이받았다. 소형차는 형편없이 찌그러졌다. 나는 문을 열고 나가 그 사람의 상태를 확인하고 싶었지만 선뜻 행동할 수 없었다. 뒤에 오던 트럭이 역시 멈추지 못하고 세 번째 차와 부딪혔기 때문이다.

네 대의 차량이 공간을 뒤흔드는 소리를 내며 연속적으로 가해진 힘에 의해 앞으로 나아갔다. 갑자기 우리 차의 내비게이션이 전방에 사고 다발 구역입니다, 하고 안내했다. 원래 사고가 자주 나는 지역이라고 해도, 눈앞의 삼중 추돌은 어떻게 된 일인지 도통 이해할 수 없었다.

마지막에 들이받은 트럭은 운전사가 가까스로 속력을 조절한 듯 다소 천천히 미끄러졌다. 박살난 그릴과 범퍼가 훤히 보이는 세 번째 차와 비교하면 그나마 다행이었다.

나는 라디오 소리를 낮추고 사고 차량의 운전석을 지켜보았다. 한 손으로 손잡이를 붙잡고, 119에 연락하기 위해 다른 손으로 스마트폰을 켰다. 그러자 엄마는 내 손을 멈추게 하고 불길한 일이라며 신호가 바뀌자마자 액셀을 밟았다. 어차피 통행인들이 이미 신고했을 거라면서. 나는 맨 앞 차의 운전석을 스쳐지나가며 보았다. 급정차로 이 사단을 낸 남자는 멍하니 앞을 보고 있었다.

우리는 저녁 식사 내내 거실에 틀어둔 티브이에 집중했다. 아빠는 요즘 사고가 유독 많이 난다고 말했다. 아까도 어떤 사람이 세탁물을 널다가 구층에서 화분을 떨어뜨려 누군가 크게 다친 소식이 나왔다고 했다. 다들 조심하라는 게 요지였다.

엄마는 국을 데우면서 돌아오는 길에 목격한 교통사고 얘기를 꺼냈다. 끔찍해서 생각도 하기 싫다며 몸을 떨었다. 젓가락질을 멈춘 아빠는 입으로 쩝쩝 소리를 내며 스마트폰을 확인했다. 며칠 전에 퇴사한 팀장 하나도 실족사했다고 말했다. 사람이 죽거나 다친 이야기가 줄줄이 이어지는데 두 사람

다 날씨 얘기를 하는 것처럼 보였다. 내게 병원에 다녀온 이
야기나 상담 내용에 관해서는 묻지 않았다. **소리** 얘기도 전혀
하지 않았다. 나는 함께 있는데도 홀로 격려당한 기분이 들어
빠르게 그릇을 비우고 방으로 돌아갔다.

어른들은 부고와 장례를 하도 많이 접해서 익명의 죽음 정
도는 들으면서 동시에 잊는 것 같았다. 조금 억울하거나 안타
까운 죽음은 가까스로 기억해낸 뒤 쉽게 평가하고 또 잊어버
리는 것 같았다. 다들 자신의 일이 아니라고 생각했다.

나는 무의식적으로 책상 위의 모든 종이를 자꾸 구겼다 폈
다. 접힌 자국이 사라지지 않는데도 펴려고 했다. 정신없고
불안했다. 마음을 가다듬기 위해 일어서서 스트레칭을 하고
이를 닦고 책상을 정리하고 다시 문제집을 풀었다. 영어 단어
를 외우다가, 잠시 누워 있다가, 스마트폰으로 시간을 보다가
몸을 일으켰다. 정현수가 보낸 문자 때문이었다.

─산책?

제안인지 질문인지 알아볼 수도 없는 간단한 메시지였다.
딸랑 두 글자가 전부인데, 해석해야 하는 부호처럼 느껴졌다.
산책할지 말지 따위로 삼 분을 넘게 고민했다.

─어디로?

─강 쪽으로!

잘 다듬어진 산책로는 아니지만 강변으로 내려가는 길이

몇 개 있긴 했다. 그런데 쉽사리 나가겠다고 할 수 없었다. 자신이 생기고 없어지길 반복했다. 침대에 널브러져 너네 반 애들이랑 가라고 답장해버렸다. 같은 아파트 단지에 사는 학교 친구가 필요한 거라면, 내가 아는 애만 해도 넷은 가뿐히 넘었다.

정현수는 몇 분간 연락이 없다가 다시 문자를 보내왔다.

—뭔 소리야? ㅋㅋ

그러더니 곧 엘리베이터를 탈 거라고 덧붙였다. 나는 고집이 느껴지는 그 글자들을 바보처럼 계속 쳐다봤다.

불안한 예감이 들었다. 친구가 많고 안 친한 사람에게도 쉽게 말을 거는 정현수는 밀물처럼 오고 썰물처럼 떠날 텐데, 오랫동안 학교의 유령으로 지내온 내가 혼자서도 괜찮았다는 걸 망각하게 될까봐 무서웠다. 동시에 정현수는 어째서 유령을 피하지 않고 도리어 선택하는지 알고 싶었다.

내게 남은 조그만 호기심이 변질되기 전에 무작정 거실로 나갔다. 과일을 먹고 있던 부모님께 동네 한 바퀴 돌고 오겠다고 통보한 뒤 빠르게 신발끈을 묶었다.

엘리베이터를 기다리는 동안 **소리**가 또 찾아왔다. 소리의 길이는 점점 짧아졌지만, 빈도는 점점 잦아지는 것 같았다. 이제는 어느 정도 길들여져서 신경쓰지 않고 견딜 수 있었다. 너무 성가실 때만 스마트폰을 켜 녹음 버튼을 눌렀다. 녹음하려고 하면 소리는 정지 버튼을 누른 것처럼 뚝 끊어졌다.

아파트 밖으로 나오자마자 운동복 차림의 정현수를 발견했다. 훈련을 마치고 이제 막 돌아온 모양이었다. 긴 그림자가 내 발밑에 닿을 즈음 그 애는 헤드셋을 벗고 인사했다.

"너 오늘 점심 전에 조퇴했더라."

"어. 병원 가느라."

"병원?"

나는 아, 하고 머뭇거렸다. 굳이 할 필요 없는 얘기를 꺼낸 것 같아서 아팠다고 대충 둘러댔다. 정현수는 어디가 아팠냐고 눈을 반짝거리며 물었다. 지하 주차장 쪽에서 새어나오는 빛 때문에 눈동자에 초록색이 묻어났다.

"머리. 어지럽고, 약간 열나고."

짧게 말해도 정현수는 나를 타박하지 않았다. 멀쩡한 모습을 눈앞에 두고도 꾀병인지 의심하지 않았다. 어른들과도, 학교의 아이들과도 달랐다. 정현수는 대신 자신의 하루를 말해 주었다. 평소보다 컨디션이 안 좋아서 설렁설렁했는데 그게 오히려 더 짜증나고 답답했다는 얘기, 누나가 평일 미사를 보러 가자고 졸라서 내일은 성당에 가기로 했다는 얘기, 이사 온 지 사 개월이 넘었는데 역 앞에서 헤맨 얘기, 좋아하는 밴드의 신보가 기대 이하라는 얘기.

우리는 가로등이 있는 방향으로 나란히 걸었다. 시계탑을

빙빙 돌아 상가를 지나 강변 근처까지. 몇 걸음마다 고여 있는 물웅덩이에 구체가 희미하게 비치는 것 같았지만, 빛 반사 때문이겠지, 하며 모르는 체했다.

인가에서 벗어나 작은 아스팔트 비탈에 올랐다. 누군가 낑낑대며 자전거를 끌고 지나갔다. 나는 전국체전이나 선발전 등 이제껏 발음해본 적도 별로 없는 단어들을 꺼내며 대화의 몫을 전부 정현수에게 떠넘겼다. 정현수는 살짝 지겨운 티를 내며 대강대강 설명했다. 같이 연습하는 다른 선수들이나 훈련 분위기에 대해 물어도 미적지근하게 답했다.

"학교랑 비슷해."

시야의 소실점에 야외 농구 코트가 보였다. 정현수가 저기까지만 걷고 돌아가자고 턱짓했다. 나는 고개를 끄덕이며 천주교와 록 밴드에 관해 물었다. 정현수는 종교엔 크게 관심 없고, 시끄러운 음악은 다른 소리를 차단해주는 게 좋다고 했다.

"근데, 무슨 인터뷰 같다."

정현수는 쑥스러운 듯 웃었지만 나는 다른 소리를 차단해준다는 말이 무슨 뜻인지 확인하고 싶었다.

"다른 소리를 차단해준다고?"

내가 이상한 데 꽂혔다고 생각하는 듯한, 의아한 표정을 마주했다. 나는 개의치 않고 무슨 소리를 안 듣고 싶은 거냐고 구체적으로 물었다.

"그냥, 다. 왜?"

내가 곧장 답하지 않아서 정현수의 떨떠름한 반응도 수그러들지 않았다.

풀벌레 소리, 농구공이 바닥에 닿았다 튀어오르는 소리, 자전거 바퀴가 물웅덩이 속으로 미끄러지는 소리, 정현수의 목소리가 연달아 머릿속을 긁었다. 감각이 예민해졌다. 그 **소리**가 또 찾아올 것 같았다. 나는 무의식적으로 오늘 보았던 교통사고를 곱씹으며 나도 모르게 병원 이야기를 꺼냈다.

"난 이상한 소리가 자꾸 들려서 병원에 간 거야. 오늘 간 곳이 네 번째야."

농구 코트 입구 앞에 멈춰 선 정현수가 눈썹을 들어올리며 나를 바라봤다. 나는 코트의 초록색 철조망으로 시선을 돌리며 말했다. 환청이 아니라고. 증명하기는 어렵지만 알 수 있다고. 분명 다른 사람들도 들을 수 있는 소리라고.

정현수는 몸을 돌려 코트 밖에 버려진 골대에 등을 기댔다.

"그래서 저번에 이상한 소리 못 들었냐고 한 거야?"

내가 끄덕거리자마자 정현수는 내 팔을 천천히 끌어당겨 나를 자신의 옆에 세워놓고 어떤 소리를 듣는지 물었다. 나는 머리를 골대 기둥에 기댄 채 대답했다.

"바람 소리 같은 거."

"자주 들어?"

"응."

"왜 환청이 아니라고 생각하는데?"

정현수는 다정하고 덤덤했다. 무당들의 신점이나 의사들의 상담과 전혀 달랐지만, 입이 쉽게 벌어지지 않았다. 나를 향한 질문은 언제나 부담스러웠다. 내 얘기는 뭐든지 폭로 같았다.

나는 바닥에 시선을 둔 채로 고민하다가 결국 정현수에게 소리에 관해 자세히 말해주었다.

"혼자 있을 때만 들리는데, 녹음을 하려고 하면 사라져."

이 경험을 설명하는 것은 매번 창피했다. 혼자 있거나 사람이 별로 없을 때, 묘한 소음이 들린다고 말하면 사람들은 십중팔구 나를 불신했다. 관심받으려고, 독특해 보이려고, 음침한 사차원 고등학생인 척하려고 내가 지어낸 이야기라 생각했다.

그런데 정현수는 괜찮다고 했다. 내가 망설이면 웃어주었다. 입술을 떼었다 말았다 하며 머뭇거리면 침착하게 말해보라고 했다. 무슨 개소리냐고 비웃거나 지어낸 거 아니냐고 의심하거나 환청 맞는 것 같은데? 하고 제멋대로 판단하지 않았다. 내 말을 듣고, 나를 격려하려고 자기 얘기를 해주었다.

"나도 어릴 때 병원 다녔어. 난 엄청 산만하고, 집중 못하고, 발달이 느렸대. 수영도 그래서 시작한 거야."

"그게 수영이랑 무슨 상관인데?"

너스레를 부리는 정현수가 얄미워서 잠깐 노려봤다. 정현수는 기지개를 한번 켜고 대답해주었다.

"물에 들어가면 다른 자극을 안 받아. 그리고 몸이 느려져."

수영은 좀 다르지만, 입수나 잠수는 세상과 단절되는 느낌이 있다고 손짓을 섞어가며 말했다. 들뜬 것처럼 보이기도 하고, 부끄러운 것처럼 보이기도 했다. 나는 멀리 시선을 던져 대교와 강물을 바라보며 수영장의 기억을 되새겼다. 희미한 락스 냄새와 하얗고 파란 타일들. 높은 천장과 둥실거리는 부표까지.

"그러니까 나한테만 집중할 수 있어."

정현수는 물속에서 다른 생각은 금물이고 사치라고 했다. 제대로 안 하면 코에 물이 들어가니까 집중을 억지로라도 하는 것이고, 그런 이유로 수영을 시작하는 사람도 많다고 했다.

나는 납득의 표시로 고개를 끄덕였다. 사실 병원에 간 건 부끄럽지 않고, 그냥 이상한 소리를 듣는다고 고백하는 게 힘들었던 건데, 정현수는 내가 병원 이야기 하는 걸 어려워한다고 생각한 것 같았다. 그래서 어린 시절의 주의 산만과 느린 발달과 치료 경험을 말해주는 것 같았다.

나는 어린 정현수가 킥판을 잡고 발차기 연습하는 모습을 상상했다. 그 허구의 장면이 왠지 모를 안정을 주었다. 정현수는 흔하지 않은 방식으로 나를 배려했다.

"어쨌든, 그래서 네가 듣는 이상한 소리가 그냥 바람 소리야?"

"아니. 약간 비명 같은 건데……"

나는 여전히 시선을 대교와 강물에 둔 채 말했다. 양복을 입은 남자가 대교 위를 왔다갔다하고 있었다.

"거센 바람이 창을 두드리는 소리 같기도 하고, 누군가의 비명 같기도 하고. 피아노…… 소리도 조금 나고. 뭔가가 멀리서 날아오는 듯한 소리 같기도 해. 처음에는 눈치채지 못할 정도로 짧고, 데시벨이 낮았어. 그런데 어느 순간부터는 뚜렷해. 말을 거는 것처럼 기분이 나빠. 원래는 여기서 들렸다가 저기서 들렸다가 하는 어수선한 느낌이 있었는데, 요즘에는 일정한 방향이 느껴져."

정현수는 내 말을 가만히 듣다가 내 시선을 따라 고개를 돌렸다. 뭘 보면서 얘기하는 거냐며 중얼댔다. 양복 입은 남자가 서 있는 길 건너편에서 형광 조끼를 입은 경찰들이 뛰어오고 있었다.

우리는 동시에 이상한 낌새를 알아채고 조금 더 앞으로 다가가 그 모습을 지켜봤다. 다급한 경찰들을 보면서도 대화를 멈추지 않았다.

"안 무서워?"

"모르겠는데. 끈질겨서 성가시긴 해."

"되게 남의 일 얘기하듯이 말하네."

"지어낸 거 아니야."

"알아."

정현수는 작게 웃으며 단호하고 명료하게 답했다. 네가 어떻게 알아? 했더니 정현수는 내 얼굴을 응시했다.

"너 항상 이상한 짓을 몰래 하더라고. 아무도 모르게."

"뭐라고?"

"보통 관심받고 싶으면 남들이 알아채게 하잖아."

정현수는 내가 궁금했다고 말했다. 나는 항상 혼자 다니고, 구석에서 가끔 두리번거리다가 안 그런 척하면서 더 몸을 사리고, 방금 자신이 혼란스러워하는 모습을 누군가가 목격했을까봐 불안한 것처럼 굴어서 언젠가는 물어보고 싶었다고, 정현수는 이야기했다.

때때로 학교에서, 수업중 복도에서, 교장 선생님만 이용하는 엘리베이터 앞에서, 계단에서, 더는 사용하지 않는 음악실 앞에서 정현수와 눈이 마주치곤 했다. 자꾸 눈이 마주치려면 적어도 둘 중 한 명이 다른 하나를 계속 관찰해야 한다는 것을 그 순간 깨달았다. 말이 안 되는 것 같았다. 이해가 안 되어서 정현수의 말을 계속 의심했다. 새롭고 어설픈 감정이 의식의 끄트머리에서 풀려나와 마음을 혼잡하게 했다.

대교 위에서 한바탕 소란이 일어났다. 양복을 입은 남자는 경찰들이 다가오는 것을 모르는 듯 마냥 허공을 보고 있었다. 빠르게 지나가는 차량 너머로 경찰들이 길을 건너려는 모습이 연속 스냅처럼 보였다.

"뭐 하려는 거지?"

"설마……"

내가 말을 다 잇기도 전에 남자는 다리 위에서 뛰어내렸다. 나는 숨소리를 터뜨리며 뒤돌았고, 정현수는 비탈을 뛰어 내려가 강으로 향했다.

"가지 마. 야, 위험해!"

정현수를 붙잡으러 급하게 뒤따랐다. 정현수는 막무가내로 행동했다. 앞만 볼 뿐 다른 방향은 돌아보지 않았고, 지금 뛰어들면 얼마든지 남자를 구할 수 있다고 확신하는 것 같았다. 풀과 흙을 아무렇게나 밟으며 내리막길을 달리던 정현수의 팔이 허공에서 잠시 갈피를 잡지 못할 때, 나는 그 팔을 꽉 붙잡고 숨을 몰아쉬었다.

"안 돼. 어차피 안 된다고. 네가 아무리 수영을 잘해도……"

말이 제대로 나오지 않았지만 나는 최선을 다해 설명했다. 수영 국가대표라고 해도 이 거리는 무리라고 말했다. 또한 경찰들이, 어른들이 있으니까 저 사람은 괜찮을 거라고 거의 소리를 질렀다.

정현수는 사태를 파악하기 위해 스마트폰 카메라를 켜 망

원경처럼 사용했다. 줌을 이용해 확대하면 경찰들이 무엇을 하는지, 남자가 어떻게 되었는지 잘 보였다. 화질이 깨지자 나는 아무 생각 없이 손가락을 뻗어 화면 속 휠을 돌렸다. 촬영 모드가 동영상으로 바뀌자 화질이 조금 더 선명해졌다. 우리는 경찰들을 지켜보다가 렌즈를 내려 다리 밑을 보았다.

이미 남자는 떠내려간 것 같았다. 그 사람이 물속 무언가에 부딪힌 건지, 주황색 조명 때문인지 물이 빨갛게 보였다. 정현수는 다시 각도를 조절해 경찰들을 지켜봤다. 서너 명의 경찰들이 서로 무전하고 있었다. 구조대를 부르는 것 같았다. 프레임 속 경찰들은 입가에 무전기를 대고 혼란스러운 표정으로 두리번거렸다. 정현수가 손을 헛디뎌 촬영 버튼을 누르자, 서로 다른 곳을 보던 경찰들이 동시에 우뚝 섰다.

"방금 뭐지?"

정현수는 촬영을 멈추고 방금 찍은 영상을 두어 번 돌려 보았다. 경찰들끼리 눈빛을 주고받으며 마침내 문제를 해결한 것처럼 끄덕거리는 이 초 남짓의 기록에서, 나는 어딘가 익숙한 자극을 받았다. 녹음하려 할 때마다 사라지는 소리가 떠올랐다. **소리**가 무작위로 사람을 골라 숨바꼭질이라도 하는 것 같았다.

"돌아가자."

더 생각할 것도 없었다. 나는 정현수의 팔을 잡아당겼다. 정현수는 이번에는 내 말을 무시하지 않고, 강으로 달려들지 않고, 침착하게 고개를 끄덕이며 나를 따랐다. 우리는 다시 오르막길을 올라 농구 코트부터 아파트 단지까지 걸었다. 내내 아무런 말도 하지 않았다.

입구에 다다라서야 정현수에게 물어볼 수 있었다. 어째서 뛰었던 거냐고. 딱 봐도 구하러 갈 수는 없는 거리였는데, 왜 그렇게 애를 썼는지.

정현수는 해수욕장에서 사람을 구해본 적이 있다고 답했다. 바다에 빠진 사람을 구해봐서 강에 빠진 사람도 운이 따른다면 구할 수 있을 것 같았다고. 나는 벼락이라도 맞은 것처럼 온통 얼얼했다. 사고가 났던 날이 불현듯 떠올랐다. 그대로 서서 울고 싶었다.

벙쪄 있는 내게 정현수는 들어가서 쉬라고 했다. 내 어깨를 잡아 민 다음 손을 떼 흔들었다.

다음날 아침, 나는 땀에 흠뻑 젖은 채로 깼다. 꿈속에서 지금까지의 인생을 두 번은 산 것 같았다.

꿈에서 가끔 만나는 아이들이 있다. 나는 항상 어린이용 의자에 겨우 앉아 악보를 고르고, 그 애들은 피아노 의자 위에 여럿이 붙어 앉아 나를 쳐다본다. 허리와 무릎이 아파 일어나려 하면, 그 애들은 열심히 나를 말린다. 일어나면 안 된다고, 내가 일어나면 모든 게 끝난다고. 몇 번 참다가 그 애들이 한 눈을 팔면 나는 자리에서 일어선다. 그러면 곧바로 천장이 무너져 모든 게 시멘트 덩어리 사이로 파묻힌다. 반복되는 꿈이라 어떻게 되는지 아는데도 멍청하게 일어서고 만다.

학교 가는 버스 안에서 정현수를 다시 만났다. 운전석 유리벽에 붙어 있는 티브이에서 한강에 투신한 남성의 이야기가 나오고 있었다. 뭔가 특이한 사연이 있을 줄 알았지만, 그는 술에 취해 몸을 가누지 못한 것으로 보도되고 있었다.

"술에 취한 것 같았어?"

뒷문 앞에 서서 벨을 누른 정현수가 내게 물었다. 나는 모른다고 답했다.

우리는 버스에서 내려 정문을 향해 걸었다. 구름이 잔뜩 끼고 공기에서 비릿한 냄새가 났다. 곧 비가 내릴 기세였다.

학교에 진입하자마자 정현수는 친구들에게 둘러싸였다. 새 끼야, 너 또 학교 쨌더라. 이 새끼 5교시면 사라져요. 급식 먹으러 오냐? 수영이 벼슬이세요. 정현수는 친구들의 격한 환호 및 냉소에 잔잔하게 웃어주었다.

정현수와의 대화에서 낯설었던 점을 그제야 알아챘다. 정현수는 욕을 쓰지 않았다. 무리 속의 정현수는 여러모로 인상 깊었다. 눈에 띄게 키가 크고, 남들은 어절마다 속어를 쓰는데 정현수는 수수하게 말했다. 남들은 대학 가려고 장래희망을 정하는데 정현수는 이미 확고하게 진로가 정해진 고등부 수영 선수였다. 남들은 한국 힙합이나 케이팝을 듣는데 정현수는 외국어가 가득한 록 음악을 들었다. 해수욕장에서 사람을 구해본 적도 있었다.

바닷가와 스티로폼 부표와 수영복을 입은 사람들과 동그란 튜브를 떠올렸다. 빨간 구조요원 복장의 정현수도 생각했다. 정현수에게는 미래도 있고 취향도 있고 인생 같은 인생이 있는 것 같았다. 온 세상이 내게 정현수와 너는 어울릴 수 없다고 말해주는 것 같았다. 그런 저주가 몸을 통과했다.

정현수와 같은 반인 애들이 표정을 잔뜩 찡그리며 전날 밤 사고를 언급했다. 요즘 진짜 이상한 사고가 많이 난다고. 걔들은 별로 진지하지 않았다. 사람이 다치거나 죽는 것은 이야깃거리에 지나지 않아 보였다.

나는 언제나처럼 멀찍이 거리를 두고 걸었다. 그런데도 걔들 말을 토씨 하나 빠짐없이 알아들을 수 있었다. 정현수의 친구들은 목청이 너무 컸다.

"야, 우리 아빠도 어제 골프장 갔다가 어떤 사람이 갑자기 미쳐 돌아서 골프채로 사람 패는 거 봤대."

"엥. 진짜?"

"어. 근데 그 사람 약간 유명한 사람인가봐. 정치인인가? 아무튼 그래서 아직 뉴스에 안 나온 듯?"

나는 몇 걸음 뒤에서, 정현수는 무리 한가운데서 잠자코 골프채 괴담의 전말을 들었다. 나는 정현수가 다른 사람들 앞에서 어떻게 행동하는지 궁금했다. 나도 모르게 힐끔거렸다.

"근데, 그 사람이 계속 그만 얘기해! 그만 말해! 닥치라고! 이러면서 팼대. 맞은 사람은 한마디도 안 했는데."

정현수는 별로 대꾸도 하지 않고 웃지도 않았다. 심지어 놀라지도 않았다.

"문제는 평일이고 거기 아저씨들밖에 없으니까 그걸 찍을 생각을 안 한 거야."

앞서 걷던 애 하나가 노인을 비하하는 단어를 쓰며 노인들은 할 줄 아는 게 뭐냐고 궁시렁댔다.

"아, 그니까. 폭력은 증명이 돼도, 솔직히 무슨 일인지 알 수가 없는 거지. 시시티브이 있다는데, 음 소거잖아."

"무슨…… 소리라도 들은 건가?"

침묵을 지키던 정현수가 계단을 오르며 물었다. 그러더니 뒤쪽에 서 있던 나를 가만히 쳐다봤다.

"와, 설마."

"어제 뭐지? 그 투신한 사람도 한강 가기 전에 계속 허공에 대고 얘기하는 영상 찍혔잖아. 막 대답해! 왜 갑자기 조용해졌어! 하면서 길길이 날뛰는 거 유튜브에 떴던데."

"야, 소름 돋아. 에어팟 끼고 전화하던 거 아니야?"

"아니야, 그 유튜버가 직접 봤는데 귀에 아무것도 없었다고 했어.”

나는 정현수도, 정현수의 친구들도 모르는 체하며 무리를 빙 둘러 추월했다. 먼저 교실로 들어가는 나를 정현수가 지켜보다가 들으라는 듯이 말했다.

“그 소리가 말을 거나보네?”

짜증이 났다. 남들과 대화하는 척하면서 자기 멋대로 내 상황을 해석하고 짐작하는 게. 그런데 틀렸다고 말할 여지도 없어서. 나는 걸음을 멈추고 교실에서 다시 몸을 살짝 빼 문밖으로 중지를 치켜올렸다. 정현수는 웃음을 터뜨렸다.

괴담에 한창 몰입하던 친구들이 정현수의 시선을 확인하고, 그의 어깨를 툭 건드렸다.

“너 근데 김세인이랑 친하냐?”

쩌렁쩌렁 울리게 떠들던 정현수의 친구들이 단번에 목소리를 낮췄다. 단순한 호기심인지 시비인지 알 수 없었다. 정현수는 적당히 답했다. 친한 건 아니지만 같은 아파트 단지라고.

“야, 네가 전학 와서 김세인을 잘 모르겠지만……”

듣고 싶지 않아서 우리 반으로 숨었다. 자리에 앉아 가방을 책상 위에 펼쳐두고 교과서를 꺼냈다. 시간표를 확인하고 온갖 책의 페이지를 넘겨가며 분주하게 움직였다. 어차피 이곳까지 들리지도 않을 그 이야기가 귀에 들어올까봐 안간힘을 써서 세상의 모든 소리를 내 안에서 밀어냈다.

무슨 말이 나올지 예상할 수 있었다. 정현수가 걔들에 비해 생각이 깊고 성숙하다고 해도 걔들의 말을 들으면 분명 달라질 것이다. 나에게 잘못이 없지 않으니까 항변할 수도 없다. 그럴 의지도 없다. 내가 결백해도, 어쨌든 그 애들의 말은 정현수를 오염시켜 나를 볼 때마다 그 일이 떠오르게 만들 것이다.

한여름 밤의 꿈이 지나가고 내가 궁금했다는 정현수가 나를 더이상 궁금해하지 않아도 상관없다. 내가 감당하기 힘든 것은 은밀한 갈등 속에서 피곤해지는 일이다. 어제는 같이 어울려 길을 걷다가 오늘은 갑자기 데면데면하게 되면 예민해진다. 사람들은 남자애들이 한 번 싸우면 그만이고, 뒤끝도 없고, 몰래 쑥덕거리는 짓도 하지 않는다고 생각한다. 친한 사이에서 남을 조종하고 알게 모르게 다툼을 조장하는 것은 여자애들의 방식이라 생각한다. 그건 그냥 그렇다고 하니까, 어른들이 그렇다고 말하니까 그렇게 믿는 것뿐이다. 말에 지배당하는 것이다. 사실과는 무관해진다.

아마 정현수의 친구들은 내 평판을 두고 술렁거리면서 초등학교 때의 일을 언급할 것이다. 우리 동네에서 건물이 하나 무너진 적 있다, 뉴스에 나왔는데 들어본 적 있지 않냐, 학원들이 입주한 건물인데 규모가 작아서 엄청 이슈가 되진 않았다, 그게 무너져서 사람들이 며칠 동안 갇혀 있었다, 김세인이 마지막으로 구조된 사람이었다…… 정현수는 흥미롭게 들을까? 관심 없다고 지나칠까? 네가 그럴 수 있을까.

수업 시간 내내 사고가 멈추었다. 당장이라도 옆 반에 뛰어들어가 무슨 대화가 오갔는지 살피고 싶었다. 어차피 과거를 바꾸거나 다시 태어나지 못하는데도. 아무것도 손쓸 수 없는데도. 오염된 것은 정현수가 아니라 나였다.

점심시간이 되자마자 정현수의 실루엣이 복도 창에 나타났다. 3학년들이 죄다 우르르 급식실에 내려가 배식을 기다리는 동안 교실은 몇몇 자습하는 모범생들만 남아 조용했다. 정현수는 내가 앉아 있는 교실을 쓱 둘러보더니 밥 안 먹냐고 했다.

"난 혼자 먹는 게 편해."

"어, 그래 보여."

정현수는 어제와, 지난 몇 주간과 똑같은 태도를 보였다. 맑은 눈을 깜빡이며 두 팔을 접어 팔짱을 끼더니 어차피 자기는 곧 있으면 조퇴라고, 없는 사람 취급하면서 먹으라고 했다.

"그럼 그냥 지금 가."

"나갈 수 있는 시간이 정해져 있거든? 네가 그냥 불편하게 먹어."

왜 친구들이랑 안 먹고 나를 찾아왔는지는 급식실에 내려가면서 알 수 있었다. 정현수는 어젯밤 나와 함께 보았던 장면과 나와의 대화를 형사나 탐정처럼 되새김질했다. 곧 뭔가 알아내기라도 할 것처럼 의욕이 넘쳤다.

"너만 그 소리를 듣는 건 아닌 거 같아. 근데 너는 말소리를 듣는 건 아니라며."

"그냥 우연일 수도 있어."

식당에 들어온 우리는 급식을 받아 창가 자리에 앉았다. 2학년들이 줄을 서기 시작하는 게 보였다. 몇 명은 정현수에게 꾸벅 인사하기도 했다. 이 학교를 삼 년 다닌 나보다 막판에 전학 온 정현수에게 지인이 더 많았다. 나는 테이블 밑으로 고꾸라지고 싶은 심정이었다.

학교 밖에선 모르겠지만, 교내에서는 정현수와 다니고 싶지 않았다. 정현수는 눈길을 끄는 편이고, 나는 사람들 눈에 띄고 싶지 않았다. 눈에 띄면 입에 오르게 되고 입에 오르면 이런저런 말들이 귀에 맴돈다. 내가 그 말을 믿지 않아도 그것은 대부분 사나운 기세로 진짜가 되어버리고 삶을 불안정하게 만든다.

"쟤네가 내 얘기 해주지 않았어?"

내가 안쪽 테이블의 학생들을 가리키며 물었다. 정현수는 제대로 못 들었다고 답하며 귀찮은 표정으로 비빔밥을 비볐다. 나는 섞이는 것을 좋아하지 않아서 샐러드 볼처럼 떠먹었다.

물이 반쯤 담긴 컵에 또 한번 희미한 구체가 반사되는 것이 보였다. 나는 주변을 돌아본 후, 동그란 전구를 보고 저게 물에 비친 것이리라 생각했다.

"너한테 얘기하기 싫어."

정현수는 어깨를 으쓱이며 가볍게 말했다.

"어, 하지 마. 나도 안 들을게."

퍼즐을 조립하듯 계약이 체결되었다. 굳이 명시하지 않았지만, 건물이 무너지고 구조되었던 과거의 이야기를 정현수가 내게 캐묻지 않는다는 조건으로 함께 밥을 먹었다. 내가 직접 말하는 게 아니라면 어디서도 듣고 오지 않겠다고 약속한 것이기도 했다.

나는 여전히 긴장한 채 숟가락으로 식판을 뒤적였다. 정현수는 깨작거리는 게 못마땅하다는 듯 인상을 쓰더니 어제는 잘 잤냐고 물었다.

"난 꿈에 나올 거 같아서 새벽 세시까지 깨어 있었어."

숟가락을 쥔 채 정현수를 쳐다보지 않고 말했다. 난 잘 잤어. 이 얘기도 별로 하고 싶지 않아서 언짢은 티를 냈다. 그러나 정현수는 자신이 열심히 생각해 온 것들을 말했다. 귀를 막으면 소리를 안 들을 수 있는 거 아니냐면서.

정현수가 내세운 방안은 단순하고 평범했다. 소리를 떨쳐낼 수 없다면 제거하려고 애쓰기보단 본인처럼 헤드셋을 끼고 다니라는 말 같았다. 태평하고 게을렀다. 나는 밥알을 전부 씹어 삼키고 말했다.

"그러려고. 나도 너처럼 록을 들어야겠어."

내가 비꼰 것을 눈치챈 것 같았지만 정현수는 추천해줄까? 하고 너스레를 놓았다. 정현수는 자신의 플레이리스트를 보여주며 열심히 설명했다. 이 밴드는 헤비메탈이고 저 밴드는 얼터너티브인데 좀 시끄러운 편이라며 조잘조잘 설명했다. 어쩐지 조금 부러웠다. 나는 처음으로 정현수처럼 되고 싶다고 생각했다.

우리가 밥을 다 먹기도 전에 창밖에서 굉음이 났다. 우리를 제외하고 테이블에 앉아 있던 모든 학생이 일어나 창가로 달려갔다. 학생들은 바닥을 봤다가 일제히 하늘을 향해 고개를 들었다. 누군가 검은 동그라미가 떠 있다고 소리쳤다.

나는 얼굴들 틈새로 바깥의 상황을 살폈다. 바닥에는 산산조각 난 화분이 있었다. 어제 아빠가 들려준 뉴스를 떠올렸다.

곧이어 교직원들이 달려와 화분을 치우고 사태를 수습했다. 체육 선생님은 바람이 불어서 그런 거라며 학생들을 안심시키려고 했는데, 한 학생이 검은 동그라미가 하늘에 떠 있었고, 사층 난간에 서 있던 누군가가 급히 사라졌다고 소리쳤다.

정현수는 증언하는 애를 물끄러미 보다가 내 쪽으로 눈을 돌렸다. 이상한 일이 자꾸 일어나네, 하면서. 실로 비현실적인 풍경이었다. 하늘에 검은 구체가 떠 있고, 그게 누군가로 하여금 화분을 떨어뜨리게 만든다니.

나는 남은 급식을 버리기 위해 자리에서 일어섰다. 정현수는 내 뒤를 따라 걸으며 말했다.

"세상이 멸망하려나?"

사람들이 여전히 화분 파편에 주의를 쏟고 있을 때 우리는 마치 몇 번 겪어본 일인 것처럼 차분해졌다.

"뭔가 시작된 거 같긴 해."

나는 잔반을 통에 털어넣고 급식판을 반납하며 실소했다. 시간이 멈추고 세상이 끝나버렸으면 좋겠다고 생각하긴 했지만 진짜로 그렇게 된다고 생각하니 아쉬웠다. 해보지 않은 일들도, 축하 없이 지나간 생일들도, 정현수와 이제 막 친해진 것도. 색의 구분을 어제 배웠는데 내일이면 세상이 전부 검정으로 뒤덮일 거라는 신탁을 들은 것 같았다.

정수기에 컵을 갖다 대던 정현수는 물이 나오는 것을 보며 말했다.

"진짜 멸망해버리기 전에 하고 싶은 거 뭐 없어?"

내가 뭐라 답하기도 전에 정현수의 친구들이 나타났다. 그들은 나를 힐끔 보면서 정현수의 어깨에 팔을 두르고 축구 한 판 하자고 재촉했다. 나는 망설이지 않고 정현수에게 잘 가라고 손짓한 뒤 교실로 향했다.

계단을 오르며 몰래 지켜본 정현수는 곧바로 거절하지 않았고, 친구들과 수다를 좀 떤 후 상반신을 비틀며 무리에서 빠져나왔다. 나는 빠른 걸음으로 자리에 돌아가 스마트폰으로 지구 멸망, 인간 멸종, 아포칼립스 같은 걸 검색했다. 온갖 예언과 이론을 탐색하고 사람들의 버킷 리스트를 구경했다. 사람들은 자유 여행, 익스트림 스포츠, 희귀 직종, 연애 같은 걸 하고 싶어했다.

뒤늦게 3학년 층에 도착한 정현수는 우리 반 복도 창에 얼굴을 들이밀고 나를 쳐다봤다. 일부러 못 본 척했다. 정현수는 인사를 남기고 사라졌다.

하교하자마자 곧장 집에 갔다. 학원 교재를 챙기고 마무리 짓지 못한 숙제를 끝냈다. 아침 일찍 친구들과 등산을 다녀온 엄마는 두 번이나 갑자기 내 방 문을 벌컥 열고 들어왔다. 한 번은 세탁물을 전해주러, 한 번은 왜 자꾸 부르냐면서.

"안 불렀어."

"세인아, 농담하는 거 아니지? 방금 엄마 부르지 않았어?"

엄마는 걱정스러운 얼굴로 내가 자길 불렀다고 말했다. 부른 적이 없다고 하니 피곤해서 헛소리가 들리는 것 같다며 한숨 자야겠다고 했다. 나는 엄마가 깨지 않게 조용히 집을 나와 학원으로 향했다.

일찍 도착해 책상 정돈까지 한 것 치곤 수업에 딱히 집중하지 못했다. 엄마가 집에서 들었다는 내 목소리가 거듭 생각났다. 나를 몇 달간 괴롭힌 존재가 엄마에게 옮겨붙었나? **소리**는 무언가를 흉내내는 것 같았다. 유령의 장난이면 좋겠지만, 다른 사건들로 미루어 보아 소리는 자멸로 이끌거나 남을 공격하게 만드는 것 같았다. 엄마를 지켜주고 싶은데 나에게는 누군가를 구할 수 있는 능력이 없었다. 나는 정현수가 아니라 김세인이니까. 이기적이고 남을 이용하고 희생시키는 사람이니까.

씻고 누워 공상에 빠져 있을 때, 정현수가 전화를 걸어왔다. 오후 훈련을 일찍 마치고 누나와 함께 방문한 성당에서 문제가 있었다고 전해주었다. 신도 중 한 사람이 신부님을 공격하면서 미사가 취소되었다는 것이다. 정현수는 터무니없는 일이지만, 무슨 상황인지 알 수만 있다면 덜 무서울 것 같다고 했다.

"나도 무서워."

가족들에게 들리지 않게 속삭였다. 정현수는 어차피 자기 집이면서 나를 따라 목소리를 낮추며 답했다.

"네가 특별한 존재일 수도 있지."

"뭐래."

"너는 몇 달이나 그 소리에 시달렸지만, 괜찮았잖아? 만약 너한테 면역이 있는 거면?"

"그게 뭐…… 중요해?"

"원래 주인공은 끝까지 살잖아. 나 정도 조연이면 나도 살지 않을까?"

정현수가 깐죽거리는 게 웃겨서 웃어버렸지만, 아무런 대답도 하지 못했다. 끝까지 산다는 게 뭔지도 모르면서 당연히 우리가 생존한다고 말하고 싶지 않았다. 이상한 징조들로 미루어 아무리 추리해도 결말을 상상할 수 없었다. 분명한 끝이 느껴지는데, 곧 그 벽에 닿을 것 같은데도 함부로 예측하는 것은 범법처럼 느껴졌다. 어차피 뭘 더 안다고 해도 덜 무서워지지 않을 것이다.

나는 이미 문이 찌그러져 열리지 않는 곳에서, 무너진 벽과 부서진 피아노 사이에서, 희박한 공기 속에서 이런 공포를 겪은 적이 있는데도, 여전히 무능했다.

새벽에는 숨이 안 쉬어져서 벌떡 일어나 방충망에 코를 박고 서 있었다. 습한 공기가 이마에 닿았다. 해가 뜰 때까지 입을 뻐끔거리며 놀이터를 내려다봤다. 어째서 잊고 싶은 기억은 시간이 지나도 찌꺼기처럼 남아 있는지 생각했다.

나와 정현수는 다음날 아침 단지 내에서 다시 만났다.

등교 버스가 만원이라 내가 먼저 타고, 정현수는 다음 버스를 기다리기로 했다. 성적에 연연하지 않는 정현수가 당연한 듯 양보했는데, 별로 달갑지 않았다.

버스 창으로 눈인사를 주고받은 뒤 나는 의도적으로 바쁘게 생활했다. 숙제, 수행평가, 수능 공부 같은 것들에 사로잡혀 쉬는 시간에도 제자리에 머물렀고, 정현수가 찾아오거나 운동장에서 내 이름을 크게 불러도 주의를 기울이지 않았다. 급식실에서도 단어장을 넘겼다. 엄마가 지어준 한약을 식사 직전에 쭉 찢어 마시며 누구와도 눈 맞추지 않았다. 지나가던 정현수가 대한민국 고3 너무 멋있다고 손뼉을 쳐주었지만 반응하지 않았다.

"너 뭐, 서울대 준비해?"

정현수가 테이블 사이를 어슬렁거리며 내게 대놓고 질문했을 때, 나는 한참을 머뭇거리다가 대답했다.

"이렇게 안 하면 안 돼."

"왜?"

"딴생각을 하게 되니까."

정현수는 크게 웃었다. 네가 무슨 로봇이냐, 인공지능이냐 하면서. 그러더니 내 앞자리에 앉아 있던 사람이 밥을 다 먹고 떠나자마자 그 자리를 차지하고 앉았다.

정현수는 비밀을 유출하듯 두 손을 동그랗게 말아 입가에 대고 말했다.

"누나한테 들었는데, 성당 사람들이 검은 공 같은 걸 봤대."

나는 주의력을 빼앗기지 않으려고 꼿꼿하게 단어장에 시선을 두었다. 고개만 끄덕이고 대답은 하지 않았다. 정현수가 나의 무시를 견디지 못하고 짜증을 내거나 나무랄지도 모른다고 생각했다. 그러나 정현수는 조심스러운 말투로 물었다.

"너 나한테 화났어?"

화? 나를 압박하는 감정은 그런 게 아니었다. 나는 화가 아니라 겁이 난 건데.

"아니."

"그러면?"

정현수는 내 단어장에 달린 원형 고리에 손가락을 넣더니 슬쩍 뺏어가 빙빙 돌렸다. 나는 나선형으로 돌아가는 카드 뭉치를 멍하니 보다가 모른다고 말해버렸다.

*

한동안 나와 정현수는 엇갈릴 대로 엇갈렸다. 나는 어딘가에 집중하지 않으면 제대로 호흡할 수 없어 문제집만 풀었고, 정현수는 거의 매일 지각하거나 조퇴하거나 결석했다. 정현수가 학교에 나오면 복도가 시끌벅적했는데, 뭘 하는지 알 수 없었다. 나는 변함없이 유령처럼, 정현수는 파도처럼 지냈다.

끔찍한 사고들도 계속 일어났다. 뭔가를 듣고 갑자기 이상 행동을 하는 사람들의 사건이 몇몇 커뮤니티에서 주목받기 시작했고, 전염병이다, 약물 중독이다, 가짜 뉴스다, 음모론이다 등 다양한 가설이 인터넷을 배회했다.

가끔 정현수도 기이한 일을 목격하면 내게 문자를 남겼다.

이 사람도 **소리**를 들었을까? 귀를 막으면 안 들리려나? 진짜 종말이 오는 건가? 너 요즘도 그 소리 들려? 평소에 계속 노이즈 캔슬링으로 노래를 듣는 건 어때? 무시하면 화난 줄 알까봐 짤막하게라도 답장했다. 그런 기기가 없는 사람은 그럼 어떡해? 하고.

우리는 우연히 정류장에서 다시 마주쳤다. 티셔츠 위에 교복 셔츠만 입은 정현수는 가을바람에 온몸이 펄럭거리는 것처럼 보였다. 걔는 활짝 웃더니 안녕, 누구 기다려? 하며 인사했다. 나는 고개를 저었다.

정현수를 보자마자 나도 모르게 아까도 소리가 들렸다고, 요란하고 여러 목소리가 섞인 것 같은 기괴한 소리를 들었다고 늘어놨다. 다시 만나기만을 기다린 사람처럼 보일 것 같았지만 통제가 되지 않았다.

"그래서 귀 막아봤어? 아니면 노래 들었어?"

"아니. 그냥 듣고 있었어. 금방 사라지던데."

정현수가 실망한 듯 눈썹을 팔 자로 만들었다. 역시 너는 주인공인가보다 하면서. 나는 가방을 뒤적거리는 척하며 말했다.

"네 말대로, 진짜 멸망하고 있는 것 같아."

"아, 그렇다니까……"

근데 그런 것 치고 왜 이렇게 조용할까. 평소와 다름없이 버스는 정해진 배차 간격을 지키며 지나가고, 사람들은 아무렇지 않게 학교에 가고, 화분이 떨어져도 바람이라 믿고, 누군가 강물에 처박혀도 술김이라 믿고, 편의점에 들르고, 만두를 사고, 한의원의 나이롱환자들이 건물 뒤에서 담배를 피우는데 이게 멸망하는 도시의 모습이라고는 도저히 믿을 수 없었다.

"벌써 대통령이나 뭐, 부자들은 다 알고 있을지도 몰라. 일부러 말 안 해주는 걸 수도 있어. 전에 본 재난 영화에서는 그렇게 하더라고. 자연재해도, 경제 위기도 누군가 말해줘야만 아는 건가?"

"그러게."

"그냥 다 하나둘씩 사고로 죽이는 게 이 재난의 목표 같아."

정현수는 초자연적 힘이나 외계인의 침공일 거라고 주장했다. 생김새는 모르겠지만, 인격 비슷한 게 있는 우월한 존재가 나타나서 우릴 다 없애버릴 계획인 게 틀림없다고.

나는 물에 반사되었던 희미한 구체들과 급식실에서 누가 봤다던 까만 동그라미와 성당에 나타난 검은 공을 차례로 떠올렸다. 사람들의 공허한 눈빛, 두리번거림, 독백까지 전부 연관이 있는 것 같았다.

우리는 버스에서도 계속 재난에 대해 떠들었다. 아예 들리지 않는 청각 장애인은 이 재난으로부터 안전하다는 가설을 세웠다. 그런데 스마트폰을 보던 정현수가 한 청각 장애인의 수상한 사고 기사를 발견하고 딱히 그런 건 아닌 것 같다고 한탄하며 뺨을 긁었다.

정현수와 나는 편의점에서 음료수를 사 마시고 노닥거리다가 평소보다 늦게 각자의 아파트로 향했다. 줄곧 조용하던 스마트폰에 알림이 하나 나타났다. 전등이 깜빡이는 엘리베이터 안에서 아빠의 문자를 읽었다. 급하게 출장이 잡혔으니 기다리지 말라는 내용이었다. 엄마가 집에 혼자 있다는 게 마음에 걸렸다.

현관 문턱을 넘을 때 **소리**가 들렸는데, 내게 항상 찾아오던 것과 결이 달랐다. 누군가 쉴 새 없이 속삭이는 소리였다. 나는 집안에 엄마 말고 다른 사람이 있는 줄 알고 인사할 작정이었지만 거실에는 불이 꺼져 있고, 부엌만 환했다. 누군가 한바탕 야단스럽게 요리를 했거나 강도가 들었던 것처럼 도구들이 여기저기 끄집어내져 있었다. 숨이 턱 막혀왔다. 속닥거리는 소리는 안방에서 들려왔다.

문을 열어보고 싶지 않아서 온몸의 근육이 긴장했다. 도로 집을 나가 아빠에게 전화하고 싶었다. 다른 어른을 불러서 나 대신 이 상황을 대면하게 하고 싶었다. 그런데 우는 소리가 들려서, 희미하게 나를 부르는 소리가 들려서 손을 뻗고 말았다. 문고리를 잡아 돌렸다.

깜깜한 방안에서 거울을 마주보고 있던 엄마가 고개를 들어 나를 바라봤다. 엄마의 얼굴에 세로로 긴 빛이 맺혔다. 멍한 눈과 벌어진 입이 사고를 낸 운전자와 비슷했다. 내 생일날, 무언가에 홀린 듯 무단 횡단했다는 중학생도 이런 얼굴이었을까.

속삭이는 소리는 사라지고, 방안에 엄마의 울음만 오롯이 남았다. 엄마는 자주 우는 사람이지만 이런 모습은 조금 오랜만이었다. 꼭 내가 구조된 날처럼 오열하고 있었다. 왜 그러냐고 묻자 엄마는 혼이 나간 얼굴로 내게 달려들었다. 고통 속에 방치해서 미안하다고, 사죄를 하겠다고 했다. 빠르지도 드세지도 않은데, 나보다 몸집이 작고 서럽게 우는데, 우리 엄마인데도 좀비 같다고 생각했다. 곧 나를 넘어뜨리고 깨물어서 나까지 바보 같은 말을 하게 만들 것 같았다.

"무슨 소리야, 정신 좀 차려봐."

나는 엄마의 어깨를 잡고 흔들었다. 엄마는 내 말이 무슨 외계어처럼 들리는지 전혀 알아듣지 못하고 얼굴을 찌푸렸다. 나를 벽에 밀어붙이고 함께 끝내자고 하더니 갑자기 나를 내팽개치고 부엌으로 달려갔다. 나는 뒤도 돌아보지 않고 현관으로 뛰었다. 슬리퍼를 대충 발에 끼우고, 엄마가 따라 나올 것 같아서 계단으로 뛰어 내려갔다.

아빠에게 전화해도 받지 않았다. 뭘 어떻게 해야 할지 알 수 없었다. 119에 신고해야 하나. 그런데 뭐라고 하지. 엄마가 울어요? 같이 죽자고 하는 거 같아요? 정확히 뭘 하려는지 알 수도 없는데 나는 왜 도망치는 거지. 말리려면 말릴 수 있었는데, 내가 노력하면 되는데 그러지 못했다.

내 몸은 이미 아파트를 빠져나와 달리고 있었다. 나는 정현수가 사는 건물 앞에서 정현수에게 전화를 걸었다. 횡설수설 방금 내가 본 것을 말했다. 119에 전화해야 하냐고 했더니 그러라고 해서 통화를 종료하고 키패드에 119를 눌렀다. 어떤 여자가 내 주소를 물었고, 내 대답을 듣자 도와줄 사람들이 지금 출동할 거라고 했다. 나는 손톱을 씹으며 거기 계속 서 있었다. 다시 들어가서 상황을 볼까. 자신이 없어서 뒤돌아섰다. 정현수가 공동 현관의 자동문 버튼을 급하게 누르며 밖으로 나왔다.

"119 불렀어?"

나는 대충 끄덕거리고 차량이 진입하는 부근만 쳐다봤다. 몇 분 전의 일을 계속 후회하면서. 그 안에서 어떻게든 해결해야 했는데. 엄마를 잘 말리고 설득하고 쉬게 했어야 했는데. 그깟 이상한 소리에 파묻히게 두지 말았어야 했는데. 발걸음을 돌려 집에 가려 하자 정현수가 나를 막아섰다.

"들어가지 마."

곧 사이렌이 동네방네 울리며 구급차와 경찰차가 함께 나타났다. 구급대원들과 경찰들이 내가 사는 아파트로 들어갔다. 어떤 경찰이 우리를 발견하고 다가와서 누가 신고를 한 사람인지 물었다. 내가 손을 들고 상황을 설명하자 경찰은 엄마가 평소에 약을 하는지, 중독처럼 보인 적은 없는지 물었다.

고개를 세차게 저었다. 엄마는 그런 걸 하는 사람이 아니라고, **소리** 때문에 잠깐 미친 거라고 말했다. 소리가 멀쩡한 사람을 망가뜨린다고 설명했지만 경찰을 눈살을 찌푸리더니 퉁명스러운 말투로 이곳에서 기다리라고 했다. 그는 여성이 난동을 부리고 있다는 무전을 받고 동료들을 따라 아파트 안으로 들어갔다.

정현수는 내 얼굴을 살펴보면서 무덤덤하게 말했다.

"너 지금 기분 좆같지."

"……욕 쓰는 거 처음 들어."

"수영장 갈래?"

뜬금없이 이 야밤에 무슨 수영장이냐, 이미 닫았을 텐데 어떻게 들어가냐, 방금 기다리라고 한 거 못 들었냐 따졌지만 정현수는 어깨만 으쓱였다. 엄마가 걱정되어서 들어가보겠다고 했더니 정현수는 당장 난장판으로 돌아가는 것보다 어딘가 조용한 곳에 숨는 게 낫다고 했다.

"너답지 않네. 넌 한강에 빠진 사람도 구하려고 했잖아."

"그거랑 똑같아."

정현수는 한 손으로 나를 붙잡고 끌어당기며 무작정 걸었다. 나는 슬리퍼를 끌며 못 이기는 척 따라갔다.

솔직히 어른들이 오니까 후련했다. 그 후련함이 야속하고 불편했다. 베란다에 나와서 구경하는 사람들의 시선 속에서 무력하게 사태가 안정되길 기다릴 바엔 닫힌 수영장 문 앞에서 농담이나 지껄이며 서성이는 게 나을지도 몰랐다.

우리는 철도 공원의 숲길을 따라 걸었다. 나는 가늘고 긴 강철재 위에서 균형을 잡으며 걷고, 정현수는 자갈을 밟지 않으려고 적어도 육십 센티는 되는 침목 간격에 맞춰 넓은 보폭으로 걸었다. 징검다리를 건너는 것처럼 보였다.

나와 정현수는 철길 한가운데 놓인 노면 전차의 실물 모형 주위를 빙 돌며 구경했다. 내가 차창에 얼굴을 들이밀고 있을 때, 정현수는 수능이 이제 코앞인데 소감이 어떤지 물었다. 나는 수능을 보기 전에 죽게 되더라도 그냥 수능 공부를 할 거라고 했다. 정현수는 자기도 그냥 수영 연습이나 할 거라고 했다. 그거 말고 할 줄 아는 것도, 하고 싶은 것도 없다고 했다. 조금 우울해 보여서 인터넷에서 보았던 사람들의 버킷 리스트를 읊어주었다. 유럽 배낭여행, 스카이다이빙, 개그맨 오디션 보기…… 정현수는 한참 조용히 있다가 말했다. 어쩔 땐 절대 종말이 오지 않았으면 좋겠는데, 어쩔 땐 또 그냥 내일 끝났으면 좋겠다고.

"선발 안 될까봐 무섭거든. 내가 지금 애매하긴 해."

정현수는 후드 앞주머니에 두 손을 넣고, 고개를 살짝 숙인 채 말을 이었다.

"시합은 계속 하고 싶은데 결과는 영원히 모르고 싶어."

"……나도 비슷해."

우리는 버스를 타지 않고 계속 걸었다. 할 얘기가 딱히 없어서 또 재난 얘기를 했다. 안전을 구축할 방안을 모색해보자고 했더니 정현수는 또 단순한 방법을 고수했다. 일단 안 들으면 된다면서.

"그건 너무 위험한 말이야."

"임시방편인 거지."

소리가 들리면 귀를 막거나 녹음 버튼을 누르면 된다 쳐도, 나는 만약을 가정했다. 만약 스마트폰이 없는 상황에서 소리가 작정하고 나를 기만하려 한다면? 만약 이 재난이 너무 거세져서 녹음해도 소리가 사라지지 않게 된다면? 의구심은 끝이 없었다.

"왜 그렇게 걱정이 많아? 어차피 넌 아무렇지 않잖아."

"아까 느꼈어. 이대로는 너무 위험해."

"아까는 어쩔 수 없었던 거야."

"어떤 상황에도 널 돕거나 구할 수 없을 것 같아. 그게 계속 불안해."

"나를?"

내 이야기를 잠자코 듣던 정현수는 의아해하며 나를 빤히 쳐다봤다. 그러더니 자기 앞가림은 알아서 하겠다고 장난스럽게 말했다.

정현수는 수영장 후문으로 나를 이끌었다. 익숙하게 비밀번호를 누르고 카드를 대며 무인 경비 보안을 해제했다. 수영장 주인한테 알림 가는 거 아니냐고 물었더니 정현수는 웃으면서 말했다.

"뭐 두고 간 줄 알겠지. 오늘 대청소 시작해서 그냥 업체 온 줄 알걸."

누가 봐도 잘못을 저지르고 있는데 정현수는 이 모든 게 시시한 장난에 지나지 않는 듯 별로 떨지 않았다. 이런 대담함이 운동선수의 정신력인지 물었다. 정현수는 코웃음을 쳤다. 로봇한테 그런 감탄을 듣는 건 자존심이 상한다고 했다.

내부는 바깥보다 습했다. 이 수영장은 어릴 때 몇 번 와본 적이 있었다. 휴게실이나 로커룸이 내가 기억하는 모습과 조금 달라졌지만 전체적인 구조는 낯익었다. 나는 여기저기 스위치를 누르며 불을 켜는 정현수를 따라 로커룸에 들어가 슬리퍼를 벗었다. 정현수는 샤워실을 지나 풀장으로 향했다. 유리문을 미는 정현수에게 수영할 거냐고, 수영복이 있냐고 물었다. 정현수는 아마 있어도 못 할 것이라고 했다.

신기하게도 풀 안에 물이 한 방울도 남아 있지 않았다. 정현수는 바싹 마른 바닥을 걸어다니며 일 년에 한 번 물을 전체 교체하는 작업을 하는데, 그게 이번 주라고 했다. 물을 전부 빼내고 구석구석 싹싹 긁어 청소한 뒤 새 물을 채우는 시간.

사다리를 붙잡은 정현수가 텅 빈 풀장 안으로 들어갔다. 깊이 팬 바닥 위에 서서 나를 올려다보았다.

"이렇게 보면 엄청 큰 관 같지 않아?"

말소리가 크면 클수록 더 크게 울렸다. 천장에 난 투명한 원형 창에 모든 소리가 부딪혔다 떠내려오는 것 같았다. 정현수는 풀장 벽면에 회오리 모양으로 다닥다닥 붙은 파란 타일을 톡톡 건드리다가 스마트폰으로 메탈리카의 노래를 재생하고 아무 속박 없이 돌아다녔다. 뜀박질을 하기도, 흥얼거리기도 하고 록 밴드의 드러머인 척하기도 했다.

"항상 이 시끄러운 걸 듣고 있는 거야?"

정현수는 노래에 심취해 내 말을 잘 듣지 못했다. 더 큰 목소리로 다시 물어보자마자 정현수는 더 시끄러운 노래도 있다며 다음 곡으로 넘겼다.

"넌 시끄러운 게 좋은 거야, 조용한 게 좋은 거야?"

수영을 처음 시작하게 된 계기를 말해주었을 때 나는 정현수가 물의 고요함을 좋아하는 줄 알았다. 하지만 이런 음악만 골라 듣는 걸 보면 그 반대 같기도 했다. 나는 사다리 옆에 앉아 발을 움직이며 가상의 물장구를 쳤다. 정현수는 내 앞으로 다가와 말했다.

"난 나한테 집중할 수 있는 게 좋아. 난 기본적으로 나를 좋아해."

심금을 울리다못해 뜯어버리는 말이었다. 나는 나를 좋아해본 적이 없어서 정현수가 신비한 동물처럼 보였다.

"엄청 시끄러운 거랑 엄청 조용한 거, 둘 다 나한테 비슷해."

"그런 관점은 처음 들어봐."

"근데 사람은 좀 달라. 난 말 많고 여럿이 시끄럽게 떠들고 이런 거보다 조용한 사람이 좋아."

정현수는 음악을 멈추고 말했다. 나는 정현수가 가까이 오는 게 싫어서 발로 개의 어깨를 밀어버렸다. 휘청이긴 해도 넘어지진 않았다. 장난하냐면서 반격하려고 발을 잡아당기길래 나는 냉큼 자리에서 일어섰다. 그래도 정현수는 하려던 말을 끝까지 했다.

"그래서 너랑 다니는 거야."

잘난 체를 하는 것 같기도 하고 요청하는 것 같기도 했다. 나랑 다녀주는 거라고 시혜적으로 구는 것 같은데 내가 필요하다고 부탁하는 것처럼 들렸다.

"애들이랑 있다가 너랑 있으면 물에 딱 들어갔을 때랑 비슷해."

정현수는 오른손을 들어 사선으로 내리꽂으며 입수를 표현했다. 무슨 말을 해야 할지 알 수 없었다. 그런 이유로도 친구를 사귀는지 알 길이 없으니까.

나는 갑자기 죄책감을 느꼈다. 거짓말을 한 적이 없는데도 정현수를 속이고 있는 것 같았다. 굳이 말하지 않은 것도 기망의 죄가 될 것 같았다.

"애들한테 못 들었어? 나 사이코패스로 유명한데."

정현수는 여전히 풀장 바닥에 선 채 두 팔꿈치를 밖에 올려놓고 나를 꾸준히 쳐다봤다.

"그래? 너는 네가 어떤 거 같은데?"

"걔네가 그렇다면 그런 거겠지."

정현수는 뭐냐고 탄식했다. 왜 그렇게 말하냐면서.

"틀린 말 아니야."

내 삶은 정현수의 삶처럼 주체적이지 않았다. 사람들이 나를 사이코패스라고 하면 사이코패스인 것이고, 아니라고 하면 아닌 것이다. 어른들이 말하면 뭐든지 진짜가 되는 것처럼, 경제 위기고 자연재해고 누군가 말해주어야만 실제 상황이 되는 것처럼.

돌아다니고 싶어서 몸을 움직였다. 타일과 통로를 밟으며 새빨간 바탕에 흰 글씨로 적힌 안전 수칙을 눈으로 읽었다. 그러다가 다 털어놓아버렸다.

"초등학생 때 피아노 학원을 다녔는데 그 건물에 다른 학원도 몇 개 더 있었어. 내 생일인데 엄마가 바쁘다면서 대신 저녁에 맛있는 거 먹자고 하더라고. 근데 학원에서는 낮에 파티를 해준다는 거야. 레슨 끝나고 놀고 있었지. 엄마가 데리러 온다고 전화가 와서 알겠다고 하고. 그러다가 갑자기 무너졌어. 난 안에 있었으니까 바깥에서 어떻게 보였는지 몰라. 그냥 시공간이 뒤틀리는 거 같았어. 엄청 순식간이고. 뭔가에 맞아서 정신을 잃었는데 깨어보니까 갇혀 있었어. 바깥 소리가 들리긴 해. 나는 학원 애들이랑 있었거든? 피아노가 다 부서지고 건반이 막 바닥에 나뒹굴고, 천장이 엄청 낮고 숨이 안 쉬어져. 엄청 더럽고. 또래 일곱 명이서 어른도 없이 갇혀 있다보니 엄청 싸웠지. 네 잘못이네, 아니네 하면서. 그러다 산소가 부족해서 몇 명이 쓰러졌어. 그다음에 어떤 애가 나를 팼어. 더 비좁은 데 가두고, 쓰러진 애들이랑 마주보게 두고 다른 곳으로 움직였어. 난 거기서 또 쓰러졌어. 그다음은 구급차였어. 근데 갑자기 그 사람들이 나보고 마지막 생존자래."

나는 정현수를 쳐다보지 않고 계속 안전 수칙을 바라봤다. 활자들이 하나도 읽히지 않고 빙글빙글 돌았다. 혀가 바짝 말랐다. 얘기하기 싫은 것뿐이지 언제든 준비는 되어 있었다고 생각했는데 착각이었나보다.

"선생님은?"

"없었어. 사라진 게 너무 많아서 없어도 이상하진 않았어."

"근데 네가 왜 사이코야? 때린 애가 사이코인 거잖아."

나는 그제야 몸을 돌려 정현수를 바라봤다. 정현수는 사다리를 붙잡고 올라와 건조한지 눅눅한지 분간할 수 없는 풀장을 배경으로 서 있었다.

"내가 거짓말한다고 생각 안 해?"

저번에도 내 허무맹랑한 소리를 정현수는 믿어주었다. 이번에도, 사람들이 아는 것과는 다른 내막을 마치 짜여진 각본처럼 줄줄 읊는데도 정현수는 의심하지 않았다.

"거짓말이어도 별수없어."

거슬릴 정도로 여유로운 정현수가 내 쪽으로 걸어왔다. 이제 그곳에서 맞은 이유를 설명해야 하는데, 자신이 없었다. 이 말을 해버리면 돌이킬 수 없을 텐데, 수습할 수 없을 텐데.

그런데도 입을 멈추지 못했다. 정현수에게 이 얘기를 하고 나면 고여 있던 시간이 드디어 흘러갈 것 같았다. 팔 년 전에 멈춰 있는 엄마를 풀어주고 나 역시 한 걸음은 뗄 수 있을 것 같았다.

"밤이 되면 엄청 추웠어. 쓰러진 애들이 의식이 없어도 죽은 게 아닌데, 내가 걔들 옷을 입자고 했다가 뒤지게 맞은 거야. 나도 솔직히 내가 그런 판단을 했다는 게 믿기지 않아. 근데 내 기억 속에 있어. 취재하러 온 기자한테 그 얘기를 했어. 우리 중에는 정말로 나만 살았으니까 다른 증언은 없어."

뉘우치려고 했었나? 잘 모르겠다. 내 위주로, 내게 조금이라도 더 유리하게 기억하는 것일 수도 있다. 정현수는 고작 초등학생이었으면서 그런 걸로 몇 년이나 사이코 소리를 들었냐고 했다.

"쉽게 말하지 마."

손바닥을 내밀어 흉터를 보여주었다. 나는 생명선이 되게 짧은데, 그때 찢어진 걸 꿰맸더니 엄청 길어져서 지금 얼마나 불안한지 아냐고 했다. 정현수는 그런 걸 믿냐면서 내 손목을 붙잡고 흉터를 유심히 보았다.

"병원에서 이 얘기도 했어?"

"아니. 이것 때문에 간 거 아니니까. 난 의사들이 자꾸 무슨 안 좋은 일 없었냐고 묻는 게 싫어. 무슨 일이 있었다고 하면, 환청을 듣든 귀신을 보든 그 일 때문이라고 할 게 뻔하잖아."

정현수는 내 말을 듣는 둥 마는 둥 하더니 근데 이게 생명선이야? 하고 물었다. 나는 어느 선이 생명선이고, 감정선인지 또 재물선인지 얘기해주었다. 정현수는 재물선은 또 뭐냐면서 웃었다. 자기 손바닥을 내 손과 나란히 두고 비교했다.

"나도 엄청 짧네."

나는 손톱으로 긁어서라도 정현수의 생명선을 늘여주고 싶었다. 그런데 정현수는 애초에 이런 거 안 믿는다면서 웃었다. 그러더니 이제 돌아가자고 했다. 조명을 하나하나 끄며 밖으로, 현실로 향했다. 나는 지친 발걸음으로 그 뒤를 따랐다.

문자를 확인해보니 아빠는 내가 어디 간 건지 계속 물어보고 있었다. 엄마는 상태가 너무 안 좋아서 입원했다고 했다. 너는 어떻게 이 상황에 사라질 수 있냐고, 어떻게 너 혼자 쏙 빠져 도망갈 수 있냐고 했다. 아무리 읽어도 적절한 답장이 떠오르지 않았다. 그저 온 세상이 그 무너진 건물 같았다.

나는 엄마를 간호하느라 일주일 동안 학원에 가지 못했다. 일주일 내내 저녁 버스 정류장에서 정현수를 만나지 못했다. 누워 있으면 창문 틀 안으로 나무만 잔뜩 보이는 병실에서 엄마는 지속적으로 치료받아야 했다. **소리**가 엄마에게 무슨 짓을 한 건지 모르지만 엄마는 나를 잘 알아보지 못했다. 내게 말을 걸지 않고, 내 이야기도 듣지 않았다.

종종 병원에서도 소동이 일어났다. 소리의 행보는 계속되고 있었다. 나는 엄마의 병실에 항상 강수지의 노래를 틀어놓았다. 퇴원 전까지 계속 그곳에서 시간을 보내려 했는데 정현수가 수영장에 다시 물이 찼다고, 같이 수영하자고 문자했다. 산책하겠냐고 물을 때와 똑같이 수영? 하고 끝이었다. 수영 잘 못한다고 하니까 알려주겠다고 했다.

나는 고민하다가 토요일 저녁에 만나자고 했다. 주말이라 아빠가 오후에 병원에 오기로 해서 그 시간이 가장 괜찮을 것 같았다. 정현수는 아침에 시합이 있어서 지방에 간다고 했다. 돌아오면 곧장 수영장 가서 연습하고 있을 테니까 해가 지면 그쪽으로 오라고 했다.

집에 들러 수영복, 수영모와 수경을 챙기려 했는데 다 어릴 때 산 거라 쓸 만한 게 없었다. 정현수에게 이를 알렸더니 빌려주겠다고 했다. 그러려면 어차피 자기도 집에 들러야 하니까 이따 정류장에서 보자고 했다. 나는 뭘 준비해야 할지 몰라서 샤워 용품만 가방에 넣고 방안에서 뒹굴거리다가 정류장으로 나가 정현수를 기다렸다.

바람이 더 차가워지고 나무는 한 겹 더 앙상해지고 공기는 메마른 질감으로 사방을 채웠다. 골목에서 어떤 남자가 담배를 벽에 지져 끄고 땅에 떨어뜨려 발로 밟았다. 상가에서 초등학생들이 빠져나와 서로의 이름을 크게 부르며 지나갔다. 나는 겉옷의 지퍼를 끝까지 올려 잠그고 시계를 보았다. 정현수가 늦길래 전화했지만 받지 않았다. 문자를 보내도 답이 없었다. 씻고 있나.

혹시나 해서 아파트 단지로 돌아갔다. 서너 차례 정류장과 단지 입구를 오갔다. 철도 공원으로 걸어가 노면 전차 안을 보다가 여전히 연락이 없어서 수영장으로 뛰어갔다. 나는 엄마가 이상한 말들을 뱉어내며 나를 몰아붙일 때보다 더 정신이 없었다.

경비실에, 정원에, 담장 근처에 아무도 없었다. 밤에 몰래 왔을 때만큼 조용했다. 독특한 기운이 느껴졌다. 사람이 없고 오로지 휑하고 썰렁한 정적만이 수영장 건물 주위를 빈틈없이 덮고 있었다.

나는 로커룸에 신발과 가방을 두고 정현수의 이름을 불렀다. 돌아오는 답은 없었지만 정현수의 물건들이 보였다. 문이 반쯤 열린 로커 앞에 떨어진 크림색 헤드셋과 스마트폰. 탁자에는 다른 사람의 것으로 보이는 물건이 있었는데, 메달의 광택이 눈에 띄었다. 새겨진 날짜를 보니 얼마 전에 수상한 것 같았다.

이윽고 무언가 고동치는 소리가 들려왔다. 내가 여태 지겹게 들어온 것과 비슷했다. 사람 비명의 하울링과 파이프가 휠 때의 쇳소리, 얼음이 바닥에 떨어질 때의 마찰음, 망가진 피아노의 무거운 울림, 그리고 날카로운 휘슬 소리가 마구 뒤섞인 유령들의 오케스트라가 샤워실 너머에서 나를 부르는 것 같았다. 물줄기 소리가 선명해 혹시나 했는데, 샤워실에는 아무도 없었다. 누군가 밸브를 잠그지 않고 사라진 것 같았다.

나는 유리문을 향해 뛰었다. 양말과 바지 끝자락이 젖어서 찝찝했지만 아무래도 상관없었다. 문을 열고 발판 위에 섰을 때, 나는 살면서 한 번도 본 적 없는 장면을 목격했다.

정현수는 새까만 동그라미를 앞에 두고 가만히 서 있었다. 커다랗고 까만 구체가 물 위에 떠 있었다. 이 구가 폭력적으로 풀을 점령한 것 같았다. 레인이 다 터져 후르츠링처럼 둥둥 떠다녔다. 나와 정현수가 헤비메탈을 들으며 몰래 대화했던 장소 위에 누군가 블랙홀을 합성한 것 같았다.

구가 말을 하거나 소리를 내거나 특정 패턴의 움직임을 보인 것은 아니지만, 이 구가 나와 정현수를 동시에 쳐다보고 있다고 확신했다. 무한한 압박감이 머리를 짓눌렀다. 이만큼 커다란 존재는 동물원의 코끼리 말고 처음 봐서, 헛것을 보는 것 같았다. 정현수는 멍한 얼굴로 손을 뻗어 구를 만져보려 했다.

나는 정현수를 부르며 뛰어가다 미끄러졌다. 옷이 물을 머금고 무거워졌다. 손바닥에 물결이 작게 파도치며 닿았다.

고개를 들어 가까이서 구를 보니 온몸이 얼어붙었다. 너무 거대하고 까마득해서 두렵지도 않았다. 오히려 경이로웠다. 그저 마비된 채 새까만 구를 관찰하고 있을 때, 구는 정현수에게 말을 걸었다. 내게는 제대로 들리지 않았다. 여러 가지 소리가 복합적으로 꼬여 있었다. 정현수는 그 이상한 소리에 곧장 반응하고, 대화했다. 그런 일이 있었어? 알고 있었어? 말 안 하려고 한 거 아니야, 뭐 이런 말을 했다. 거짓말을 들켜 혼나는 어린애처럼.

정현수는 한 발짝 구에게 다가갔다. 바닥의 물기가 맨발에 닿는 것이 보였다.

구는 또 한번 알아들을 수 없는 소리를 만들어 정현수에게 들려주었다. 의사소통하려는 것 같았다. 정현수는 가만히 서서 그 소리를 들었다.

나는 정현수의 이름을 부르며 다시 일어나 다가갔다. 스마트폰을 꺼내 노래를 틀어도 구는 사라지지 않았고, 촬영하려 해도 그대로 있었다. 내가 정현수의 팔을 붙잡고 흔들어도 정현수는 계속 구와 대화했다.

눈, 코, 입 아무것도 없고 거대함만 자랑하는 이 까만 구체가 정현수의 무엇을 자극하고 중독시키는지 알고 싶었다. 나는 나를 돌아보지 않는 정현수를 몇 번 잡아당기다가 그대로 물에 빠뜨려버렸다. 정현수는 새까만 구 앞에서 엄청난 소리를 내며 물방울을 튀겼다. 나는 허우적거리는 정현수의 이름을 다시 불렀다. 정현수는 그제야 내게 시선을 붙이고 어안이 벙벙한 표정을 지으며 손으로 눈가를 닦아냈다.

"뭐야?"

"거기서 빠져 죽고 싶은 거 아니면 빨리 나와."

정현수는 두 손으로 벽을 잡고 곧바로 물에서 빠져나왔다. 나는 정현수의 팔을 붙잡고 샤워실로 향했다. 또 한번 무거운 고동 소리가 들려왔다.

"저게 대체 너한테 뭐래?"

정현수는 뒤를 힐끔 돌아보더니 모르겠다고 했다. 샤워실에 들어와 문을 닫자마자 굉음이 들렸다.

"가족 흉내를 내?"

내 질문을 들은 정현수는 잠시 생각하다가 그런 것 같다고 했다. 우리는 유리 칸막이와 샤워기들을 지나 로커룸으로 달렸다.

"누나가 나 때문에 유학을 못 갔다고 하고, 내가 거짓말한 걸 안다고 하고, 또 뭐더라."

소리는 미래보다 과거를 생각하게 했다. 주변 사람들의 목소리를 흉내내서 죄의식이 뚜렷한 기억을 조작해 내면을 깨뜨리려는 것 같았다. 하지만 내가 들은 소리들은 뭐지?

정현수는 로커룸 바닥에 떨어져 있던 물건 중 헤드셋을 들어 내게 건넸다. 그러더니 누군가 두고 간 물건 중에서 쓸 만한 게 있는지 찾길래 나는 헤드셋을 돌려줬다.

"너나 써. 난 저 소리 들어도 아무렇지 않으니까."

우리는 굴러다니는 펜과 종이를 들어 필담을 나눴다. 정현수가 어떻게 들어왔어? 하고 적었다. 나는 아무도 없었다고 말했다. 정현수는 내 입 모양을 읽더니 어떻게 알고 왔어? 하고 다시 적었다. 꼭 글로 쓰지 않아도 되는데 정현수는 말이 흩어지지 않게 붙드려는 것처럼 꾹꾹 눌러썼다.

폴터가이스트

"전화도 안 받고 정류장에도 안 오길래."

나는 정현수의 가방에서 아무거나 꺼내 던지며 옷 좀 입으라고 말했다. 여기서 나가야 한다고 재촉했다. 그리고 굳이 종이에 글을 쓰지 않아도 메신저로 말하면 된다고 손짓을 섞어 설명했다.

아직 후유증이 남은 듯, 정현수는 반응과 행동이 느렸지만 눈빛은 여전히 맑았다. 나는 충동적으로 강수지의 발라드를 추천해주었다. '시간 속의 향기'라는 제목을 소리 내어 읽은 정현수는 크게 웃었다.

"이 노래 너랑 진짜 안 어울려."

우리가 계단을 올라 수영장 밖으로 나왔을 때, 정현수는 젖은 내 옷과 양말을 보더니 밖에 나가자마자 얼어 죽을 운명이라고 했다. 우리는 유리문 안쪽에서 하늘을 올려다봤다. 검은 구가 잔뜩 떠 있을까봐 우려했지만, 하늘은 멀쩡했다. 눈에 보이기에는 그랬다. 대신 어떤 파동의 감각이 느껴졌다. 두 손으로 귀를 막아도 멍멍했다.

소리가 유성처럼 내리고 있었다. 바람처럼 불어오고 있었다. 설명하기 힘들지만 사태가 심각한 게 뻔했다. 정현수는 우리 이제 진짜 좆됐다고 말했다. 최초로 정현수의 욕을 들었을 때보다 더 어색해서 웃어버렸다.

정현수는 다시 종이를 꺼내 글을 적었다.

"말로 해도 돼. 나는 들려."

내가 말려도 정현수는 노래를 흥얼거리며 계속 글씨를 썼다. 표정만 보면 이게 세상의 마지막 편지일지도 모른다는 무거운 사명감을 가진 것 같았다.

—구해줘서 고마워.

아무리 읽어도 헤아릴 수 없는 문장이었다. 해수욕장에서 사람을 구했다는 정현수와 무너진 건물에서 친구들을 방치한 내가 어떻게 함께할 수 있는지, 어떻게 내가 그런 정현수를 구했다는 건지 아무리 돌아봐도 알 수 없었다. 나는 그저 안 오니까 찾으러 간 것뿐인데. 말을 안 듣길래 물속에 처넣어버렸을 뿐인데. 이런 것도 구원으로 칠 수 있나.

"저 까만 건 외계에서 온 거 같아. 지구를 지배하러 온 거 아닐까?"

지금으로서는 그게 가장 합당해 보였다. 나는 정현수의 말에 고개를 끄덕였다.

"그리고 소리는 사람의 죄책감을 자극하는 거 같아. 처음에는 익숙하거나 단순한 소리가 들리다가 나중에 말소리로 바뀌면서 주변 사람들을 흉내내."

정현수의 추리는 새롭거나 신선하지 않았다. 내가 지금껏 들은 소리도 피아노 학원에서 보낸 생일날과 닮은 구석이 있었다. 단지 그게 하나하나 잘 기억나지 않아서, 저 동그란 존재들이 나에겐 어떻게 할 수 없었을 것이다. 어쩌면 너무 많은 목소리를 흉내내려다 나를 놓쳐버린 건지도 모른다.

우리는 입구 앞 초록색 의자에 나란히 앉아 계속 하늘을 올려다봤다. 폭발하고 불타고 무너지고 부서지는 소리가 들려오는 것 같았지만, 정현수는 계속 노래를 들었고, 나는 이따금 두 손으로 귀를 막았다가 내려놨다. 소리의 요동과 열기의 선회만 느끼면서 내 손금이나 보았다.

나는 정현수의 펜을 빼앗아 종이에 적었다. 걱정 안 돼? 하고. 정현수는 고개를 갸웃거렸다. 나는 가족들이나 친구들이 걱정되지 않는지, 도시가 사라지고 수영장에 둥둥 떠 있던 구체가 우리를 따라오는 상상을 하지 않는지 물었다. 정현수는 모르겠다고 했다. 머릿속이 새하얗고, 어떤 게 진짜 있었던 일인지, 만들어진 기억인지 분간이 안 된다고 했다. 나중에 서서히 그런 감정들이 느껴질 것 같은데 그러기 전에 끝났으면 좋겠다고 했다.

나는 정현수의 생일이 언제인지 물었다. 정현수는 거짓말 아니고 진짜 12월 25일이라고 했다. 나는 미리 생일 축하한다고 말하고 가방에서 아무거나 꺼내 줬다. 굴러다니는 수험생 비타민과 알사탕과 초콜릿 같은 것들.

―이거 내 버킷 리스트였어. 친구랑 생일 파티.

내가 쓴 글자들을 무심하게 읽던 정현수가 일어섰다. 아직 시간이 남았으니까 할 수 있는 건 다 해보자면서 웃었다. 빨리 가자고 턱짓하면서 발을 뗐다. 나는 팔을 뻗어 문을 열었다.

우리는 하늘에서 떨어지는 암호 같은 소리들 사이로 뛰어 들었다.

# 수브다니의
# 여름휴가

♥

김초엽

　도영 언니, 그동안 잘 지냈어요? 사실 언니는 별로 걱정이 안 돼요. 언니는 어떤 상황에서든 늘 씩씩하게 지내잖아요. 그래도 너무 늦게 소식 전해서 정말 죄송해요. 메시지 보낼 여건이 안 됐거든요. 제 위치를 숨겨야 하는 상황이기도 했고요.

　본론부터 이야기하면, 전 지금 잘 살아 있답니다. 당분간 몸을 좀 사려야 하긴 하지만요.

　지난번 언니가 보낸 메시지를 읽고 많이 미안했어요. 생각해보니 언니 입장에서는 진짜 황당했을 것 같더라고요. 친한 동생이 갑자기 멀쩡히 다니던 회사를 때려치우고 잠적하더니, 몇 달 뒤에 새로운 일을 시작했다는데 무슨 일인지는 말도 안 해주고, 가끔 만날 때마다 넋 나간 듯 허허 웃고만 있고, 그러다 애가 실종이 됐는데, 동생인지 사칭인지 모를 이름으로 남긴 메시지의 주소로 가봤더니 방에 시체 조각인지 내장인지 모를 살점들과 피부 껍데기, 인체 해부도 따위가 널려 있고, 그런데 그게 아는 동생 살던 집이라 그러고……

아휴, 진짜 제 젯값을 생각하면 아득하네요. 그래도 솔직히 말하면 경악한 언니 표정이 떠올라 좀 웃었어요. 그 현장을 마주하고도 언니는 차라리 제가 사람을 죽였으면 죽였지, 살해당한 건 절대 아닐 거라고 굳게 믿었다면서요? 그럴 줄 알고 일부러 다른 사람이 아닌 도영 언니에게 연락을 한 거예요. 만약 저희 엄마나 오빠가 그 방 꼴을 제일 먼저 봤으면, 분명 우리 현이 죽인 놈 찾겠다고 소리를 지르며 전국을 들쑤시고 다녔을걸요. 그럼 제일 곤란한 건 죽지도 않은 제가 됐을 거고요.

정말이지, 언니를 일부러 난감하게 만들려고 한 건 절대 아니었어요. 급하게 짐만 챙겨서 도망쳐야 하는 사정이 있었거든요. 그런데 떠난 다음에야 방에 피부 조각들을 놔두고 온 게 생각난 거 있죠? 그래도 일주일 정도는 원래 형체를 유지하고 있을 줄 알았는데…… 그렇게 빨리 부패가 시작될 줄이야. 날씨가 워낙 더워서였나.

청소 업체에서 바로 인공피부라는 걸 알아채서 다행이에요. 그야 전문가들은 금방 알아보긴 하지만. 만약 수상한 범죄 현장이랍시고 경찰에 신고라도 했으면, 언니도 무슨 살인현장 목격자나 증인 같은 걸로 불려 다녔을 거 아니에요. 그러면 제가 언니에게 미안해서 차마 고개를 들 수 없었겠죠. 물론 방을 수습해준 것만으로도 정말 고맙고요. 돌아가면 꼭 보답할게요.

도대체 어디서 무슨 일을 하고 지냈던 거냐고, 무슨 사고를 친 거냐고 물었죠? 이젠 솔직히 털어놓을 때가 된 것 같아요.

일단, 강조하고 싶은 게 있어요.

마약은 절대 아니에요.

살인 청부도 아니에요.

어떤 종류의 폭력이나 불건전한 사건에도 휘말리지 않았어요. 절대 그럴 생각도 없었고요. 음, 불건전을 무엇으로 정의하느냐에 따라 좀 다를 것 같긴 하지만……

저는 그동안 뭐랄까, 좀 이상한 가게에서 일했어요. 〈솜솜 피부 관리숍〉이라는 곳이었죠. 고작 몇 달간이었는데, 그사이에 참 많은 일들이 일어났고요. 정말 우연히 불미스러운 사건에 엮이고 만 거예요. 그래도 절대 나쁜 일을 하는 곳은 아니었어요. 정말이에요.

말이 되니, 그럼 네 방의 그 징그럽고 냄새나던 살점들은 뭔데! 하고 어이없어할 언니를 위해서, 하나씩 차근차근 이야기해볼게요.

결국 이 모든 소동은 다 그 작은 피부 관리숍과 수상한 손님, 수브다니에게서 시작됐거든요.

*

언니가 기겁할까봐 한 번도 구체적으로 이야기한 적은 없지만, 저는 작년 가을까지 인공장기 배양 회사에서 일했어요. 처음에는 심장 파트에서, 다음에는 간 파트에서요. 의뢰자들로부터 세포와 유전자 샘플을 제공받아 면역반응이 없는 이식용 세포 기반 인공장기를 길러내는 일이었죠.

적성에 꽤 잘 맞았어요. 사실 우리가 평소에 심장이나 간을 꺼내 볼 일이 없잖아요. 그래서인지 바이오리액터 안의 장기들은 묘하게 현실감이 없었어요. 영화 속 소품 같다고 해야 하나. 무덤덤하게 배양액 탱크를 갈아끼우고, 이물질을 제거하고, 아직 손톱만한 미성숙 심장들이 심겨 있는 플레이트에서 불량품을 핀셋으로 골라냈어요.

문제는 그다음이었는데, 다시 떠올리기 싫은 매니저와의 지긋지긋한 말다툼이 좀 있었고…… 그러고 나서 저는 안구 배양 파트로 옮겨졌어요. 제 의사는 전혀 반영되지 않았죠. 전 물고기 눈알 공포증이 있거든요. 그래도 물고기 눈과 인간 눈은 다르겠지 하고 첫 출근을 했는데, 제 눈앞에 펼쳐진 풍경은 이랬어요.

어두운 조명 아래 금속 라인을 따라 줄지어 선 유리관, 붉은빛의 반투명한 배양액, 그 안에 둥둥 떠 있는 실핏줄 가득

수브다니의 여름휴가

한 커다란 눈알들. 퀴퀴한 먼지 냄새와 피비린내. 머리 위에서 우웅— 하고 신경을 긁는 기계음.

호러 영화의 물리적 실현이었죠. 정말 최악이었어요.

악몽을 꿨어요. 천 개의 안구가 데굴데굴 굴러 나를 따라오는 꿈, 눈알들의 바다에서 헤엄치는 꿈…… 그러다 불면에 시달리던 사흘째, 미성숙 안구가 들어 있는 시험관을 깨뜨렸어요. 시험관은 넘어지며 다음 시험관을, 또 다음 시험관을 깨뜨렸고 바닥에 자라다 만 안구들이 도르륵 굴러다녔죠. 저를 원망하는 눈빛이었어요. 그걸 보며 생각했답니다. 와, 빨리 도망쳐야겠다!

그게 제가 뜬금없이 회사를 때려치우고 나온 이유예요. 이 얘기를 어쩌다 해주면 다들 의아하다는 눈빛으로 "심장이나 간은 괜찮은데, 눈알은 무서워?" 하고 묻거든요. 그래서 일부러 말 안 하고 있었죠. 어쨌든.

경력을 인정해주는 회사로 옮기고 싶었는데, 안구를 아예 안 다루는 인공장기 회사는 드물더라고요. 저축한 돈을 하루하루 까먹으며 가족들의 전화를 차단하고 팔자 좋은 백수 생활을 하던 세 달째, 그 공고를 발견했어요.


솜솜 피부 관리숍 성수동 버드나무 거리 입구.

재료와 표면, 인간 본질의 상호 관계를 탐구함.

실험적인 피부 개선 및 관리 지향.

파트타임 가능. 인공장기 및 오가노이드 배양 경험자 우대.


일단 어딘가 좀 성의가 없지 않나요? 공고만으로는 뭘 하는 곳인지 알 수가 없잖아요. 그 성의 없음이 저는 마음에 들었어요.

만약 언니가 버드나무 거리, 그러니까 바이오해커 거리에 대해 안다면, 분명 움찔했을 거라고 생각해요. 저도 그랬어요. 거리 대부분의 가게가 불법과 합법을 아슬아슬 오가는, 단속과 소송의 온상지라 들었죠. 온갖 생명 윤리와 기술 규제에 대한 토론 거리가 쏟아지고, 종교 단체 사람들이 몰려와 단체로 통성기도를 하거나, 지나가는 이들을 붙잡고 회개하라고 울부짖는 그런 곳이라고요.

음, 면접을 보러 가봤더니 실제 느낌은 다르더라고요. 상상과 달리 바이오해커 거리는 활기찬 분위기였어요. 공방과 소규모 가게들이 들어선 널찍한 길과, 바쁘게 물건을 나르는 기계들, 들뜬 발걸음으로 돌아다니는 밝은 표정의 사람들. 괴상한 신체 변형을 시도한 사람들이 유독 많다든지, 공원 입구의 핫도그 트럭에서 유전자 개조 셀프 키트를 같이 팔고 있다든지 하는 게 좀 특이했지만, 뭐 그리 큰 문제는 아니었고요.

〈솜솜 피부 관리숍〉은 커스텀 인공피부를 만드는 곳이었어요. 고객이 원하는 피부를 설계하고 배양해서 이식 가능한 형태로 제작했죠. 사장은 오랫동안 생체 재료를 이용한 시각예술을 하다가 몇 년 전 작품 활동을 그만두고 이곳에 와서 가게를 차렸다고 했어요.

사장이 수줍게 보여준 자신의 작품들은, 주로 인체 기관과 조직들을 모아 제작한 기묘한 형태의 조각 위에 끈적끈적한 점액과 오일, 오물을 얹은 것들이었죠. 사장은 원래 단단한 재료로 조각을 하다가 유동적이고 쉽게 뭉개지는 재료로 넘어갔는데, 그랬더니 형상을 조형하는 방식도, 감각하는 방식도, 상상하는 방식도 바뀌더래요. 사장은 이런 생각에 도달했죠. 인간의 재료가 달라진다면 인간과 세계의 상호작용도 바뀌지 않을까? 우리가 매끈한 가죽과 살을 가진 존재가 아니라 까끌까끌한 털로 뒤덮인 존재라면, 혹은 석고처럼 단단해 보이지만 잘 부스러지는 존재라면? 인간의 부드럽고 말랑말랑하고 매끈한 피부는 인간의 본질에 얼마나 많은 영향을 미치고 있을까?

사장의 말을 들으며 궁금했죠. 그런 심오한 질문에 대한 답을, 커스텀 인공피부로 찾을 수 있단 말야? 사장은 저의 의문 가득한 눈빛 따위 신경쓰지 않고 설명을 계속했어요. 제가 맡을 일은 디자인 단계의 피부를 미니 오가노이드로 만들어 면역반응 및 기능 테스트를 하는 것, 그리고 배양을 돕는 것이라고 했어요. 다행히 인공피부는 여러 기관 중에서도 배양하기 수월한 편이지만요. 문제는 거기서 다루는 피부들이, 결코 평범하지는 않았다는 거예요.

사장이 보여준 피부 샘플들은 이런 것들이었어요. 물고기, 부엉이, 펭귄, 늑대, 고양이, 모래, 바위…… 흉내만 낸 게 아니었어요. 그건 전부 진짜 같았어요. 물고기 비늘처럼 선명한 무늬가 도드라졌고, 어떤 것은 당장이라도 갈라질 바위처럼 균열이 보였어요. 그리고 동시에 진짜 피부였죠. 인간의 온몸을 덮는 껍데기, 기능성 기관이요. 음, 사장의 표현대로 그건 몹시 실험적이었어요. 그 정도로 과감한 피부라면, 재료가 본질을 바꿀 수도 있을 것 같았죠. 하지만 한 가지 도저히 해소되지 않는 의문 하나가 있었어요.

"어, 좋아요. 그런데…… 대체 누가 이런 피부를 원하는 거예요?"

제가 묻자 사장이 눈을 또르륵 굴리더니 대답했어요.

"글쎄, 꽤 많은 사람들이?"

*

어떤 사람들은 지금의 자신이 아닌 다른 존재가 되기를 꿈꿔요. 그런 욕망 중 쉽게 승인되는 것들은 거대한 시장을 이루죠. 하지만 승인받지 못한 욕망들도 결국은 어디론가 흘러들어 조그만 웅덩이를 만들어요. 그런 갈망은 쉽게 떨쳐버릴 수 있는 게 아니니까요.

우리 가게의 주고객들은 자신이 인간이 아닌 다른 종이라고 믿는 아더킨Otherkin들이었어요. 이해하기 힘들었지만, 그들은 자신이 인간의 몸을 지니고 태어난 고양이나 늑대, 혹은 드래곤 같은 것이라고 진심으로 믿어요. 아더킨들 중에는 인간 신체를 완전히 벗어나 다른 종이 될 방법을 찾아 세계 각지의 바이오해커들을 물색하는 극단적 변형주의자들도 있어요. 그렇지만 보통은 메이크업이나 옷차림, 가벼운 신체 변형 정도로 타협하죠. 생활 방식을 좀더 자신에게 맞게 바꾸기도 하고요. 이를테면 늑대처럼 옷을 입고 털 달린 마스크를 쓰고 날고기를 많이 먹는다든지, 부엉이 눈 같은 컬러 렌즈를 끼고 야행성 생활을 한다든지. 후자에 속한 이들이 우리 가게의 고객들이었죠.

처음에는 당황스러웠지만 빠르게 익숙해졌어요. 그들을 만나기 전에 아더킨이라는 개념을 먼저 접했다면 분명 저도 그들을 정신 나간 사람들쯤으로 생각했겠지만, 저는 부피와 질량을 가진 물질로서, 손에 닿는 피부의 생생한 감촉으로서 그들을 만났거든요. 빽빽한 검은 깃털이 심긴 펭귄 가죽이라니! 장난으로라도 제 피부 대신 그걸 이식하고 싶진 않았어요. 그런데도 어떤 이들은 이것을 진심으로 원하죠. 다른 존재가 되고 싶다는 갈망, 혹은 진짜 내가 되고 싶다는 갈망이란 대체 뭘까요? 그것은 어떻게 태어나고 자라서 한 사람의 뼈를 이루게 되는 걸까요.

그 마음을 이해할 수는 없었지만, 손끝에 닿는 두툼한 인공피부의 감촉을 느낄 때면 알 수 있었죠. 아, 이 갈망은 분명 여기 실재하는 것이구나.

약간은 괴짜 같고, 약간은 수줍음을 타는 손님들이 많았어요. 한눈에 아, 저 사람은 곰이 되고 싶은 거구나 알아챌 수 있는 손님도 있었고, 거듭 만나 이야기해보아도 어떤 피부를 원하는 건지 알 수 없는 손님도 있었죠. 도대체 뭘 어떻게 해달라는 건지 짐작도 힘든 손님과 두 시간쯤 상담하는 것을 옆에서 지켜보면 진이 쭉 빠졌지만, 사장은 그게 당연한 거라고 했어요. 욕망의 형태 역시 처음에는 추상적이고, 마치 조각을 빚듯 구체화하기 전에는 무엇인지 알 수 없는 거라고 했죠.

일은 재미있었답니다. 이상하지만 친절한 손님들을 만나는 것도 좋았고, 눈알이 나오는 악몽에 시달리지 않아도 돼서 좋았어요. 요령이 좀 필요한 업무였지만 적성에 잘 맞았고요. 그래도 가족들이랑 주위 친구들에겐 도저히 못 말하겠더라고요. 자신이 인간이 아니라고 생각하는 사람들을 위해 기이한 인공피부를 제작해주고 있다고 하면, 음…… 장난치지 말고 제대로 된 직장에 취업하라는 얘길 들었겠죠? 그래도 이렇게 될 줄 알았다면, 언니에게라도 슬쩍 귀뜸해둘 걸 그랬나봐요.

거울이 지나고 봄이 되자 사장은 저에게 정직원이 되지 않겠느냐고 제안했어요. 저 덕분에 예전보다 배양 작업이 훨씬 빨라졌다고 했죠. 손님들은 점점 늘어나고 가게의 일도 많아졌어요. 분명 좋은 제안이었죠. 어차피 눈알 공포증이 있으니 원래 일하던 곳 같은 회사는 글렀고, 일은 재미있었으니까요. 하지만 이 가게의 일이 사회적으로 '승인'된 일이 아니라는 게 약간은 마음에 걸렸어요. 뉴스에서는 성수동을 악의 근원지나 윤리적 파산의 현장 같은 말로 묘사했거든요. 계속해볼까 말까, 이건 기회일까 함정일까 고민하던 날들이었어요.

그러던 어느 날 가게 앞으로 낯선 의뢰 신청서가 도착했어요.

좀처럼 보기 드문 우표를 붙인 종이 신청서였죠.

성명란에는 '수브다니'라는 이름만 적혀 있었고요.

의뢰 신청서를 사장에게 가져다주었더니 표정이 약간 일그러졌어요. 대체로 손님들을 정중하게 칭하던 사장이 웬일인지 한숨을 푹 내쉬며 투덜거렸죠.

"하, 이 인간. 그렇게 안 된다고, 못한다고 했는데 또 이러네."

"왜요. 누군데요?"

"진상이야, 진상. 아주 지긋지긋해."

*

수브다니의 첫인상은, 음…… 사실 그렇게 '진상' 손님 같지는 않았어요. 웃는 눈이 반달 같은, 선량한 인상과 수려한 외모를 지닌 마른 체격의 남자였죠. 가게에 올 때면 그는 늘 정중한 미소와 함께 제게 인사를 건네고는 상담실로 들어갔어요. 상담실에서는 수브다니의 차분하고 침착한 목소리와 사장의 약간 흥분한 목소리가 번갈아 새어 나왔어요. 상담이 끝나면 수브다니는 처음 왔을 때와 똑같은 표정으로, 흐트러짐 없는 얼굴을 하고 가게를 떠났고, 사장은 잔뜩 지쳐 있었죠. 하지만 솔직히 저는 열흘째까지만 해도 사장의 험담을 믿지 않았어요. 어딘가 미친 사람이다, 광기가 어려 있다, 말도 안 되는 주장을 계속 밀어붙인다…… 그렇게 상냥한 태도를 가진, 세상으로부터 좋은 대우만 받아왔을 것처럼 생긴 사람이 그럴 것 같지는 않았단 말이죠.

벌써 방문이 몇 번째인데 디자인도, 샘플 제작도 시작했다는 말이 없는 게 이상하긴 했지만, 사장이 '할 수 있는 범위'와 손님이 '원하는 범위'가 약간 불일치하는 거야 흔한 일이고요. 좀 까다로운 손님이 있을 수 있죠. 그도 당연한 게, 어차피 자기 피부잖아요. 보통은 좀 의견이 안 맞아도 적정선에서 타협에 다다르니까, 저는 그냥 사장의 과잉 반응이라고 생각했어요.

네, 맞아요. 그건 외모만 보고 가졌던 제 선입견이었죠.

뭔가 이상하다고 생각한 건, 책상 정리를 하다가 사장의 서랍 위에 쌓인 의뢰서 더미를 보았을 때였어요. 그중 절반이 수브다니의 것이었죠. 수브다니의 요구 사항에는 이렇게만 적혀 있었어요.

금속 피부. 전신. 금속 종류는 무관. 단, 물이나 산성 물질에 대한 내구도가 높지 않아야 함.

열 장이 넘는 의뢰서의 요구 사항이 전부 같았어요. 소름 돋게도 모든 문장의 필체가 똑같았죠. 인쇄한 것처럼요. 그리고 그와 대조되는, 엉망진창 필체의 코멘트가 의뢰서마다 따라붙어 있었어요. 사장의 필체였죠. 맨 처음에는 현실적으로 금속 피부 작업이 어려운 이유라든지, 금속 피부 대신 제안해볼 만한 금속 느낌의 샘플 시트 번호 따위가 성실하게 적혀 있었어요. 상담에 참고하기 위한 메모 같았죠. 하지만 사장도 가장 최근 날짜의 의뢰서에는 이렇게만 썼더라고요.

역시 미친놈! 상대하지 말자.

그날 저녁에야 알게 된 건, 사장이 이미 예전에 수브다니의 연락 폭탄에 시달린 적이 있다는 거였어요. 몇 달 전 전화를 걸어 대뜸 금속 피부를 달고 싶다는 수브다니에게 사장은 진짜 금속 피부를 이식할 수 없는 이유를 상세하게 설명했는데, 수브다니는 절충안도 싫고, 금속을 흉내 낸 피부도 싫으니 방법을 꼭 찾아달라며 고집을 부리기만 했다는 거예요.

당혹스러운 건 둘째치고, 이유가 궁금했어요. 불편함과 사망 위험을 감수하고 금속 피부를 달고 싶은 이유가 뭘까요? 수브다니는 혹시 기계가 되고 싶은 걸까요? 하긴, 고양이가 되고 싶어하거나 자신이 늑대의 영혼을 지니고 있다고 믿는 사람들이 우리 가게 손님들인데, 사람이 기계가 되고 싶은 게 뭐 그리 이상한 욕망이겠어요.

문제는 금속 피부가 피부로서 최소한의 기능을 갖출 수 없다는 데에 있었어요. 금속은 우리가 평소 다루던 재료도 아니었고요. 한번 대안을 생각해보자는 제 말에 사장은 고개를 내저으며 이렇게 말했어요.

"갑옷을 하루 온종일 착용하는데 무슨 짓을 해도 그걸 못 벗는다고 생각해봐. 일상 생활이 제대로 될 리가 없지. 위생이나 유지는 또 어쩌고. 목숨 걸린 일인데 그걸 해줘? 분명 어디 하나 잘못되어봐라, 당장 소송 걸릴걸."

이 가게에 와서야 새삼 깨달은 건, 피부가 엄연한 기능성 기관이라는 거였어요. 피부는 감염원과 화학물질, 가벼운 물리적 충격으로부터 몸을 보호하고, 탈수를 막고, 체온을 조절하고, 외부 자극을 감지해요. 손님들은 그 사실을 쉽게 잊어버려요. 손님들에게는 피부의 기능 따위보다 자신이 되고 싶은 모습이 우선이거든요. 피부가 자기표현의 매개체라고만 생각하는 거예요.

그래도 사장과 저는 기능을 잊으면 안 되죠. 손님들이 체온 조절을 못해 익어버리거나 속수무책으로 감염되어버리면 안 되잖아요. 팔과 다리에 잔뜩 염증이 생겨 긁다가 피딱지가 생기고, 깃털이 우수수 떨어지고 붉은 살점이 드러나기 시작하면, 되고자 했던 모습은 둘째치고 제대로 살아갈 수가 없으니까요.

하지만 그런 것 따위 신경쓰지 않는 수브다니는 갖가지 방법으로 우리를 귀찮게 하기 시작했어요.

수브다니의 의뢰서가 매일매일 쌓였죠. 매일 가게도 찾아왔고요. 사장이 상담을 거부한 날에는 가게 앞 벤치를 차지하고는 멀뚱히 앉아 있었죠. 하루는 어디서 구했는지 알 수 없는 금속판들을 가져와 가게 앞에서 그걸 든 채로 서너 시간을 서 있기도 하고, 계속해서 가게 근처를 얼쩡거리고, 나중에는 우리 가게 단골손님들과 담소를 나누며 친해지더니, 단골손님들이 왜 수브다니의 의뢰를 거부하냐고 넌지시 물어보는 상황을 만들질 않나…… 사장은 신경질을 잔뜩 내며 경찰에게 영업 방해 하는 놈이 있다고 전화를 걸었는데, 경찰이 고작 그게 영업 방해냐고 퉁명스레 대꾸를 하더래요. 사실 그렇잖아요? 가게 근처를 그냥 얼쩡거리는 게 영업 방해라고 하면, 그건 좀.

수브다니가 꽤나 시선을 끄는 얼굴이다보니, 바이오해커 거리의 사람들 시선이 다 우리 가게로 쏠렸어요. 옆 가게 사장님들이 키득거리고, 거리를 지나는 사람들이 들러서는 그 홍보 모델, 대체 누구냐고 묻고요. 사장은 과시를 좋아하지만 한편으로는 또 수줍음을 많이 타는 성격이라, 그 불편하고 신경 쓰이는 상황을 도무지 못 견뎌했죠. 저야 귀찮긴 해도 좀 웃기다는 쪽이었지만. 사장은 저를 부르더니, 제발 수브다니를 설득해달라고 부탁했어요. 정확히는 설득이라기보다 쫓아내달라는 부탁이었지만.

그렇게 '수브다니 쫓아내기' 미션을 받은 저는 처음으로 상담실에서 수브다니와 마주앉았어요. 가까이서 보니, 수브다니의 눈빛이 참 선량하다는 것이 느껴졌어요. 그 맑은 눈빛 뒤에 그런 광기가 숨어 있을 줄이야.

"그게 정말, 꼭 해드리고 싶은데, 여러 현실적인 문제가 있어서요."

저는 먼저 이 가게의 주요 상품과 시술의 한계, 피부라는
기관의 특징, 이 가게에서 제작하는 상품이 피부의 기능 수행
이라는 최소한의 조건을 벗어나 제작될 수 없는 이유를 장황
하게 설명했죠. 그러고 나서 이렇게 물었어요.

"그럼 이제, 수브다니 씨가 워낙 간절하게 금속 피부를 원
하시니까 한번 같이 대안을 생각해보려고 하는데요. 혹시 금
속 피부를 원하는 특별한 이유가 있으신가요?"

"금속 피부를 원하는 특별한 이유요?"

수브다니의 목소리는 그때 처음으로 가까이서 들어봤어요.
내심 놀랐죠. 굉장히 매끄럽고 마치 구름 저편에서 들려온 듯
한, 꿈결 같은 목소리였거든요. 저는 애써 침착하게 다시 물
었어요.

"기계가 되고 싶으신 건가요?"

"음, 기계가 되고 싶냐고요……"

"진짜 기계가 되고 싶은 거라면, 이런 동네 구멍가게 말고
보스턴으로 가서야 해요. 구멍가게라고 해서 사장님한테 좀
미안하긴 한데, 현실이 그래요. 만약 그냥 기계처럼 보이는
정도로도 괜찮으시면, 사실 금속을 흉내 낸 피부만으로도 충
분히 가능해요. 사장님이 그런 질감 표현은 기가 막히게 잘하
거든요."

"그렇군요. 질감 표현이라……"

슬슬 수브다니의 화법이 좀 이상하다고 느끼던 참이었어요. 자기 의견은 하나도 말 않고 제 말을 앵무새처럼 반복하고 있지 뭐예요. 왜 저러는 걸까 생각하던 차에 수브다니가 물었어요.

"무언가를 원하는 데에 특별한 이유가 필요할까요?"

"꼭 그런 건 아니죠. 그래도 보통은 이유가 있죠. 우리가 살면서 원하는 것을 곧바로 달성하긴 쉽지 않잖아요. 그럼 자신이 바라는 게 무엇인지를 면밀히 살펴보고, 차선책을 고민하는 게 답이 될 수 있죠. 금속 피부를 왜 필요로 하시는지, 그 이유가 뭔지 알면 저도 같이 대안을 고민해드릴 수 있어요."

"아무도 이해 못할 이유인걸요."

"그래도 저에게만 말해보세요. 사장님께는 말씀 안 드릴게요."

"녹슬고 싶어요."

"네?"

"녹슬고 싶어요."

수브다니의 대답에 순간 당황했죠. 녹슬고 싶다고? 그게 이유가 될 수 있나? 저는 잠시 입만 벙긋거리다 다시 물었어요.

"저 그러면, 녹슨 것 같은 금속 표면처럼 보이는 피부를 만들어드릴까요? 어렵지 않아요. 누가 봐도 녹슨 것처럼 보일

　　　　　　　　　　　　수브다니의 여름휴가

거예요. 사장님 솜씨라면 녹슨 금속을 흉내 내는 일도 얼마든지 가능한데……"

"아뇨. 녹슨 것처럼 보이는 게 아니라, 정말로 녹슬고 싶어요."

수브다니는 꿈결 같은 목소리로 말했어요.

정말이지, 뭐라고 대답해야 할지 모르겠더라고요.

\*

약속대로 저는 '녹슬고 싶다'라는 수브다니의 진짜 이유를 사장에게 말하지 않았지만, 사실 수브다니는 의뢰서를 통해 이미 요구한 것이나 다름없었어요. '물이나 산성 물질에 대한 내구도가 높지 않아야 함'이라고 강조해두었으니까요.

가게 손님들의 갈망에 대해서는, 필요하지 않다면 이유를 짐작하지 않는 것이 원칙이에요. 하지만 저는 수브다니가 녹슬기 위해 금속 피부를 원하는 이유를 계속해서 생각할 수밖에 없었죠.

혹시 수브다니는 기계 정체성을 가지고 있는 인간인 걸까요? 그러니까 수십 년 동안 유행했던 인간이 되고 싶은 기계가 아니라, 기계가 되고 싶은 인간의 탄생일까요? 그렇지만 그게 왜 녹스는 것과 관련이 있을까요? 수브다니는 기계가 되는 것뿐만 아니라, 기계로서의 손상을 경험하고 싶은 걸까요? 하긴, 세상에 영영 이해 못할 사람이 한둘인가요. 멀쩡한 몸을 두고 전신 기계화를 원한다는 사람도 있는 마당에⋯⋯ 아니, 잠깐.

무언가 이상한 생각이 떠올랐어요.

"사장님, 제가 수브다니의 피부 샘플 분석을 해봐도 될까요?"

사장은 떨떠름해 보였지만 그렇게 뭔가 해보는 시늉이라도 하면 수브다니가 사장을 덜 곤란하게 만들 것 같았는지, 분석을 해도 좋다고 했어요. 저는 수브다니의 동의를 받고 피부 샘플을 극미량 채취한 다음, 가게의 실험방을 차지하고 피부를 배양하기 시작했죠.

세포 기반 인공피부를 제작하는 과정에는 고객의 피부 세포를 배양하고 정밀하게 분석해서 면역반응을 최소화하는 일이 포함돼요. 세포마다 잘 반응하는 배양액 성분, 배합, 온도, 시간이 다 달라서 숙련된 기술이 필요하지만 저는 자신이 있었죠.

하지만 수브다니의 샘플 배양 결과는 이랬어요.

실패. 실패. 실패.

모든 방식에서 배양이 실패했죠. 어쩌면 저는 바로 그 결과를 기다리고 있었는지도 몰라요. 저는 마지막 남은 수브다니의 피부 샘플을 분쇄해서 크리스퍼 유전자 표지 실험을 수행했어요. 그리고 아주 재미있는 사실을 발견했답니다.

수브다니의 피부는 인간의 피부가 아니라, 안드로이드에 인간화 시술을 하는 매우 특수한 경우에 한정해 사용되는 세포 기반 인공피부였습니다. 그 결과가 말해주는 건 분명했죠. 수브다니는 원래 안드로이드였어요. 그리고 인간화 시술을 받아서 거의 사람처럼 보이게 된 것이고요.

그러니까 아주 단순하게 요약해보면, 수브다니는 인간이 되고 싶은 기계도 아니고, 기계가 되고 싶은 인간도 아니고, 기계였다가 인간이 되었다가 이제 다시 기계가 되고 싶은 존재였던 거예요.

물론 이 요약은 여러 추측과 비약이 섞여 있어요. 만약 수브다니에게 금속 피부 시술을 한다고 해도, 그건 표면만을 바꾸는 것일 테고, 원래 그가 속해 있던 기계의 몸으로 되돌아가는 건 아니니까요. 게다가 정교한 인간형 안드로이드의 특성상 처음에도 기계 티가 나는 광택의 금속 피부보다는 바이오 플라스틱으로 외관이 덮여 있었을 가능성이 크죠. 그건 금속보다는 고무나 섬유에 가까운 질감이고요. 저는 궁금했어요. 그럼 수브다니가 갈망하는 것은 기계성일까요, 아니면 금속성일까요? 다시 말해 그는 자신을 기계로 여기고 있기 때문에 다시 기계가 되고 싶어하는 것일까요, 아니면 단지 금속 피부를 갈망하는 걸까요?

저는 새롭게 알게 된 사실을 곧장 사장에게 전달했어요. 다음날 아침, 가게문을 열기도 전부터 수브다니가 문 앞에 서 있었죠. 수브다니에게 인사하자, 언제나처럼 선량한 미소가 되돌아왔어요. 그제야 저는 수브다니의 기묘한 고집도, 상대의 말을 계속 따라 하는 습관도, 친절함을 끝까지 유지하는 미소에도 불구하고 경직되지 않는 튼튼한 안면 근육도, 이미 그가 누구인지에 대해 꽤 많은 것을 말해주고 있었다는 사실을 알았습니다.

"사장님이 수브다니 씨의 의뢰를 맡겠대요."

수브다니는 처음에 제 말을 잘 이해 못한 것 같았어요. 그는 평소와 같은 친절한 표정으로 "음, 사장님이 제 의뢰를……" 하고 제 말을 따라 중얼거리더니 "아!" 하고 얼굴에 화색을 띄웠습니다. 그건 어쩐지, 사람을 무장해제 시키는 미소였어요.

\*

사장이 결국 수브다니의 제안을 받아들인 것에는 여러 이유가 있었을 거예요. 수브다니가 생각보다도 더 이상한 존재라는 사실에 대한 호기심, 일단 시도라도 해보자는 도전 정신. 그리고 무엇보다 중요한 한 가지 이유는, 완전한 인간 신체보다 인간화 시술을 한 전前－안드로이드의 신체가 금속 적합성이 좀더 높았기 때문이었죠. 잘못될 확률이 그래도 적었다는 이야기예요.

하지만 역시 우리가 평소에 만들던 종류의 피부는 아니어서, 사장과 저는 평소보다 근무 시간을 늘리는 수밖에 없었어요. 사장은 표면의 금속 면적을 최대화하면서 피부의 기능을 잃지 않는 피부 디자인을 연구했죠. 저는 사장의 디자인을 적용한 미니 오가노이드를 만들어 면역반응과 체온 조절, 촉각 기능 테스트를 했어요. 정말 쉽지 않았어요. 전－안드로이드가 고객인 건 처음인데다, 애초에 그런 존재를 만나는 것도 처음이었거든요. 수브다니와 같은 완전 인간형 안드로이드는 제가 유치원에 다니던 때 단 몇 년간 생산되었고, 윤리적 문제로 생산이 금지되어버렸죠. 그러니 이미 인간화 시술을 한 안드로이드가 다시 금속 피부를 달았던 사례 같은 게 있을 리가요. 참고할 자료가 거의 없었죠. 무작정 부딪치는 수밖에 없었어요.

수브다니는 자신의 신체에 대한 전문가용 매뉴얼을 우리에게 보내줬어요. 수브다니의 신체 일정 비율은 여전히 기계였고, 소화기관은 대체로 세포 기반 인공장기에 기계 부품이 결합된 형태였죠. 인간화 시술을 했던 이유는 굳이 묻지 않았어요. 인간보다 뛰어난 성능을 지닌 기계로 태어났으면서 고생해서 인간이 되다니. 다들 무슨 바보짓을 하는가 싶지만, 어쨌든 수브다니에게도 무언가가 필요했겠죠? 아마도 인간과 동등한 지위 같은 것 말이에요.

음, 다시 떠올려봐도 작업은 정말 어려웠어요. 금속 면적을 넓히되, 관절과 근육 움직임을 방해하지 않아야 했고, 수브다니의 몸속을 흐르는 유사-혈액 솔루션과 진피층의 생체 적합성도 확인해야 했거든요. 사장은 수십 종류의 디자인을 만들었고, 저는 그걸 다 테스트해보느라 날밤을 샜죠. 이식 시술을 맡을 사람을 구하는 것도 평소보다 어려웠어요. 다들 한 번도 해본 적 없는 일이라고 고개를 내젓는 와중에, 연락이 닿은 의사는 도전 정신이 너무나 투철해서 오히려 불안했거든요.

물론 사장과 제가 그 고생을 자처한 게, 단지 수브다니의 이상한 꿈을 이뤄주기 위해서만은 아니에요. 수브다니는 모든 불평을 잠재울 만한 거금을 지불했죠. 사장은 제가 불만을 품고 도망치지 않도록 콩고물을 듬뿍 흘려줬고요.

하지만 언니, 그때도 뭔가 이상한 전조가 분명 있긴 했어요. 일단, 전-안드로이드였던 수브다니에게 대체 왜 그렇게 많은 돈이 있었을까요? 게다가 수브다니의 피부를 제작하는 동안, 유독 수상한 행색의 남자들이 가게 앞을 자주 왔다갔다했던 게 기억나요. 다들 검은색 마스크를 쓰고 선글라스를 낀 데다가, 온몸을 갑갑한 정장으로 가리고 있었죠. 그 거리 사람들은 대개 자신의 개조 신체를 보여주느라 노출이 심한 편인데도요.

또 하루는 저녁에 누군가가 기자라며 문을 두드려댔어요. 창문 안쪽은 불이 켜져 있었지만 사장과 저는 끝까지 문을 열어주지 않았죠. 바이오해커 거리를 취재하러 온 사람이 이 거리에 호의적일 리가 없고, 괜히 뉴스에 나가봤자 욕만 먹을 테니까요. 그래도 굳이 그 수많은 가게들 중 규모가 크지도 않은 우리 가게를 찾아온 게, 좀 이상하다는 생각을 했던 것 같아요.

아무튼 그런 일들 사이에서도 수브다니의 금속 피부는 순조롭게 제작되어가고 있었답니다. 사장은 이식을 맡을 의사와 안드로이드 전문가 섭외를 마무리했고요. 혹시 모를 문제 상황에 대비해 시술에는 사장이 동행하기로 했어요.

제작이 거의 마무리될 무렵, 수브다니가 천에 싸인 금속 조각들을 들고 작업실로 찾아왔습니다. 자신에게 중요한 의미가 있는 금속 장식들이라며, 피부 위에 장식용으로 약간 덧댈 수 있겠느냐고 우리에게 물었죠. 파편이 되어서 원래 형체를 알아보기 힘든, 이미 약간 녹슨 곳이 있는 금속 판과 조각, 덩어리 들이었어요. 양이 꽤 많았는데, 그것들을 살펴본 사장은 일부는 쓸 수 있고 일부는 그냥 폐기하는 게 낫겠다고 했죠.

그래도 일부를 장식으로 쓸 수 있다는 말에 수브다니는 만족스러워 보였습니다.

그리고 이식 전날, 결국 일이 터지고 말았죠.

"절도 사건 관련해서 조사 나왔습니다."

경찰이 그렇게 말하며 사장과 저를 가게 앞으로 불러냈어요. 저는 설마 하면서도 그게 수브다니와 관련된 일이라고는 생각도 못했죠. 이 거리가 워낙 합법과 불법의 선을 아슬아슬 넘나드는 곳인 데다가, 괴짜 손님도 많다보니 경찰을 보는 일이 흔했거든요.

"이 사람, 보신 적 있습니까?"

그런데 경찰이 내민 사진 속에는 누구인지 한눈에 알아볼 수 있는 얼굴이 있었어요. 수브다니였죠. 사진 아래에는 다른 이름이 적혀 있었지만요. 저는 얼른 표정 관리를 하며 사장을 흘끔 곁눈질했어요. 사장은 눈에 띄게 당황한 것 같았어요. 다행히 경찰은 저를 보고 있었고 저는 하하 웃으면서 대답했어요.

"아뇨. 여기 '수안 최'라는 분은 처음 보는데요."

경찰은 의심스럽다는 듯이 저와 사장을 여러 번 훑어보았고, 정말로 본 적이 없느냐며 캐물었어요. 수안 최가 이 거리를 자주 지나는 것을 본 목격자들이 있다, 특히 이 가게에 방문했다는 증언도 있다, 가벼운 사건이 아니라서 숨기면 문제가 될 수 있다, 그런 협박도요.

"글쎄, 여기 지나가는 사람이 한둘이어야지요. 지금도 바빠 죽겠구만요."

마침 가게 앞에서 우리를 기다리던 단골 곰-인간 손님이 크어엉, 하고 곰 울음소리를 냈어요. 갈색 털이 수북한 팔을 적절히 허공중에 휘두르는 것도 잊지 않았죠. 경찰은 털북숭이 손님을 보고 인상을 잔뜩 찌푸리더니, 그 뒤에 선 손님의 물고기 비늘 피부를 보고는 됐다는 듯이 한숨을 쉬며 고개를 저었어요. 그리고 이 더러운 거리 따위 신경도 쓰고 싶지 않다는 듯 자리를 떠나버렸죠. 저는 손님들에게 감사의 마음을 담아 엄지를 치켜올렸고요.

경찰이 떠난 후에도 사장은 왠지 멍해 보였어요. 저는 그 모습을 보며 사장이 '수안 최'를 이미 알고 있다고 확신했어요.

"원래 아는 사람이에요? 수안 최?"

"설마 수브다니가 그 녀석일 줄이야."

"그 녀석이 누군데요?"

"남상아라는 아티스트와 이인조 작업을 자주 했던 작가야."

"그럼 수안이 본명이겠네요? 한국식으로는 최수안? 어쩐지, 수브다니가 사람 이름이라니 이상하긴 했어요. 아티스트라니, 그런 이미지는 아니었는데."

"해외에서 먼저 활동을 시작하고 한국에는 나중에 알려져서 다들 수안 최라고 불렀지. 얼굴을 자주 본 건 아닌데, 어쩐지 낯익다는 생각은 했지만. 하필이면 이렇게 알게 되다니. 황당하네. 그러고 보니, 안드로이드였는데 인간화 시술을 한 것도 그렇고, 처음부터 나한테 연락한 것도……"

제 말은 전혀 듣지 않고, 수브다니의 정체를 계속 곱씹고 있는 사장을 저는 슬쩍 째려봤어요.

"신고할 거예요?"

"아니, 그건 아니지. 안 할 거야. 무슨 사정인지 몰라도, 설령 수브다니가 국보를 훔쳤다고 해도 피부는 붙여놓고 신고해야지. 일단은 우리 손님인데. 그냥 좀 당황했어. 나는 수안 최를 알고 있거든. 분명 그의 작품을 본 적도 있고, 먼발치지만 직접 마주친 적도 있었어. 그런데 동일 인물이라고는 상상도 못했지."

아, 사장도 예전에 그쪽 업계에 있었지. 저는 빠르게 납득했어요. 한참을 고생시킨 손님이 알고 보니 예전에 간접적으로라도 연이 있던 사이였다니, 엄청 놀라는 게 당연하겠죠. 세상 참 좁네, 하는 느낌으로요.

집에 돌아가서 수안 최의 이름을 검색해봤어요. 사장의 말대로 남상아와 이인조 작업을 했던 시각예술 작가라는 설명이 떴습니다. 꽤 많았지만, 대부분 남상아라는 이름과 같이 거론되었죠. 시각예술 분야에 전혀 관심이 없던 저에게는 남상아라는 작가가 낯설었지만 알고 보니 엄청나게 알려진 이름이더라고요. 수안 최의 예전 얼굴은 확실히 사장이 못 알아본 게 이해될 만큼, 지금과는 좀 다른 인상이었어요. 비슷한 얼굴이긴 한데 왠지 모를 딱딱함이 있다고 할까요. 대부분의 사진이 인간화 시술 전에 찍은 것 같았어요.

삼십 분쯤 빠르게 전시 소개글과 리뷰 따위를 훑어봤는데, 필자들이 수안 최를 다루는 어조가 굉장히 미묘했어요. 수안 최에 대한 경멸이랄까, 약간 깔보는 시선이랄까 그런 게 느껴졌죠. 이인조 콜렉티브라고는 하지만 실제로는 남상아가 전부 작업을 하고, 수안 최는 그저 보조 작가이거나 남상아의 부속품이기라도 한 것처럼요.

어쨌든 절도라니, 경찰이 찾아온 건 또 뭔가 싶어 찾아보았지만 관련해서는 나오는 게 없었어요. 아무리 그래도 그렇게 선량한 얼굴을 한 사람이 절도를 저지를까요? 오해일 것 같았어요. 수브다니는 오해를 사기 딱 좋은 행동을 많이 하잖아요. 아무래도 전-안드로이드여서 그런 거겠지만. 저는 수브다니에 대해 새로 알게 된 사실을 생각하면서, 그는 참 양파처럼 여러 겹의 껍질을 가지고 있구나 생각도 하면서, 와르르 몰려드는 졸음에 항복하고 말았어요.

*

　시술 당일, 초여름 새벽 공기에는 풀 냄새가 가득했어요. 해도 뜨기 전인 이른 아침, 가게 앞에 도착한 저와 사장은 금속 피부, 이식 및 마무리 작업에 필요한 각종 약품과 도구들을 트럭으로 날랐습니다. 사실 사람의 전신 피부를 다 모아놓으면 꽤 무게가 나가거든요. 금속 피부는 제가 다뤄본 모든 피부 중에서도 정말 무게가 어마어마했죠. 수브다니가 이걸 걸치고 제대로 걸을 수 있을지 의문일 정도로요. 그 밖에도 사장은 패혈증이니, 체온 조절이니 걱정이 이만저만이 아니었지만, 초조한 사장과 달리 수브다니는 침착해 보였죠.

　수브다니가 시술실로 들어서기 전, 그에게 물었어요.

　"시술 끝나면, 가장 먼저 뭘 할 거예요?"

　"여름휴가를 갈 겁니다. 내내 못 갔잖아요."

　수브다니가 미소 지으며 대답했어요. 그 고생을 몇 달 해놓고 가장 먼저 할 일이 고작 여름휴가라니! 예술가들이란.

　돌발 상황에 대비해 사장은 시술이 이뤄지는 건물 아래층에서 대기하기로 했죠. 저는 근처 카페에 앉아 시술이 끝나기를 기다렸어요. 시술은 평소보다 오래 걸렸어요. 사장은 오전에 한 번 '잘되고 있다'라고 메시지를 보내왔고, 저는 카페에서 커피를 두 잔이나 마셨죠. 그리고 오후에 사장의 긴급한

154　　　　　　　　　　　　　　　　　　　　수브다니의 여름휴가

메시지가 도착했습니다.

　―급하다. 지금 빨리 가게 앞으로 가봐. 모자 쓰고 얼굴 가리고.

　가게 앞으로 뛰어간 저는 몹시 당황했어요. 적게 잡아도 거의 수십 명은 될 것 같은 사람들이 바글바글 몰려 있었거든요. 사람들이 가게문을 두드리고, 창문 안을 들여다보고, 앞에 돗자리를 깔고 앉고, 카메라 플래시를 터뜨렸습니다. 삼분의 일은 카메라를 든 기자 같았고, 삼분의 일은 무시무시한 덩치의 남자들로 어디선가 사람을 찾으라고 고용한 것 같았고, 나머지 삼분의 일은 사람들이 왜 저러고 있나 궁금해서 몰려든 행인들 같았어요.

　"안에 아무도 없어? 빨리 문 열어!"

　"최수안을 내놔!"

　"이 사기꾼! 절도범!"

　"최수안, 쓰레기 같은 개자식!"

　도대체 왜 이런 아수라장이 펼쳐진 건지는 몰라도, 저 사람들이 수브다니에게 원한을 갖고 있다는 것 정도는 알 수 있었죠. 저는 사장에게 빠르게 상황을 보고하고, 이 난장판을 피해 몰래 뒷문으로 들어가 테이블 위에 널린 피부 샘플들을 냉동고로 옮겨야 한다는 사실에 경악한 다음, 그래도 지금이 아니면 기자들이 점점 더 몰려들어 기회가 없을 거란 생각에 잠

입을 시도했습니다. 다행히 창고와 연결된 통로 쪽으로는 아직까지 사람들이 몰려들지 않은 상태였고요.

하지만 제가 임무를 수행하고 멀찍이 물러나 숨을 좀 돌릴 즈음에는, 〈솜솜 피부 관리숍〉 앞의 인파가 더 거대해진 상태였어요. 어디서 소문을 듣고 왔는지 상황을 촬영해 소셜 미디어에 올리는 사람들과, 마침 거리를 지나가던 뿔 달린 사람, 온몸에서 노래방 조명을 발산하는 사람, 털 달린 부엉이-인간, 손끝에 단 스피커로 삑—삑— 이상한 소리를 연신 내는 사람, 영업 방해를 하지 말라며 항의하는 근처 가게 사장과 직원들이 합세해서 더 시끄럽고 혼란스러워졌죠.

사람들은 서로 거의 소리치듯이 대화를 했고, 그 와중에 최수안을 찾는 사람들은 더 크게 악을 썼어요. 저는 그 당혹스러운 풍경을 사장에게도 꼭 공유해주고 싶어서, 가게를 둘러싼 아수라장을 얼른 사진으로 찍어 메시지에 첨부해 사장에게 보냈답니다.

—사장님, 우리 몇 달은 장사 그른 것 같은데요.

그랬더니 기가 찬다는 듯한 답변이 돌아왔습니다.

—몇 달뿐이겠니?

몰려든 사람들 중 근처 가게 사장들이 저를 알아보는 것 같기도 해서, 저는 황급히 피신했어요. 뒤에서 최수안 나오라고, 이 깡통 면상 좀 보자고 소리치는 목소리들이 점점 멀어졌죠.

그날 밤, 성수동에서 한참 떨어진 서울의 변두리 동네 바에서 다시 만난 사장은 무척이나 지친 얼굴을 하고 있었습니다.

"수브다니는요?"

"시술 잘 끝났어. 바로 떠났지."

"어디로요?"

"그거야 나도 모르지. 사람들에게 걸리지 않을 만한 곳으로? 우리한텐 미안하다며, 송금을 더 해준다더라."

"대체 수브다니가 무슨 일을 저지른 거래요? 우리와는 상관없는 일 같은데, 왜 갑자기 가게에 그렇게 몰려들어서……"

사장은 제 말에 한숨을 푹 쉬더니, 술을 잔에 따라서 한입에 털어넣고는 이야기를 시작했습니다.

그러니까 사장의 말에 의하면, 이 모든 일은 남상아와 수안 최의 오래된 스캔들과 관련이 있었습니다. 남상아는 오래전부터 미술계에서 유명했던, 좋은 의미로든 나쁜 의미로든 온갖 화제를 몰고 다니는 작가였다고 해요. 대중적인 인기도 많고 작품 가치도 높은, 그렇지만 복잡한 사생활과 연인 관계로 늘 지저분한 뉴스에 휘말리는, 어떻게 보면 방탕한 예술가의 스테레오 타입 같은 사람이었던 거죠. 그런데 어느 날 남상아가 뜬금없이 한 무명작가와 작업을 시작한 거예요. 그가 바로 수안 최였어요.

처음 남상아와 수안 최가 이인조로 내놓은 몇 작품들은 대체로 그저 그런 평가를 받았어요. 금속을 이용한 거대한 조각이나 다른 재료와 혼합된 설치물, 퍼포먼스 같은 것이 이어졌는데 여전히 훌륭하긴 하지만 남상아의 명성에는 약간 못 미치는 작품이라는 평이었죠.

그런데 몇 달 뒤에 수안 최가 사실은 안드로이드 제조사인 델타존이 소유하고 있던 홍보용 최첨단 안드로이드였다는 충격적인 사실이 알려진 거예요. 그전까지 안드로이드의 예술 활동이 이따금 뉴스에서 화제가 되는 경우는 있었어도, 유명한 인간 아티스트와 본격적으로 팀을 이루고 작업을 해온 사례로는 처음이었던 거죠. 언젠가 델타존에 기술 자문을 받기 위해 방문했던 남상아가, 놀라운 감수성과 예술적 재능을 지닌 홍보용 모델 수안을 발견하고는 거금을 주고 수안의 소유권을 사들였고, 그런 다음 수안을 어느 회사나 개인에게 속하지 않는 자유로운 신분으로 만들어주었다는 배경이 공개되었어요. 둘의 작업물에 대한 평가가 급격히 바뀌기 시작했죠. 게다가 남상아와 수안이 사실은 연인 관계라는 자극적인 매체 보도와 파파라치들의 더 자극적인 제보 사진이 잇따르면서 둘은 미술계의 가장 유명한 연인이 되어버려요.

그저 그런 평을 받았던 그들의 기존 작품에는 '기계와 인간의 경계에 대한 당사자적 관점에 기반한 전복적 탐구'와 같은 새로운 평이 붙었죠. 새로 발표하는 작품들마다 엄청난 주목을 받는 한편, 사람들은 처음으로 공개된 유명인과 안드로이드의 로맨스라는 가십을 신이 나서 소비했고, 작품 외적인 이슈 때문에 작품의 값은 천정부지로 치솟았어요. 두 사람은 수년간 전 세계를 바쁘게 돌아다니며 작품 활동을 했죠. 그사이 안드로이드 뮤즈에 대한 영화가 나오고, 안드로이드 룩이 패션 트렌드가 되고, 기계와의 사랑이 유행처럼 번졌다가 성 착취 논란이 사회적 이슈로 불거지고…… 그런 일들이 이어졌죠. 그러다 어떤 일을 계기로 남상아와 수안의 관계는 망가지기 시작했어요.

"그 무렵 두 사람을 직접 본 적이 있었지. 베를린의 한 전시회에 초청된 날이었는데, 내 작품은 그냥 복도의 한구석을 차지하고 설치되어 있었어. 그런데 그 맞은편에 남상아와 수안 최의 작품을 따로 설치한 별도의 공간이 있었고, 프레스 명찰을 목에 건 기자들이 그 앞에 가득했어. 작품은 두 사람이 자주 하던 금속을 이용한 실험적인 작품이었는데, 수안의 기계 내부 장치를 강물에 녹슬게 해서 만든…… 제목이 뭐였더라, 죽음의 실천이었나, 실천적 죽음이었나. 아무튼 작품은 잘 기억이 나지 않지만, 기자들 앞에 서 있던 남상아와 수안 최의 모습은 분명 기억이 나. 분위기가 워낙 안 좋았거든. 표정도 딱딱하게 굳어 있었고, 기자들의 대답에도 매우 날카롭게 대답해서 무슨 무례한 질문이라도 받았나, 안 좋은 일이 있었나 생각했었지. 몇 달 뒤에 기사가 뜨더라고. 수안 최가 인간화 시술을 했다고 말야."

　수안은 인간화 시술을 하고, 반¾인간이 되었죠. 그리고 둘은 반인간과 인간의 결혼을 허용하는 타이베이로 가서 결혼했는데, 몇 년 뒤에 다시 이혼 발표를 했습니다. 수안은 남상아가 자신에게 인간화 시술을 강요했고, 그 과정이 매우 고통스러웠다고 주장했어요. 그리고 남상아는 즉시 반박 입장을 냈는데, 수안의 인간화 시술은 인간이 되고 싶어했던 수안의 의지를 전적으로 존중하여 이루어졌으며, 안드로이드를 인간화하는 최첨단 시술에 필요한 수백만 달러의 비용은 전부 남상아가 부담했다는 내용이었죠. 인간화 시술 강요에 대한 진실 공방은 둘의 작업물 기여도에 대한 논쟁으로도 이어졌어요. 수안은 남상아와 만들었던 여러 작품의 중요 아이디어가 전적으로 자신으로부터 비롯되었다고 주장했고, 남상아가 자신의 역할을 과하게 축소했다고도 말했죠. 반면 남상아는 말도 안 되는 주장이라며, 수안의 예술적 재능은 어디까지나 안드로이드치고 놀라운 수준이었을 뿐 협업 작품들의 오리지널리티는 남상아 자신이 아니었다면 존재할 수 없었다고 반박했어요. 어느 쪽이 진실인지, 미술에 대해서는 문외한인 저로서는 판단하기가 어려웠지만, 세기의 연인이었던 남상아와 수안의 로맨스가 서로에 대한 비난, 훼방, 헐뜯기로 너저분하게 얼룩진 채 끝나고 말았다는 건 알 수 있었죠.

"잠깐. 그런 복잡한 스캔들이 있었다는 건 알겠지만, 그게 이 사건과 무슨 상관이 있는데요? 그러니까 갑자기 경찰이 들이닥치고, 기자들이 가게 앞에 찾아오고, 험상궂은 사람들이 최수안을 우리더러 내놓으라고 하고. 이게 다 뭐예요?"

사장은 한숨을 쉬더니 말했습니다.

"그러니까 그게, 어떻게 보면 우리가 의도치 않게 최수안의 기행에 가담한 셈이 됐는데. 시술 직전에 우리에게 가져왔던 그 금속 조각들, 그게 사실은 남상아의 작품들이었다는 거야."

수브다니는 시술이 완전히 끝난 후에야 그 사실을 사장에게 말해주었다고 해요. 일부는 수브다니의 어깨 장식으로 달고, 나머지는 모두 폐기해버린 그 금속들이, 남상아의 가장 중요한 작품 일부와 유작 컬렉션이었다는 사실을요.

남상아는 삼 년 전에 죽었어요. 남은 작품들이 수브다니의 손에 들어가게 된 경로는 명확하지 않은데, 그것 역시 복잡한 소송 문제와 관련 있는 것 같다며 사장은 또 한숨을 쉬었어요. 유족들과 남상아 문화재단, 그리고 수안 사이에 치열한 소유권 싸움이 있었대요. 뭐 어쨌든 대충 이야기를 들어보니, 수브다니가 상당수의 작품들을 올바르지 않은 방법으로 취득한 것 같긴 하더라고요. 사실 그뿐만이라면 다툼의 여지가 있을 텐데, 수브다니가 한 짓은 더 극단적이었죠. 수브다니는 그렇게 얻은 수십억원 이상의 가치가 있는 남상아의 작품들을 몽땅 해체하고 부수고 녹이고 뭉쳐서, 자기 껍데기에 붙여 버린 거예요. 고작 어깨 장식으로!

그렇게 많은 사람들이 최수안을 찾겠답시고 벼르며 가게 앞에 모여 있는 것도 이해가 갔죠. 그들이 최수안을 발견했다면, 유작의 행방을 알았다면, 그래도 남상아의 유작을 회수해 가려고 했을까요? 어쩌면 피부를 조각조각 뜯어 갔을지도…… 수브다니는 잘 도망친 거예요. 이 모든 걸 미리 알았다면 제가 말려봤을지도 모르죠. 하지만 이미 벌어진 일을 어쩌겠어요?

사장은 일단 가게문을 열지 말고 상황을 지켜보자고 했죠. 어차피 낯선 사람들이 계속 가게를 기웃거리는 데다 바이오해커 거리 전체로 불똥이 튄 상황이라, 정상 영업을 하는 건 무리였어요. 사장과 저는 다른 동네의 작업장을 빌려 기존의 아더킨 고객들을 위한 보수 작업도 하고, 새벽에 가게에 들러 필요한 재료를 가져오고, 새로운 피부 디자인을 구상하기도 하면서 사태가 잠잠해지기를 기다렸어요. 사람들의 관심이 줄어들고, 더는 최수안이 이 거리에 오지 않는다는 걸 다들 알게 되면, 그때부턴 다시 가게문을 열자고요.

하지만 그런 일은 불행히도 일어나지 않았어요.

수브다니의 사망 소식이 전해졌거든요.

*

　이름도 낯선 먼 타국에서, 수안 최로 추정되는 변사체가 발견되었다는 뉴스를 저는 허망한 기분으로 읽어 내려갔어요. 정확한 원인은 알 수 없었죠. 하지만 짐작 가는 점은 있었어요. 금속 피부가 죽음의 한 가지 원인이었으리라는 점. 어딘가 부서지기라도 하면 혼자서는 보수도 할 수 없고, 그렇게 조각난 외피가 내부 장기를 파괴할 수도 있고, 스스로 재생되는 재료도 아니고, 이음새는 감염에 취약하고, 관절과 근육에 무리가 가고…… 시술 거절의 이유로 사장이 이야기했던 문제들을 하나씩 손꼽아봤어요.

　뭐가 문제였을까. 바라던 모습을 겨우 얻었는데, 그렇게 허망하게 가다니. 아마도 남상아 유작 스캔들이 아니었다면 수브다니는 한국에 머물렀을 것이고, 그러면 문제가 생겨도 제때 조치를 취할 수 있었겠죠.

　짧은 애도의 시간도 잠시, 우리는 더 큰 폭풍우에 휘말리고 말았어요. 수브다니의 죽음에 대한 관심이, 곧 바이오해커 거리에 대한 그릇된 관심으로 옮겨갔거든요. 한 매체에서 수안의 죽음에 대한 자극적인 상상이 섞인 보도를 내보냈는데, 거기에는 물론 수안이 금속 피부로 자신의 몸을 변형한 선택에 관한 추측도 섞여 있었어요. 어쩌면 그건 수안의 남상아에 대한 집착이자 안드로이드적 성도착증이 아니겠는가 하는 이야기였죠. 그러자 사람들은 '대체 그런 정신 나간 수술을 해주는 동네는 뭘 하는 데냐' 묻기 시작했고, 얼마 지나지 않아 온갖 당황스러운 기사가 쏟아졌어요.

자신을 데이터로 마인드 업로딩 하려고 의뢰했던 누군가의 이야기가 잔인한 토막 살인 사건으로 둔갑하고, 스스로에게 유전자 편집 실험을 하는 해커들은 신인류가 되어 한국을 지배하려는 소름 돋는 음모를 꾸미는 사람들로, 자기장 센서나 조명을 다는 신체 개조를 즐기는 이들은 수안과 비슷한 기계 부품 성도착증을 가진 사람들로 알려졌죠. 우리 가게의 단골손님들은, 너희가 진짜 짐승이라면 약육강식에 의한 사냥도 받아들여야 하지 않겠느냐며, 엽총을 들고 낄낄거리는 사람들 때문에 몸을 사려야 했대요.

바이오해커 거리는 순식간에 쑥대밭이 됐고, 종교 단체들의 시위가 단 하루도 끊이질 않았어요. 저는 친하게 지내던 옆 가게 사장님들을 걱정했는데, 거리 이웃들의 반응은 반반이라더군요. 이 모든 사태의 발단이 된 〈솜솜 피부 관리숍〉에 가서 간판을 잔뜩 노려보고 왔다는 사람도 있고, 그냥저냥 안쓰럽게 여기는 사람도 있고. 그렇지만 기이하기로 치면 우리

가게는 그 동네에선 약한 편이었으니까, 언젠가 한 번은 터질 폭탄이었다는 게 이웃들의 결론이었나봐요.

최수안을 열렬히 경멸하지만 최수안을 죽게 만든 이들도 경멸하고 싶어하는 모순적인 사람들 때문에, 저는 위협을 몇 번 겪었어요. 귀찮은 일을 피하려면 몇 달 동안 한국에 들어오지 마라, 한국에서 오는 전화와 메시지는 전부 무시해라, 그렇게 조언하는 사장의 말을 따라 저는 결국 짐을 챙겼죠. 출국을 며칠 앞둔 어느 날, 가게에서부터 제가 사는 원룸 동네까지 따라붙는 누군가의 존재를 느끼고는 소름이 끼쳐서 출국을 바로 다음날로 앞당겼고요.

그때 제가 정리를 깔끔하게 못하고 떠난 탓에, 언니를 곤란하게 만들었던 거예요. 다급히 책상 위를 치우고, 작업하던 인공피부 샘플들을 처분하려고 했는데, 갑자기 초인종이 울려서 황급히 숨었다가 나중에 다시 방을 치우느라 옆에 정리하려고 꺼내놨던 피부 샘플들을 깜빡하고 만 거예요. 나중에야 생각이 났죠. 그때 폐기를 했었나? 폐기하려고 키트만 꺼내뒀던가? 실온에 놔뒀다면 분명 며칠 내로 부패가 시작될 텐데, 누가 봐도 잔혹한 살인자의 살육 파티 흔적으로 보일 텐데. 정말 버린 게 맞는지 아무리 되새겨봐도 기억에 없다는 사실을 깨달았을 때의 소름 끼침이란……

이미 사막 횡단 투어에 오른 다음이어서 어쩔까 고민하다가, 끔찍한 냄새를 풍기며 부패하기 전에 얼른 언니에게 부탁해봐야겠다고 연락했죠. 사막을 건너는 중이라 메시지를 길게 쓰기가 쉽지 않았어요. 통신이 제대로 안 되는 지역이었거든요. 옆 투어팀이 도시로 가는 걸 알고 겨우 사정해서 집주소와 메시지를 언니한테 보낸 거죠. 하지만 그때는 이미……

아무튼 지금까지가 제가 썩어가는 살점 몇 개만 남겨놓고 황급히 한국을 떠난 이유랍니다. 정말 미안하고 고마워요, 언니. 얼마 전에 작은 소포를 보냈는데, 꼭 받아주세요. 고작 이 정도로는 저의 죄를 지울 수 없다는 건 알지만, 그냥 언니에게 고마운 마음을 먼저 전하고 싶었어요. 보고 싶은 마음도요.

몇 달이 지난 지금도 가끔 우리 가게에 대한 기사가 뜨고, 제 메일을 어떻게 알았는지 대뜸 비난하는 메시지도 와요. 자기는 최수안을 좋아하지도 않으면서, 최수안을 타락하게 만들었다고 비난하는 식이죠. 타락이라니. 굳이 따지자면 수브다니가 자신의 계획에 우릴 끌어들인 셈인데 말이에요. 어쨌든 그렇게 손가락질하는 메일은 끊이지 않지만, 그중에는 자신의 은밀한 갈망을 숨기지 못하는 사람들의 메시지도 섞여 있죠. '그들처럼 되려면 어떻게 해야 하나요?' '나도 그런 존재가 되고 싶어요.' '우연히 당신들의 가게를 뉴스에서 봤는데요……'

저는 '당신을 만나고 싶습니다'로 시작하는, 긴장과 초조함과 두려움이 섞인, 그러나 다른 세계로 넘어가려는 욕망으로 가득찬 그 메일들을 여러 번 읽어요. 언젠가는 다시 그 거리로 돌아가야 할지도 모르겠어요. 싫지 않았거든요. 무언가가 되고 싶다는 마음에 자기 온몸을 바치는 사람들을 만나는 일이요.

저는 수안의, 아니, 수브다니의 명복을 빌었어요.

수브다니가 바랐던 것이 금속성인지 기계성인지, 남상아에 대한 복수인지, 그냥 수많은 사람들에게 엿을 날리는 거였는지, 그가 정말로 뭘 원했는지 저는 몰라요.

하지만 수브다니가 무언가를 간절히 원했다는 것만은 알아요.

그는 정말로 금속 피부를 달고 싶어했죠.

다른 사람들이 그걸 받아들이든 받아들이지 않든, 수브다니에게는 중요하지 않았던 거예요.

*

언니, 제 꿈이 인형이 되는 거였다는 이야기를 한 적이 있던가요?

일곱 살 때인가, 저는 정말 인형이 되고 싶었어요. 인어공주도 아닌 마법 소녀도 아닌 인형이요. 될 수 없다는 생각 같은 건 안 해봤어요. 침대 머리맡에 놓인 인형들은 너무 보송보송 부드러웠고, 옆이 터져서 솜이 조금 흘러나와도 그다지 아프지 않아 보였고, 때가 까맣게 타도 더럽지 않고 포근해 보였죠. 어떤 느낌일까 궁금했어요. 보송보송한 몸으로 살아간다는 건. 넘어져도 뚝 부러지지 않고, 높은 데서 떨어져도 큰 소리 하나 내지 않고 그저 툭, 바닥에 놓인다는 건. 겨울이 되어도 얼음장처럼 차지 않고, 꼭 껴안고 있어도 자신의 건조한 체온을 지키는, 그건 어떤 것일까.

이 이야기를 했더니 언니도 어렸을 때 꿈이 인형이었던 적이 있다면서 맞아, 맞아 그랬지 하고 웃었잖아요. 저는 진짜로 학교에서 했던 장래 희망 조사표에도 인형이라고 써서 냈거든요. 선생님이 막 웃으면서 그래, 우리 현이는 인형이 되고 싶구나 하고 절 쓰다듬어줬던 기억이 나요. 하지만 그다음 해에는, 선생님도 더는 웃지 않았어요. 집에 돌아왔더니 엄마가 심각한 표정으로 현이 너, 혹시 장래 희망이 무슨 뜻인지는 알고 있니, 하고 진지하게 물었죠.

언니는 이제 어떤지 모르겠지만, 전 아직도 가끔 솜 인간이 되는 상상을 해요. 마음이 무거울 땐 펑펑 울어서 물먹은 솜이 되고, 기분 좋은 날은 햇볕에 바짝 마른 보송한 솜이 되는 거예요. 화가 날 땐 나 자신을 마구 때려도 되겠죠. 솜 인간에게는 자해든 자기 파괴든 조금은 덜 위험하고, 더 보송한 일이 될 거예요. 축축한 마음은 시간이 지나면 마를 거예요. 다시 산뜻하게 살아갈 수 있도록요.

어쩌다보니 쫓기듯 한국을 떠나게 되었지만, 밖에는 참 재미있는 일이 많아요. 제가 꽤 오래 머물렀던 이곳 사막에는, 자신이 모래의 영혼을 지니고 있다고 믿는 사람들이 살거든요. 그들은 인간의 몸을 가지고 있지만 자신들의 영혼이 손에 움켜쥐면 아래로 흘러내리는, 바람에 휩쓸리면 모래 폭풍을 만드는, 뜨겁게 달아오르고 빠르게 식는 고운 모래 같은 것이라고 생각한대요.

그들의 설명을 들으며 제 영혼을 모래처럼 빚고 또 흐르게 놔두는 상상을 해보았어요. 함께 명상을 했죠. 저는 영혼의 존재를 믿지 않지만, 그래도요. 그렇게 한참 눈을 감고 있으니까 어느 순간 제 몸이 모래처럼 흐르고, 입자들로 흩어지고, 바람을 따라 줄무늬를 그리는 것 같았어요. 재미있는 경험이었죠. 내가 어떤 존재다, 라는 인식은 어떻게 생겨나는 걸까요? 저는 뭐가 되고 싶은 걸까요? 요즘은 그런 생각을 하며 여기저기를 떠돌고 있어요.

한국에 있는 사장은 몇 주간 경찰 조사를 받는다고 한참 고생했대요. 수시로 전화를 걸어오는 기자들한테 시달리기도 했고요. 다행히 수브다니의 강력한 자의로 피부 이식이 이루어졌다는 게 조사 과정에서 밝혀져서 아주 곤란한 상황에서는 벗어났나봐요. 그래도 여전히 귀찮은 일은 잔뜩 있는 모양이지만.

그런데 언니, 이 사건에는 재미있는 뒷이야기가 더 있답니다.

그러니까 사실은…… 수브다니가 멀쩡하게 살아 있었던 거예요! 죽은 줄로만 알았던 그 수브다니가요.

우린 수브다니가 아무 말도 없이 새벽에 메일로 덜렁 보낸 몇 장의 사진을 보고서야 그 사실을 알았죠. 처음에는 무슨 농담 같은 건가 했어요. 죽은 수브다니를 두고 누군가가 장난을 친 건 줄로요.

그런데 자세히 살펴보니 그건 정말 금속 피부를 이식한 수브다니였던 거예요. 쨍하게 파란 하늘과, 하얗게 펼쳐진 모래사장, 그리고 수브다니의 모습을 담은 사진이었죠. 도대체 저런 곳은 어떻게 찾았는지 다른 사람은 하나도 없었고, 카메라는 모래사장에 어설프게 세운 듯 사진이 기우뚱했죠.

저는 곧바로 사장에게 영상통화를 걸었어요. 화면 너머 사장도 황당해 보이는 표정이었죠. 같은 심정이었나봐요. 우리에게 그렇게 많은 곤경을 안겨놓고, 바다에 놀러갔다고? 우린 내내 수브다니가 죽은 줄로 알고, 온갖 난감한 상황에 처하고, 죄책감까지 느끼고 있었는데!

"어이가 없구만, 어이가."

수브다니의 여름휴가

사장은 그렇게 투덜거린 다음에야 수브다니가 보낸 사진을 자세히 보기 시작했어요. 저는 사진을 쭉 내리다가, 그게 어디선가 본 이미지와 비슷하다는 걸 알았죠.

"아, 이거 그거잖아요. 변화의 실행."

"변화의 실행?"

베를린에서 사장이 보았다는 남상아와 수안의 마지막 공동 작업은, 정확히는 죽음의 실천도 아니고, 실천적 죽음도 아닌 '변화의 실행'이라는 제목의 작품이었습니다. 몇 달 전에 그 작품의 메이킹 영상을 온라인에서 본 적이 있어요. 이상하게도 최종 결과물인 금속 전시품의 도록 사진도, 전시용 영상도 전부 저작권 문제로 내려갔는데, 메이킹 영상만 남아 있었거든요.

그 영상 속에서 수안은 폐기된 금속 로봇들 수십 대를 해변가에 가져다 놓아요. 파도가 치면 몸을 반쯤 적셨다가, 다시 빠져나가는 위치에요. 그리고 자기 자신도 그 수많은 금속 로봇들 사이에 자리잡고, 로봇들과 자신의 손목을 끈으로 연결해요. 마치 인신 공양 같기도 하고 집단 자살 같기도 한 이 기이한 풍경은, 아름답게 빛나는 바다와 환한 모래사장, 맑은 하늘이 합쳐져서 경쾌한 분위기를 연출하죠. 남상아는 옆에서 카메라를 들고 이 장면을 찍고, 폐기된 금속 로봇들을 가까이서 찍고, 또 물을 튀기기도 하면서 돌아다녀요. 둘 다 환하게 웃고 있죠. 그리고 수안은 녹슬기를 기다려요. 바닷물에 몸을 담그고 오랜 시간 바람과 물을 맞으면서요. 하지만 수안은 녹슬지 않죠. 그는 그때 녹슬지 않는 바이오 플라스틱 피부를 가지고 있었거든요. 시간이 흘러 폐기된 로봇 동료들이 녹슬고 손상되어갈 때도, 수안은 끝까지 녹슬지 않아요.

그게 무슨 의미인지, 어떤 의도로 만들어진 작품인지 저는 몰라요. 결과물이 뭐였는지도 모르고요. 하지만 그 메이킹 영상을 기억하는 건, 영상 속에서 수안이 너무 환하게 웃고 있었기 때문이죠. 자꾸 흔들리는 카메라와, 렌즈에 튀는 모래와 물방울, 그 너머 웃고 있는 수안. 남상아를 바라보는 수안. 저는 영상 속의 수안을 계속 보았어요. 그 끝이 어떻게 되었든, 어떤 결론에 도달했든, 두 사람의 관계가 결국 어떻게 망가졌든, 적어도 그 순간에는 너무나 행복해 보이는 수안을요.

그리고 이제 메일 속에는 그때의 모습을 재현하는 수브다니가 있었죠.

"세상에."

진저리치는 사장의 목소리가 들렸어요.

"다 녹슬었잖아. 시술해준 지 얼마나 됐다고. 도대체 얼마나 저기 담그고 있던 거야?"

수브다니는 몸을 바닷물에 담그고 있었어요. 팔꿈치 아래쪽의 피부는 다 녹슬어 있었죠. 여름의 태양이 수브다니의 금속 피부 위로 아주 맹렬하게 쏟아졌고, 빛을 반사하는 수브다니의 얼굴은 잘 보이지 않았어요. 수브다니는 〈변화의 실행〉을 재현하고 있었어요. 그때와는 달리 녹슬어버리는 금속 피부를 붙인 채 돌아와서요.

그건 남상아에 대한 복수일까요? 단지 그해의 여름휴가가 그리웠던 것뿐일까요? 혹은 이 작품은 나에게 속해 있다, 그런 말을 하고 싶었을까요? 아니면 남상아와는 마무리하지 못했던 미완의 작품을 마저 완성하려고 했던 걸까요?

밀려드는 질문들을 저는 멈춰 세웠어요. 이유가 뭐였든 수브다니는 자신이 원했던 걸 얻은 거잖아요. 그러니 이제 더 뭐가 부럽겠어요. 그저 간지럽게 찰랑이는 바닷물에 몸을 담그고 하루하루 녹슬어가면서, 세상이 금속 피부에 부딪혀 스며들었다 빠져나가는 걸 느끼겠죠. 햇빛은 녹슨 피부 위로 쏟아지고, 손끝에는 짠맛의 소금 결정이 남을 거예요. 그 순간 아무것도 수브다니를 방해하지 않을 거예요.

"정말, 멋진 휴가를 보내고 있나봐요."

제 말에 사장이 의아한 표정을 짓더니, 잠시 뒤 웃으며 고개를 끄덕였습니다.

# 미림 한 스푼

♥

설재인

## 01

주경은 고등학교에 가면 꼭 야간 자율 학습을 신청하리라고 생각했다. 요새 야자 하는 애가 어디 있냐? 다 네시 땡 치면 학원 가지. 친구가 그렇게 말했지만 주경은 반드시 그래야만 했다. 일부러 야간 자율 학습을 가장 오래하는 고등학교를 일 지망으로 썼다. 그 학교는 평일엔 열한시, 주말엔 열시까지 자습실을 개방한다고 했다. 물론 자습실에 남는 학생이 거의 없어 관리가 형편없다고는 했지만 그런 것은 아무래도 좋았다. 원했던 학교로 배정된 후 주경은 입학식만을 기다렸다. 가방을 몇 번이고 챙겼다. 입학식 당일부터 야자를 하겠다고 말하는 학생이 있을까? 담임은 어떤 표정을 지을까? 아마 어마어마한 모범생이 왔다고 여길지도 모른다. 물론 첫 시험 보자마자 와르르 무너지는 기대를 마주해야 하겠지만, 뭐, 아무래도 좋았다. 그거야 담임의 사정이니까. 자신은 공부를 죽어라 하지만 성적은 이상하게 오르지 않는 불쌍한 아이 행세를 하면 되었다. 가여워 보이도록 굴고 싶었다. 그러면 그보다 더 불행한 구석을 슬그머니 감출 수 있을 테니.

3월 1일 밤 열한시에 주경은 이불로 기어들어갔다. 엄마와 아빠가 무언가를 집어던지며 서로 질세라 고함을 내지르는 소리는 집채만한 이불을 뚫고 잘도 들어왔다. 빌라 사람들은 그 누구도 문을 두드리며 거 좀 조용히 합시다, 하고 항의하지 않았다. 오층에 성을 짓고 사는 집주인에게 그럴 수 있는 간 큰 세입자는, 서울 땅에 존재하지 않았다. 주경은 눈을 꼭 감았다. 오늘은 자기 방의 문고리를 엄마도 아빠도 돌려보지 않길 바라는 수밖에 없었다. 문을 잠근 걸 들킨다면 내일이 입학식이 아니라 장례식이 될 수도 있었다.

주경은 그들에게 아마도 위아래로 긴 어항이나 조금 비싼 화분 같은 것인 듯했다. 우리 가족, 제법 모범적으로, 그럴듯하게 산답니다, 를 보여주는. 정작 어항이나 화분은 말을 하지 못한다.

*

　바깥을 돌아다니던 사람들이 일제히 움직임을 멈추곤 스스
스 소리를 내며 기화한 것은 한국 시간으로 3월 2일 영시 이
십사분에 벌어진 일이었다. 어느 나라에선 한낮의 점심시간
에 대단히 많은 사람들이 스러져 일대가 아수라장으로 변했
고, 어느 나라에선 사랑하는 이와의 저녁을 꿈꾸며 퇴근하던
이들이 직격탄을 맞기도 했다. 그러니 한국은 비교적 운이 좋
다, 라고 대통령은 말했다가 수없이 욕을 먹었다. 이토록 많
은 사람들이 사라진 비극을 두고 '운이 좋다'고 말하는 것이
인도적으로 용납되지 않을 뿐 아니라, 실은, 과연 사라지는
것과 세상에 남아 고통 속에서 아사를 걱정하는 것 중 어떤
방향이 덜 암울한지 누구도 알 수 없기 때문이었다.

　사람들은 거주지의 바깥으로 나가는 즉시 사라졌다.

　그 거주지가 주민등록상 거주지냐 아니냐, 위장전입한 인
간이나 가출한 사람은 어떻게 되는 거냐, 디지털 노마드나 모
텔 장기 투숙자 혹은 노숙인은 어찌 되는 것이냐, 그리고 무
엇보다 주민등록이란 게 애초에 존재하지 않는 국가도 수
두룩 빽빽한데 그곳 국민들에겐 어떤 기준이 적용되는 거
냐…… 뭐 이런 논란이 잠깐 일었다. 그러나 오래가진 않았
다. 인간을 사그라뜨리는 저 위의 존재가, 인간 따위의 논란

에는 전혀 관심 없다는 듯 쿨하고 줏대 없는 기준으로 일관했기 때문이었다. 누군 없애고 누군 내버려뒀다. 분명 쟤랑 함께였던 것 같은데 눈떠보니 나만 남은 경우들이 왕왕 생겼다.

그래도 그러한 의혹의 테두리에서 벗어난 교집합에 머물면 안전했다. 예컨대 주민등록상 거주지 인근의, 벽돌이나 콘크리트로 사방이 가로막힌 집, 뭐 이런 곳. 한국 사람들은 다른 어느 나라의 국민들보다 빠르게 그 정보를 얻고는 안에 틀어박혔다. 언젠간 이 사태가 수그러들겠지. 누군가 나 대신 먼저 위험을 무릅쓰고 밖에 나가본 후, 이제 다 괜찮다는 제보를 해주겠지. 그런 희망을 안고는 엄지를 아래로 내리며 새로고침만을 죽어라 했다. 서로 쓰는 플랫폼은 다 달랐지만, 엄지의 속도와 방향은 비슷했다.

그리고 주경은,

그냥 미친 척하고 밖에 나가서 바로 죽어버릴까?

라고 생각했다. 죽는 것? 그토록 오래 바라온 기회. 그러나 코앞에서 놀랍게도 망설이고 있었다. 물론 사는 게 죽는 것보다 끔찍하단 생각은 해왔다. 하지만 너무 아프면 어떡하나? 고통은 극심한데 막상 죽는 데 실패하고 숨만 붙어 있게 되면? 이 세상에선 사라졌는데 알고 보니 더 끔찍한 세상으로 가버리는 거라면? 그렇게 가버린 모든 이가 다른 세상에서 후회하고 있으면? 차라리 있던 곳에서 아득바득 버틸 걸 그랬다고 여긴다는 걸 자신도 가고 나서야 깨닫는다면, 그러면 그땐 어떡하나?

그게 너무 무서웠다. 누구도 소멸 뒤에 무엇이 있는지 이야기해주지 않았기에. 만약 평안한 휴식만이 있다면 당장 스스로 목숨을 끊었을 터이지만, 솔직히 아주 큰 고통이 있더라도 그것이 숨 끊기는 순간의 일시적인 감각인 게 확실하다면 버틸 수 있을 터이지만, 그런 유의 언질은 누구도 해줄 수 없기 때문에 무서웠다. 아무도 모르는 미지의 공포 탓에 주경은 빌라 공동 현관의 밖을 나갈 수가 없었다.

자신이 그 정도로 겁쟁이란 사실이 서글펐지만, 아픈 건 죽도록 싫었다. 종말을 바란다고 이야기하는 이들의 대부분은 통증이라고는 없는 마지막을 원했다. 주경 역시 그랬다. 종말은 부드러워야 했다. 종말이 아프다면, 자신을 멸시하며 덜 아픈 현재를 꾹 참아내는 방법밖에는 없었다.

## 02

〈나야 나〉는 발매되었던 그 시절에도 사이렌처럼 아무데서나 울렸다. 그러나 이번의 〈나야 나〉는 달랐다. 정말로 세상 모든 스피커를 통해 일제히 울려댔기 때문이었다. 일차로 끔찍했던 것은 집집마다 소리를 수신하는 타이밍이 미묘하게 달랐다는 점이었다. 가뜩이나 반복적인 노래가 더욱 돌림노래처럼 들렸다. 이차로 절망적이었던 것은 노래가 들리는 동시에 세상의 모든 모니터도 번쩍 켜졌는데, 똑같은 옷을 차려입은 소년들이 머리를 찰랑이며 춤을 추는 반짝거리는 무대가 나오는 대신 물먹은 솜처럼 생긴 꼬질꼬질한 무언가가 꾸물대며 허공에 자막을 뱉고 있었다는 것이었다. 글씨는 놀랍게도 한국어였다. 그때까지만 해도 한국인들은 그 영상이 전세계의 모든 모니터를 통해 송출되고 있다는 것을 알지 못했다. 알았더라면 일단 "주모!"를 부르고 시작했을 텐데, 아쉬운 일이었다.

「일 개월 뒤 지구의 운영을 종료한다.」

솜새끼(그렇다. 솜새끼는 물먹은 솜의 본명이었다. 정확히는 스오―음스엑끼!로 발음되는 듯한)는 그렇게 썼다. 그와 동시에 목소리로도 같은 말을 전했다. 목소리는 너무 평범해서 돌아서면 바로 잊혔다.

「전 우주 관광 지도의 태양계 평균 별점을 지구가 너무 많이 깎아먹고 있다. 기피 장소가 될 때까지 뭘 한 건가. 지구를 가만히 뒀다간 태양계의 관광업계 종사자들이 다 굶어 죽을 판이다. 이에 관광청에서 결단을 내림을 통보한다. 이는 지구에 상주하는 원주민들의 과오에 따른 결과이므로 이의 신청은 받지 않는다.」

지구인들의 가장 큰 문제점은 남의 말을 전혀 귀담아듣지 않는다는 것임을 솜새끼는 잘 알고 있었다. 그러므로 많은 부가 설명은 하지 않았다. 그러나 파리 날리며 허물어지는 관광지의 운영을 중단할 때마다 반드시 실행하도록 법으로 정해진 작업이 있었기에, 해야 할 말은 조금 남아 있었다. 사실 이 법안은 유명무실한 거나 마찬가지였으나, 지구 철거에 빠지지 않고 시행된 데에는 솜새끼의 입김이 컸다. 솜새끼는 지구가 철거될 거란 사실을 안 날부터 줄곧 자신이 이 법안을 시행하겠다는 의지를 관광청에 관철시키는 데 매진해왔다. 솜새끼는 대체로 욕심 없고 경우 있는 성격이었으나, 자신이 좋아하는 것에서만큼은 꼭지가 돈 이처럼 굴곤 했다. 그는 '오타쿠'였다. 지구의 언어에 따르면.

하긴, 지금 자신이 그 법안을 시행하고 있는 방식 역시 어떤 작품의 오마주였다.

「태양계 관광청에서는 각 종족의 다양성과 존엄성을 존중하는 전 태양계적 개발을 위해, 운영이 중지된 관광지의 직원 중 일부를 관광청으로 재고용한다.」여기서부터는 알아듣지 못하는 지구인들이 태반이었다. 솜새끼는 아쉽게도 가독성 있게 문장을 만드는 법을 잘 몰랐다. 「지구 방식대로 아주 경제적으로 말하자면, 관광청에 재고용되는 그 일부 지구인은 우주로 떠난단 얘기다. 그리고 우주식으로 말하자면, 그 외엔 다 수분과 단백질과 지방과 기타 등등의 혼합물이었던 과거를 잃고 기화된다는 말이다.」솜새끼는 푸휴,

하는 소리를 냈다. 글씨가 딱딱한 고딕체로 바뀌었다. 색의 채도가 훌쩍 높아졌다. 「너희 때문에 태양계가 입은 손해를 생각하면 당장 실행해도 싸다고 관광청에서는 생각하고 있다.」

현실은 영화가 아니라서 아무런 히어로도 등장하지 않았다. 한국이 아닌 나라들에서는 몇 없는 한국인 번역가를 찾기 위해 난리 법석을 떨었으며, 한국은, 실은 대다수가 솜새끼의 글과 말을 바로 이해하지 못했기에 적막해졌다. 문장이 길어지면 머리가 흐려졌다.

「그러니까……」

솜새끼의 글이 둥둥 떠다녔다. 문체가 조금 바뀌었다.

「그러니까, 아아, 답답하네. 내가 선택해서 우주로 데려가는 지구인 말고는 다 죽는다니까? 그러니, 살고 싶어? 그렇다면 최선을 다하라고.」

무슨 최선? 그건 말해주지도 않고 솜새끼는 방송을 종료해버렸다. 아, 그전에 예고를 하긴 했다. 다음날 모시에 자신의 인터뷰가 있을 테니 어디 나가지 말고 보라고 말이다. 웃긴 말이었다. '나가지 말라'니. 장난하나, 지금.

*

솜새끼는 뉴미디어 콘텐츠로 아주 유명해진 어느 엠시의

여의도 자택에 슬그머니 침입해 인터뷰를 했다. 아이돌 컴백 특집이나 새 영화 홍보를 도맡아 진행하던 그는 정말이지 대단히 숙련된 베테랑이어서, 전혀 예정되지 않았던 한 시간 동안의 사전 인터뷰 내내 솜새끼를 크게 만족시켰으며 이어진 라이브 방송에서도 빠르고 강력한 진행 능력을 보여주었다.

오길 잘했어, 하고 솜새끼는 두근거리는 심장을 숨기고는 눈물을 조금 훔쳤다. 그 나이 먹도록 정신 못 차리고 아무도 모르는 마이너 장르만 판다고 여기저기서 탄압을 당하면서도 꿋꿋하게 지구에 발을 디딜 그날만을 향해 달려온 보람이 있는 것이다. 심지어 모든 지구인들이 자신에게 집중하고 있었고 유튜브 채널이 열렸을 때부터 한 화도 빠지지 않고 모두 보아왔던 콘텐츠의 엠시가 자신을 인터뷰하고 있었으며 이제 곧 자신이 연출한 초거대 서바이벌이 시작될 참이었다. 지구가 사라질 거란 소식을 처음 듣고 얼마나 충격을 받았던가. 그러나 솜새끼는 최선을 다했으며 위기는 기회가 되었다. 이것은 열망이, 그리고 사랑이 낳은 결과였다. 솜새끼는 엠시의 곱슬거리는 머리카락을 흐뭇하게 바라보았다. 유튜브에서만 보던 이를 실제로 이렇게 마주하게 되다니. 기어코 꾸역꾸역 열심히 달려와 기회를 만들어낸 자신이 너무 사랑스럽고 자랑스러워서 몸이 찢어질 것 같았다.

*

그리고 솜새끼의 인터뷰 라이브를 안방에서 시청한 전 세계의 생존자들은, 육십억 지구인의 목숨이 인간같이 생기지도 않은 섬유 덩어리 오타쿠 단 한 명의 광기에 좌지우지될 수 있다는 사실에 깊이 상처를 받았다. 그러나 생각해보면 원래 대량 학살이란 유구하게도 단 하나의 미치광이가 주도하게 되는 법이었다. 그들은 언제나 무엇인가를 향한 사랑으로 가득 차 있었으며 자신의 마음이 가지는 숭고함에 의심을 품지 않았다.

## 03

주경은 천천히 층계를 걸어 내려갔다. 양쪽 콧구멍이 모두 막혀서 입으로 숨을 쉬어야 했다. 부르튼 입술에 콧물이 닿아서 쓰라렸다. 누군가 현관문을 빼꼼 열었다가 주경을 보고는 서둘러 쾅 소리를 내며 닫았지만 그 소리가 들리지 않았다. 그 집 현관문 밖에는 쓰레기가 가득했다. 대부분이 오백 밀리리터짜리 펩시 페트병이었다.

귀에서 계속 이명이 들렸다. 얼굴뼈가 욱신거렸다.

오층, 사층.

엄마와 아빠는 왜 결혼을 해서 왜 나를 낳았을까? 저렇게 최선을 다해 싸울 빌미를 찾아내는 사람들이 대체 왜. 누가 협박이라도 했을까? 너희 둘이서 결혼해 애를 낳아 불행하게 키우지 않으면 굶어 죽이겠다, 하는 식으로 말이다.

삼층, 이층.

다른 집도 다 이럴까. 다 이러는데 상처받지 않고 사는 걸까. 상처받는데 우는 건 쪽팔리니까 숨기면서 사는 걸까. 아니면 잊는 걸까. 주경은 가지 못한 입학식을 떠올렸다. 교과서를 하나도 받지 않은 첫날에도 여섯 시간의 자율학습을 버틸 수 있도록 묵직하게 챙겨놓은 책가방을 생각했다.

일층.

곱슬머리 엠시 옆에서 푸르르 흔들리던 그 이상한 생물체가 했던 말이 뭐였더라. 한 중반부터 아빠가 느닷없이 욕을 하며 재떨이를 집어던지는 바람에 제대로 듣지 못했다. 재떨이는 솜새끼가 나오던 티브이를 향하지 않았다. 티브이는 비싸니까. 그건 주경의 옆얼굴을 향해 날아왔다. 주경은 키워준 은혜를 존재로 갚아야 하는 빚쟁이니까.

그러니까, 아직 재떨이가 주경의 귀를 망가뜨리기 전에, 그 이상한 생물체, 솜새끼인지 뭔지는 전날보다는 조금 덜 경직된 말투로 이야기했다. 관광지를 철거할 때마다 그 행성의 문화를 가장 사랑하는 담당자가 배치된다고. 그렇게 애정을 가진 이가 담당을 해야만 장소와 거주민의 존엄성을 해치지 않는 방향으로 정책이 시행될 수 있다고. 그러나 애초에 지구에 관심을 가진 이가 없어 담당자를 찾지 못하던 차에, 자신의 지구 콘텐츠 시청 시간이 발각되면서 어쩔 수 없이 악역을 맡게 되었다고 그는 솔직히 털어놓았다.

"얼마나 보셨는데요?"

「모든 플랫폼 다 더해보니까 총 재생 시간이 삼십이만 삼천 년 정도 되더군요.」

"아니, 뭐…… 외계인 분들은 다 보통 비슷하게 많이 보시죠? 막 긴 여행도 많이 해야 되고 시간도 건너뛰고 막 그러니까, 에, 심심할 시간이 많잖아요?"

그러자 그동안 자못 수줍어하던 솜새끼의 어투가 갑자기 딱딱해졌다.

「아니오. 없습니다. 저 말고는, 이렇게까지 지구 문화에 열정적인 자는. 아무도 없습니다. 저는, 언제나 외로웠고, 언제나 탄압받았어요. 가족조차 저를 이해하지 못했습니다. 저는 언제나 혼자였어요.」

주경은 공동 현관 앞에 서서 손목을 문질렀다. 솜새끼는 특히 한국에서 나온 작품들을 정말 좋아한다고, 숱한 작품의 제목을 읊으며 찬양했다. 그때까지만 해도 아빠는 흡족해했다. 아빠의 표정이 점점 무너지기 시작한 것은 솜새끼가 인류 마지막 서바이벌 프로그램의 계획을 떠들던 때였다. 솜새끼는 한국의 내로라하는 글쟁이들을 섭외해 세상 종말의 방식을 쓰게 할 것이고, 그걸 후보로 서바이벌을 진행할 거라고 했다. 조작이나 악마의 편집 없이 오로지 시청자의 투표로만 일위를 뽑을 것이며, 우승을 거머쥔 그 시나리오대로 지구는 사라질 예정이라고 설명했다.

아빠가 뭐라고 소리를 질렀더라.

"저 씹, 저 개같은 것이, 어? 지금 대한민국을 조롱하고 엿먹이는 거라고. 어? 쪽팔려 죽겠네. 정신 나간 여편네들은 좋아하겠지, 맨날 하는 게 문자 투표잖아, 어? 그놈의 문자 투표! 샵 어쩌구저쩌구, 그 개같은! 멍청이들을 홀리는!"

"그러면 어차피 다 죽는 거 아닌가요? 왜 그걸 우리가 해야 하죠?"

엠시의 물음에 솜새끼는 대답했다.

「최종 선정된 후보에게 투표한 분들은 저희와 함께, 우주로 나가서 계속 삶을 이어 살 것이니까요! 단 한 분도 누락시키지 않고 모실 계획입니다.」

"왜 굳이 우리나라에까지 와서 우리나라 작가를 데리고 서바이벌을 시키려는 거예요? 할리우드 같은 곳이 아무래도 더 대표성이 있지 않을까요?"

「할리우드라니!」 솜새끼가 코웃음을 쳤다. 「그 사람들은 절대로 여기 열심히 참여해주지 않을 거예요. 전 세계의 운명이 달려 있지만 전 세계 사람들에게 어필할 생각도 하지 않고 오로지 그냥 자기네 인종 입맛에 맞는 결과물만 얻어내기에 급급할 거예요. 그러나 한국인들은 달라요. 한국 사람들은 외국인들에게 인정받는 걸 세상에서 제일 사랑하는 민족이라고요. 즉 지구인 모두의 마음을 어떻게든 자기 쪽으로 돌려놓고자 가장 열심히 몰두할 사람들이라 이거죠. 국위 선양. 한국인들이 가장 좋아하는 거잖아요? 게다가 저는 아무래도, 한국의 그 날카롭고 독보적인 프로그램들을 너무나도 재미있게 봐서 꼭한번 같이 작업을 하고 싶었단 말입니다.」

예전엔, 공동 현관 앞에서조차 오층 자기 집의 끔찍한 소리를 아스라이 들을 수 있었다. 그 소리를 향해 천천히 층계를 오르곤 했다.

지금은 아니었다. 이제 학교에 갈 수도 없겠구나, 귀가 안 들리는데 어떻게 버티지. 주경은 흐느끼다가, 어차피 고등학교란 건 더이상 존재하지 않을 거라는 사실을 깨닫곤 더 크게 울었다. 일층에도 두 가구가 살았지만 주경이 비명을 질러도 나오지 않을 사람들이었다.

주경이 눈물을 멈춘 것은 솜새끼가 뱉었던 우주, 라는 단어에 생각이 미쳤을 때였다.

우주?

호흡할 수 없는 우주. 매질이 없어 소리도 전달되지 않아 아무도 서로의 말을 들을 수 없을 우주. 중력이 없어 물건을 던져도 깨지지 않고 둥둥 떠다닐 뿐일 우주. 파편에 다치지 않고, 나쁜 말이 귀로 들어오지 않고, 비참한 삶이 지속되지도 않을 우주.

만약 엄마와 아빠 없이 혼자 우주에 갈 수 있게 된다면 어떨까?

좋을까?

공동 현관에는 먼지 쌓인 자전거가 세 대 놓여 있었다. 현관이 워낙 좁아서, 한 대는 지하로 가는 층계의 입구를 거의 막은 채였다. 주경은 다른 층과는 달리 지하층에는 한 번도 내려가본 적이 없었다. 내려갈 일이 없었다. 당연히, 오층 꼭대기에서 내려와 일층 공동 현관으로 나가는 게 매일의 루틴이었으니까. 다른 층의 사람들이 어떤 우유를 마시는지, 어떤 택배를 받았는지, 도시가스비를 연체했는지 아닌지 주경은 등하교할 때마다 눈에 담을 수 있었으나 지하층의 세입자에 대해서만큼은 그러지 않았다. 주경은 그에 대해 아무것도 몰랐다.

아니, 한 가지가 기억났다. 처음 그 세입자가 들어오던 날 저녁 식사 자리에서 엄마, 아빠가 공을 주고받듯 나눴던 말. 외국에서 떠돌면서 살았다데. 여자가 몸에 뭐 그렇게 문신이 많은지. 외국 살았으니 몸은 함부로 안 굴렸나 몰라. 그렇잖아도 얘기했어, 다른 세입자한테 피해 주지 말라고. 집에 혼자 처박혀 약이라도 하면 어쩌지? 여보. 응? 지하잖아, 안 보여. 밖으로만 안 새면 차라리 그게 나아. 그런데 그 벽에 곰팡이는 어떻게 했어? 그거? 그냥 냅뒀지. 벽 다시 발라봤자 또 생기고. 지하방에 곰팡이 하나 없는 게 더 이상하잖아? 그거 가지고 뭐라고 하는 사람은 지하방 살면 안 되지, 돈 더 들고 와서 위층 살아야지. 근데 그 여자 있잖아 여보. 응. 무슨 일 할까? 술집 다닐까? 아니면 몸을……

주경은 손을 뻗어서 층계를 가로막은 자전거를 천천히 옮기기 시작했다. 자전거 핸들 위에 두텁게 쌓인 먼지 위로 주경의 손자국이 났다. 주경에겐 딱 두 가지 생각뿐이었다. 땅속에서는 어차피 소리가 들리지 않을 테니 공포심이 누그러들 거라는 희망, 그리고 엄마, 아빠가 그토록 싫어했던 세입자, 그들 기준으로 가장 '닮아선 안 될' 여자를 실제로 만나보고 싶다는 반항적인 호기심.

어둠은 불연속적으로 뚝뚝 끊어지며 짙어졌다. 층계를 한 걸음씩 내려갈 때마다 공간이 뒤틀리는 것 같았다. 콧구멍의 안쪽 점막을 뒤덮는 냄새도 계단을 내려갈 때마다 급격하게 눅진하고 알싸해졌다. 마지막 계단에까지 내려서고 나서야 주경의 오른손에 조명 스위치가 만져졌다. 딸깍, 소리를 내며 스위치를 눌렀지만 아무것도 변하지 않았다. 계속 어둠이었다. 등이 나간 모양이었다.

지하에는 창고 하나와 방 하나가 있다고 들은 적이 있었다. 핸드폰 빛이 짧고 좁은 복도를 비추었다. 왼쪽의 출입문에 빗자루가 비스듬히 기대어 있는 걸 보니 그곳이 창고인 듯했다. 주경은 오른쪽으로 몸을 틀었다. 문에 번호가 붙어 있었다. B101.

귀에선 계속 이명이 들렸다. 주경은 숨을 죽이고 천천히 뒤로 걸어 등을 벽에 기댔다. 긴장이 풀려서인지 팔다리가 뻐근하게 아팠다. 조금 주저하다가, 바닥에 엉덩이를 대고 앉았다. 바닥이 더러울 것 같았지만 어차피 깜깜해서 분간되지 않았다. 게다가 밖에 나가지 못하게 된 이후로 주경도 다른 가족들도 조금씩 지저분해지고 있던 차였다. 모습을 보여줄 사람이 딱히 없으니까.

처음 고립되기 시작했을 때, 주경은 빌라 안에서라도 무언가 사람들끼리의 교류가 일어날 수 있을 거라 착각했다. 어쨌든 지붕과 벽이 있는 건물 내에서는 해를 입을 위험이 없었으니. 같이 사는 세상이니까. 그러나 빌라 사람들은 절대로 밖으로 나오지 않았다. 문을 꽁꽁 걸어 잠그고서는 죽었는지 살았는지 실마리조차 주지 않았다. 음, 아니다. 어쩌면 자기들끼리는 교류를 하는지도 모른다. 건물주에게만 이야기하지 않을 뿐.

주경은 코가 축축하게 젖어드는 걸 느끼곤 검지로 인중을 훔쳤다. 그러나 이미 늦었다. 주경은 정말로 울고 싶지 않은데, 감정 따위 드러내지 않는 멋진 사람이 되고 싶은데 자꾸 아무때나 눈물이 났다. 자기가 우는 게 너무 싫고 아이처럼 우는 자신을 흠씬 패고 싶을 만큼 너무 증오스러워서 울지 않는 연습도 참 많이 했는데 실패했다. 어쨌든 주경은 지하의 어둠 속에서, 고요한 시야와 요란한 이명에 압도되어 울었다. 그래서 B101호의 문이 열리고 튀어나온 얼굴의 첫인상이 어땠는지는 나중에도 기억하지 못했다. 눈물이 시야를 완전히 막았으니까. 그래서 그때부터 주경은 상상하게 되었다. 만약 우주에 간다면, 아마도 우주에 맞는 안구를 장착시켜주지 않을까? 그렇다면 아마 그 안구엔 눈물을 흘리는 기능은 없을 테니까, 모든 경이로운 순간을 놓치지 않을 수 있지 않을까?

B101호의 문은 주경이 가장 시끄럽게 울고 있을 때 열렸다. 방의 주인이 뭐라고 말했지만 주경은 알아듣지 못했다. 나중에야 그 주인이 적은 글을 통해 알았다. 그는 이렇게 말했다고 했다.

"전설의 고향인 줄 알았네. 야, 간 떨어지는 줄 알았다, 야."

# 04

솜새끼는 행복했다. 사인도 많이 받고 이야기도 끝없이 나누었다. 태어나서 지금까지 이렇게 예술에 대한 사랑과 열망이 차오른 적이 없었다. 그렇다, 예술은 범우주적인 것이었다. 지구는 이제 곧 사라지지만 그 산물은 보존될 것이고, 몇백 년 후의 어린 힙스터들이 찾아와서는 몇백만 배의 가격을 제시하며 안목 있는 컬렉터로서의 솜 선배를 추앙할 것이었다. 솜새끼는 지구라는 마이너 중의 마이너 중의 마이너 행성의 모든 것을 언제나 주목했다. 좋아서 뜯어먹고 싶었다.

「한국작가상 삼 회 연속 수상, A! 지니서점 이 년 연속 한국소설 분야 판매량 일위, B! 절필 십 년 만에 다시 펜을 잡은 전설의 귀환, C! 한국 드라마는 나 이전과 이후로 나뉜다, D!」

어느 초호화 펜트하우스를 통째로 비운 후 관심 두던 작가들을 모아 집어넣는 것은 솜새끼에겐 일도 아니었다. 가슴이 뛰었다. 개인적으로는 십 년 전 도발적인 작품으로 데뷔해 유명세를 날렸던 A를 좋아했는데, 막상 모아놓고 나니 목숨이 경각에 놓인 상황에서도 C 앞에서 허리를 조아리고 굽신거리는 게 마음에 들지 않아 고민하다가 B를 응원하기로 마음을 고쳐먹었다. B는 이십 년간 무명이었다가 요 몇 년간 갑자기 유명해진 작가였기에 왠지 감정이입이 되었다. A부터 J까지 총 열 명의 후보들을 모아놓고 솜새끼는 혼자 밖에 나갔다. 아무도 없는 공원 벤치에 비스듬히 누워 펜트하우스 안에서 우왕좌왕하는 작가들의 모습이 생중계되는 태블릿을 바라보았다. 영상으로 띄울 수 있었지만 굳이 지구의 매체로 확인해보고 싶었다. 확실히, 그편이 훨씬 솜새끼의 두뇌와 신경을 간지럽게 했다. 그들에게 첫 미션을 주곤 공원까지 걸어오는 그 짧은 시간 동안 벌써부터 D와 G는 싸우기 시작했다. 너무 좋아! 완전 재밌어! 지구 최고! 솜새끼는 태블릿을 벤치에 올려놓고 핸드폰을 꺼내 에스엔에스를 켰다. 온통 서바이벌에 대한 이야기뿐이었다. 온갖 나라의 언어로 논쟁이 붙었다. 논쟁의 주제는 다양했다. '대체 쟤들이 뽑힌 잣대가 무엇이며 그것은 과연 공정한가'부터 '고통의 종말이냐 무통의 안식이냐, 당신의 선택은?'까지. 그리고 솜새끼의 모습을 캡처한 클립도 자주 올라왔다. 그 클립에 사람들은 욕을 했다. 솜새끼는 조금 미안해졌다. 솜새끼가 카메라에 들이민 것은 얼굴이 아니라 엉덩이였으니까. 엉덩이에 대고 욕을 해봤자 방귀나 뒤집어쓸 뿐이다.

*

작가들은 미칠 지경이었다.

처음에는 자포자기하는 심경이었다. 어차피 이래저래 죽을 거, 실컷 글이나 쓰고 죽자는 생각이 가장 컸다. 지긋지긋한 집을 벗어나 다른 사람들을 만날 수 있다는 것도 구미가 당기는 이유였다. 게다가 이 아비규환 속에서도 작품을 남에게 선보일 수 있다는 점은 작가들에게 최고의 특혜였다. 전 세계 사람들이 알게 되는 유작이라…… A부터 J까지 그 누구도 영미권의 작가가 아니었으니 절대 꿈에서조차 생각지 못했던 기름진 영예였다.

그러나 역시 입이 문제였다. 혼자 갇혀서 키보드나 두드리게 시키면 재미가 영 없을 것 같아 솜새끼는 일부러 토론 시간을 만들었다. 매일 몇 시간씩 공용 공간에 모여 어느 정도로 작업을 했는지를 이야기하고 자신이 구상한 내용을 나누어야만 했다. 거기까지만 요구했다. 싸우라고는 안 했다. 싸우기 시작한 것은, 그리하여 전 세계 시청자들에게 즐거움을 선사하기 시작한 것은 작가들 자신이었다.

첫 논쟁은 끔찍하고 고통스러운 종말과 스펙터클한 면 없이 평온한 종말 중 사람들은 어떤 쪽을 더 원할까, 라는 주제로 이루어졌다. 가장 원로인 C가 던진 논제였고 처음에는 다들 뜨뜻미지근하게 "음…… 당연히 스르르 꿈꾸듯 죽는 걸 원하지 않을까요, 고통 없이요……"라고 대답했다. 그러나 C는 그따위로 안이하게 생각해서는 안 된다며 냅다 호통을 쳤다.

그러니까, C의 논지는 이랬다. 인류에게는 수학적 확률에 관계없이 언제나 자신이 선택받을 거라고 생각하는 경향성이 있다. 매주 토요일 오후마다 로또 판매점 앞에 길게 늘어선 줄을 보라! 그 개미 똥구멍만한 확률에도 목매는 것이 사람일진대, 지금 이 프로그램을 통해서는 무려 십분의 일의 확률로 살아서 우주로 나갈 수 있단 말이다. 그렇다면 모두는 당연히 자신이 우주로 나가는 무리에 속할 것이라고 확신한 후에 투표를 하게 된다. 즉, 자신이 반드시 안전하다는 확신 아래, 어떤 광경을 영화 보듯 감상하고 싶은지 고르게 될 거라는 이야기였다.

역시 선생님이시라고 A가 손뼉을 치는 모습이 전 세계의 모니터를 꽉 메웠다. 도발적인 문학계 앙팡 테리블의 모습을 기억하는 일부 팬들은 실망을 금치 못했지만 전 세계라는 시장에서 보자면 A 역시 십분의 일의 도전자일 뿐이었다.

"그러면, 선생님께서는 인간성을 믿지 않으시는 겁니까?"

반기를 들고 나선 것은 B였다. C는 인간성이란 게 대체 뭡니까? 라고 반문한 뒤, 고개를 끄덕였다. 뭐 누구누구의 이름을 들먹이면서 어려운 이야길 하기도 했는데, C 자신을 제외한 어느 누구도 그 문학 연구자를 알지 못했다. 당연했다. 그는 그저 C가 유학하던 당시의 연구실 동료에 불과했기 때문이었다. 아주 길고 이국적인, 유럽 동쪽 어디 냄새가 나는 이름이 대단히 멋있던 인간. C의 말이 동시통역되었을 때 동구권 사람들은 극동아시아의 소설가까지 알 정도로 유명한 자국의 문학가를 자신들이 모른단 사실에 깊은 자괴감을 느껴야만 했다.

B는 다시 외쳤다.

"당신이 쓴 대로 사람이 죽어요. 그래도 잔혹하게 쓰겠다고? 난 절대 못해. 당신들이 그런 식으로 쓰레기를 써내서 인기를 얻는다 해도, 나는 절대 그렇게 못해!"

하이라이트는 그 순간 구석에서 벌떡 일어난 F가 만들어냈다.

"착한 척 오지시네. 네가 작년에 보낸 메일 나는 아직도 밤마다 읽으면서 울어, 이 개새끼야."

알고 봤더니 F는 유명세를 얻고 기고만장해진 B에게 시달렸던 그의 담당 편집자였다나 뭐라나. 커다란 두 눈에 담긴 그렁그렁한 눈물을 솜새기는 클로즈업해서 몇 번이고 반복 재생했다. 그래서 결국 첫 번째 미팅을 마치고 가장 핫해진 이는 F였다. '#F야_울지않게_해줄게'와 같은 해시태그가 실시간 트렌드에 넘실거렸다.

## 05

미림은 술집에서 일하지도 않았고 마약을 하지도 않았다. 법을 어기지도 않았고 세금도 꼬박꼬박 냈으며 소리 내지 않고 조용히 말하거나 빠르게 쓸 줄 아는 사람이었다. 게다가 놀랍게도 일곱 개 나라의 언어를 유창하게 사용할 줄 알았다. 공부도 오래했고, 번역한 책도 아주 많았다. 눅눅한 미림의 집에서 주경은 알아볼 수 없는 활자로 가득한 책을 후루룩 넘겨보았다. 미림의 집에는 책과 냉동식품, 그리고 오래된 술병 밖엔 없는 것 같았다.

눈에 보이는 게 적을수록 이명은 잦아들었지만 완전히 낫지는 않았다. 주경은 목소리로, 미림은 키보드로 대화했다.

그렇게 똑똑한데 왜 지하에서 사느냐고 물었더니 미림은 번역가란 원래 그런 것이라고 대답했다. 주경은 조금 이해가 되지 않았다. 오층의 성채에 살아야 할 능력을 갖춘 사람은 아무리 봐도 미림 같은데.

미림은 솜새끼의 서바이벌도 동시통역을 하고 있다고 했다. 일곱 군데 나라에서 동시에 의뢰가 왔는데, 몸이 두 개가 아니었기에 한 가지 언어만 선택할 수 있었다고 미림은 덧붙였다. 그중에 어디요? 주경은 묻고서 한마디 더 했다. 돈 제일 많이 주는 데로요? 주경의 집에서는 너무나 당연한 잣대였으니 자연스러운 물음이었다. 그러자 미림은 키보드를 두드렸다. '어차피 멸망할 건데 액수가 무슨 상관이 있냐. 그냥 내 마음이 끌리는 데로.'

미림이 선택한 언어는 오랜 내전으로 파산 위기에 몰린 나라의 것이었다. 주경도 그 정도는 알고 있었는데, 괜히 미림이 멋쩍어할까봐 일언반구 하지 않았다. 나중에 후회했다. 잘했다고 이야기해줄걸. 당신다운 일을 당신이 해서 좋다고 말해줄걸.

*

주경은 아침에 눈을 뜨면 밥을 먹는 둥 마는 둥 하고 집을 나섰다. 빛이 강하면 소리가 잘 들리지 않아서, 지하가 더 많이 생각났다. 엄마 몰래 반찬을 조금 퍼서 지퍼백에 싸 들고 옷 속에 숨긴 채 층계를 내려갔다. 주경의 부모는 아직까지도 푸른 기가 도는 채소나 가공되지 않은 육류를 재료로 찬을 만들 수가 있었다. 대체 얼마나 재료를 쟁여놓고 어떻게 방부 처리를 한 건지 주경은 짐작할 수가 없었다. 다만 마른김과 아직 덜 녹아 서걱대는 냉동만두나 씹어 먹고 있는 미림에게 조금이라도 나눠주면 좋을 거란 생각만 들어 슬쩍 행동으로 옮길 뿐이었다.

"너는 누가 최애야?"

아주 짠 브로콜리이파리절임을 꼭꼭 씹어 먹은 후 바닥에 나란히 누워 천장을 바라보고 있을 때 미림이 지나가듯 물었다. 그 목소리가 제법 잘 들리는 바람에, 안도감에 신이 난 주경은 숨도 안 쉬고 답했다.

"J요."

"그 사람, 되게 무색무취 아니야?"

"그래서 좋은데요. 앞뒤 다른 놈들보다는 나으니까."

"B 같은?"

"예스."

미림은 주경이 왜 그런 놈들을 싫어하는지 알 것 같았다.

"그래도 B, 인기가 많잖아. 그런 사람을 택하면 우주로 갈 가능성이 더 높아지지 않을까?"

주경은 귓바퀴를 더듬었다. 멀리서 아스라이 고함 소리가 들려오는 것 같았던 탓이었다. 환청이야, 내 귀엔 아무것도 들리지 않는걸? 미림은 말했지만 주경은 자꾸 불안해졌다. 그 고함 소리가 점점 가까워져 오다가 노크 소리로 바뀔 것 같았다. 익숙한 두 사람이 현관문을 열고 들어와 주경의 손목을 낚아채고 몇 없는 세간을 죄다 부순 후 아주 무거운 책의 모서리로 미림의 머리를 찍어버릴 것 같았다. 어차피 출동할 경찰도 없으니 그들은 능히 그럴 수 있을지도 몰랐다.

"몰라요." 주경은 몸을 비비꼬았다. 아직도 바닥에 깔린 이불에는 적응되지 않았다. 너무 딱딱해서 등이 배겼다. 침대를 놓을 공간이 없어 뵈긴 했는데. "착한 척하는 인간들에겐 표를 주고 싶지 않은데. 나쁜 놈도 싫고."

"음."

"언니는 우주로 가고 싶어요? 아니면 여기서 끝내고 싶나?"

주경이 물었다. 미림이 몇 살인지는 몰랐지만 문신이 가득한 팔다리로 보건대 그렇게 나이가 많은 것 같진 않아서 멋대로 언니라고 부르며 반말을 슬쩍슬쩍 섞었다. 미림이 눈가를 찌푸리며 잠시 생각에 잠겼다가 대답했다.

"나는 우주에 가고 싶지 않아."

"헐."

"이제 살 만큼 살고 볼 만큼 봤다는 기분이야. 그래서 제일 인기 없는 방식을 택하곤 끝내버릴까 싶어. 너는?"

"우주 무조건 가고 싶죠." 주경은 말했다. "가서 겁나 악착같이 살 거예요. 엄청 오래 살 거예요. 대신 조건이 있어요."

"무슨 조건."

"혼자 가서 살 거예요. 누구랑도 가족 같은 건 만들지 않고, 누구도 내 집에 들어오게 하지 않고."

미림은 주경에게 이유를 묻지 않았다. 주경을 본 첫날 귓바퀴를 살피면서 이미 대강 짐작은 했고, 주경에게도 조금 들은 바가 있었다. 주경이 아무렇지 않게 집 이야길 할 때마다 조금 미안해졌다. 지하에서는 정말로 오층의 소리가 들리지 않았다. 만약 들렸다면 그 집 문을 두드렸을 것이다. 아니면 하다못해 신고라도 해서 부부에게 경각심을 줬을 것이다. 미림은 반드시 그랬을 것이다. 미림도 아주 오래전 그런 집에서 도망쳐 나왔기 때문에.

곰팡이가 피어도 그리마가 기어다녀도 햇빛이 없어도, 이 지하방은 미림의 생을 통틀어 가장 안온하고 따뜻한 벙커였다. 태어나는 순간부터 생존은 내내 전쟁과 다를 바가 없었고 하루 이십사 시간을 긴장 속에서 움츠리고 보내느라 예쁜 미래 같은 건 상상하지를 못했다. 미사일이 떨어지지 않아도, 총이나 포의 소리가 울리지 않아도 하루하루 삶의 반쯤 찢긴 자락에 대롱대롱 매달려 언제쯤 완전히 떨어져나갈까 두려움에 떨며 살아야만 하는 아이들이 분명히 곳곳에 있었다. 미림도 그랬다. 가족과의 연을 끊고 낯선 땅을 떠돈 것 역시 자신의 자취를 아무도 좇지 못하게 하려는 의도에서였다. 모두가 자신을 잊었다고 생각될 무렵 돌아와 이름을 바꾸곤 아사하지 않을 정도의 돈만 벌고 살았다. 조금이라도 성공하면 다시 누군가 자신을 찾아올 것 같아서 두려웠다. 실체 없이 뇌리에 새겨진 상처는 쉽게 덮이는 살의 두께보다 깊었다.

"우주에 가서, 성공할 거야?"

"네. 무조건요."

주경은 말하더니, 미림에게 물었다. 언니가 번역해주는 그 나라 있잖아요. 그 나라에서는 누가 제일 인기 많아요?

"C가 육십 프로 정도, F가 삼십 프로."

"아아, 정말? C가 왜요?"

"그 나라 국교에서 말하는 종말이랑 비슷하거든, C가 쓰는 게."

아아, 하고 주경이 고개를 주억거렸다. 아아. 그래요, 종교는 뭐, 그래요…… 중요하니까. 그러더니 누운 채로 몸을 몇 바퀴 굴리다가 물었다. 언니. 있잖아요, 언니는 외국어 완전 잘하니까, 막 여기저기 나라 사람들이 쓰는 에스엔에스도, 다 접속할 수 있죠? 해석할 수도 있죠?

"그거야 어려운 일은 아니지."

"그럼 부탁 하나만 해도 돼요?"

"뭐?"

미림은 머뭇거리는 아이의 얼굴을 채근하지 않고 바라보았다. 아이의 얼굴은 언제나 희끄무레하게 빛나서, 미림은 아이가 야광 별처럼 지상의 빛을 담아 지하에서 뿜는 게 아닐까 자주 생각했다. 자신 말고는 아무도 그걸 알아채지 못했던 걸까. 그 어디에서도 햇빛을 보지 못하는 미림의 눈이 예민해져서일까. 미림은 아이가 우주로 나갔을 때 얼마나 더 많은 파

장의 빛을 얼굴에 담을 수 있을지 어쩔 수 없이 상상하고야
말았다.

"혹시 있잖아요, 언니가 여론을 막 조종하든가 해서, 일위를
바꿀 수는 없겠죠? 예를 들어서 언니가 번역을 할 때…… 좀
뉘앙스를 다르게 한다든가, 하면 언니가 번역하는 나라 사람
들은 조금이라도 마음을 바꾸게 할 수 있잖아요."

미림은 고개를 저었다. 아이고 주경아, 나는 한낱 미물일 뿐
이야. 내가 그렇게 대단하면 왜 아직도 지하에서 살겠니. 그
렇게 말하면서도 마음속으로는 몰래 자신이 번역한 내용으로
서바이벌을 이해할 인구의 숫자를 세었다. 일단 파산한 나라
가 있고, 그 나라의 언어를 쓰기 때문에 거기서 번역을 그대
로 따올 나라들이 하나, 둘, 셋…… 인구가 어느 정도 되더라.

주경이 재차 물었다. "누가 일위가 될지 정도는 알 수 있어
요, 그럼?"

솜새끼가 마지막 순간이 되기 전까지 사전 투표나 지지율
조사 따윈 없다고 못 박았으므로 결과는 완전히 안개 속에 있
었다. 숱하게 쏟아지는 정보들을 사람들이 모아 번역기를 돌
려 해석했지만 그 정보가 과연 진짜인지, 아니면 자신이 미는
후보를 일위로 만들려는 조작인지 헤아리는 데만 해도 에너
지 소모가 컸다. 팔로워가 많은 계정들을 돈으로 매수하려 드
는 이들이 워낙 많았다. 도박꾼들도 횡행했다. 밖으로 나다니

지도 못하면서 어찌 그렇게 돈 욕심은 줄어들지 않는지 몰랐다. 돈을 어디에 쓸 수 있기에?

"그 정도는, 어쩌면 가능."

미림은 아이의 얼굴에 담긴 빛을 꺼뜨리고 싶지 않았다.

"저는 꼭 독립해서 혼자 우주로 갈 거예요."

미림 자신에게 가족이라는 굴레에 갇혀 고통받아야 했던 삶은 존재하지 않는 시간이나 마찬가지였으므로.

## 06

A가 C를 살해한 것은 한국 시간으론 아침형 인간도 올빼미족도 모두 잠들었을 새벽 네시 즈음이었다. 살해의 방법은 아주 쉬웠다. 거구의 A가 가뜩이나 왜소한데다가 나이도 들 만큼 들어 더욱 쪼그라진 원로 C를 협박해 마대에 들어가게 한 뒤 꽁꽁 묶어 베란다 밖으로 내던지는 것쯤은 그다지 대단한 노동도 아니었기 때문이었다. C는 찍소리도 못하고 어둠 속으로 사라졌고 바닥에 몸이 닿기도 전에 기화했다. A가 간과했던 것은 이 모습이 전 세계에 중계되고 있단 사실이었다. 어느 나라에서는 별로 희망찰 것은 없지만 어쨌든 하루가 시작되는 아침이었고 어느 나라에서는 가족들이 모두 모여 두런두런 굶어 죽지 않기 위한 끼니를 때우는 저녁이었는데, 거

기 대고 눈물 한 방울 흘리지 않은 채 사람을 끝장내는 모습을 보이고야 만 것이다. 당장에 에스엔에스는 요동쳤다. A를 퇴출하라는 세력과 옹호하는 세력이 맞붙었다. A가 자신의 행동에 대해 무적의 설명을 붙였기 때문이었다.

"박사과정 지도 교수였습니다."

거짓말이었다. 나중에 밝혀진 바로는, 사건 하루 전 A에게 지인 누군가가 여론조사 결과를 메시지로 전송한 게 살해의 동기였다. C가 일위, A가 이 위였다. 물론 한국 어느 작은 집단에서의 여론조사였고, 전 세계를 대상으로 하는 이 서바이벌의 결과에는 모래알만큼의 비중도 차지하지 못할 게 당연했으나 오랜 합숙으로 피폐해진 A의 눈을 돌아버리게 하기엔 충분했다.

솜새끼는 당연히 그를 내칠 생각이 없었다. 오히려 얼싸안고 볼에 입을 맞춰주고 싶은 심정이었다. 자신이 열광해왔던 지구 창작물의 양상 그대로를 현실로 옮기는 인물이라면, 진정한 페르소나라 할 수 있지 않겠는가? A가 사랑스러워 견딜 수가 없었다. 물론 A 같은 인물을 우주로 데려가는 데에는 오랜 고민이 필요하겠지만 일단은 신이 났다. 게다가 실은, 이 서바이벌이 우주에서도 슬슬 방영되기 시작하는 중이었다. 연출이 아니고 실제라는 사실에 마침내 우주 것들도 움직이기 시작한 것이다.

그러게, 내가 분명히 이 행성 재밌다고 했어, 안 했어.

자기 장르 영업에 성공하는 오타쿠처럼 신이 난 생명체도 없다는 것은 이미 우주적 진리인 듯 보였다.

서바이벌이 흥하는 데에는 한국 사람들의 자발적인 홍보 탓도 컸다. 아무래도 한국에서 태어나 한국에서 자란 작가들이 고안해내는 종말의 방식에는 외국인들이 이해하지 못할 부분들이 분명 있었고, 한국인들은 발 벗고 나서서 그러한 사고방식이 나온 맥락을 외국인들에게 미주알고주알 아주 섬세하게 해석해주었다. 예컨대 모두가 모인 테이블에서 누군가 아련한 목소리로 "전을 부치는 거죠…… 영원히…… 자기 스스로 몸을 갈아 전이 되지 않는 한은 부쳐도 부쳐도 끝나지 않는 거야……"라고 이야기했을 때 왜 어떤 이들은 소스라치거나 박수를 치고 어떤 이들은 별로 설득력도 재미도 없다며 시큰둥하게 대했는지에 대해 한국인들은 누가 시키기도 전에 온갖 해석을 일고여덟 가지의 언어로 작성해 퍼 날랐다. 재미있는 것은 그 해석도 두 갈래로 완연히 갈린단 사실이었다. 그래서 오히려 전 세계 사람들은 점점 알게 되었다. 자신들이 오티티로 본 게 이 나라의 전부는 아닐 거라는 사실을.

그건 솜씨도 마찬가지였다. 한국에서 요 근래 이십 년간 생산된 거의 모든 영상물을 다 봤다고 자부했는데도 낯선 이야기들이 계속해서 흘러나왔다. 처음엔 신기하고 짜릿했는데, 파도 파도 계속 나오니까 마음이 조금씩 구겨졌다. 그러니까⋯⋯ 그러니까, 따돌림을 당하는 기분이었다. 왜 나한텐 이런 얘길 안 했지? 한국인들에게 누구보다 가깝다고 여겼고 자신이 거의 한국인이나 마찬가지라고 생각했으며 실은 자신이 한국에서 태어났다가 우주로 잘못 튕겨져나온 것은 아닐까 상상하기까지 했는데, 막상 세세히 알게 된 한국은⋯⋯ 너무 멀었다. 달랐다. 어려웠다.

솜새끼는 자기 안에서 조금씩 차오르는 일종의 배신감과 자괴감을 숨기고 달래려 무진 애를 썼다. 자신이 우주에서 봤던 한국인 팬들은, 진짜로 행복해 보였다. 이런 현실 자각 따위 해볼 틈도 없이 빼곡하게 밀려드는 환희에 가득찬 것처럼 보였다. 솜새끼는 자신도 그렇게 주체할 수 없는 카타르시스로 충만해보고 싶었다. 대체 어떤 기분일지 너무너무 궁금해 견딜 수 없었다. 그걸 한 번이라도 경험할 수 있다면 자신의 영생 따윈 버려도 좋았다.

그렇다, 사실, 솜새끼는 어느 정신 나간 선조가 영생과 카타르시스를 바꾸어버린 어느 행성에서 왔다. 물론 선조가 조물주와 그런 딜을 했다는 건 신화일 뿐이고, 아마 실제로는 그냥 일종의 우울증을 야기하는 바이러스가 죽지도 않고 죽이지도 않은 채 몇만 년 동안 솜새끼의 행성을 뒤덮고 있는 것일지도 모른다.

그런데 그토록 동경해왔던 필멸의 서사 역시 순수한 만족
감의 결정체는 아니었던 것이다.

*

"사람을 죽여도 상관이 없는 서바이벌이었잖아요, 이거?"

이제 작가들은 잠을 자지 못했다. 어차피 한 사람을 빼면
모두가 죽을 것인데도 그랬다. 모두들 핏발 선 눈을 하고 계
속해서 시나리오를 바꿔 썼다. 점점 끔찍해지게. 점점 자극적
으로. 자신이 질 것이라고는 상상조차 하지 않는 사람들만을
상대로. 예외라면 무색무취의 J 정도였다.

## 07

주경이 내려오지 않은 지 일주일이 지났다. 아니, 더 지났
다. 그 이후엔 날짜 세는 걸 잊었으니까.

주경을 기다리는 동안 미림은 가능한 모든 수단을 동원해
자신이 알아낼 수 있는 모든 국가에서의 순위를 정리했다. 물
론 이 결과가 아주 지엽적일 수도 있었고, 하루아침에 뒤집힐
수도 있었으나, 어쨌든 미림은 자신이 최선을 다했다는 사실

엔 이백 퍼센트 떳떳했다. 이 결과를 보고 어떤 결정을 하든 그것 역시 주경에게 맡겨야 하겠지만, 그 조그맣고 귀여운 머리를 소리 나게 굴렸으면 좋겠다고 생각했다. 태어나선 내내 고통스러운 삶만 살았지만요, 그래도 곧 세상이 끝장날 테니까 이젠 억울해하지 않을게요, 라고 아이가 두 손을 늘어뜨린 채 천천히 말하며, 자신의 입에서 나오는 소리를 듣지 못하니 과연 제대로 말하고 있는 것인지도 의심하며 멍하니 눈만 끔벅거릴 때마다 지상의 것들에 대해 화가 치밀었기 때문에, 그래서 보여주고 싶었다. 너를 위해 누군가가 시간과 힘을 쓰는 날이 생길 때도 있단다. 그것이 금세 무용해진다 하더라도 그 누군가는 별로 상관하지 않고, 그저 네가 원했으니까, 너라는 사람이 이 결과를 필요로 했으니까 노력을 기울였을 거야. 살다 보면 아주 가끔 그런 순간을 마주하는 때가 있어서, 그게 나머지 오천이백만 겹의 허름하고 꾀죄죄한 결들을 잊게 만들지.

미림은 꾹 참고 기다렸다. 주경이 혹시라도 난감해질까봐. 그래도 나를 어디 실려갈 만큼 때리지는 않아요, 며칠 지나면 아물 정도로만요, 라고 주경이 했던 말을 믿는 척하기 위해서. 연유 모를 고통에 익숙해진 이의 언어는 낡은 풍선처럼 너무 많이 쪼그라들기 때문에 절대 믿어선 안 된다는 걸 그토록 오랜 세월 동안 몇 번이고 깨닫고 그 때문에 상처 입었으면서도, 또 마음이 약해지려 했다. 무언가 바쁜 일이 있겠지, 하고 미림은 스스로에게 말한 후 말도 안 된다는 생각을 하며 주먹으로 자신의 머리를 쳤다. 바쁜 일이 어디 있단 말인가! 집밖으로 나가지도 못하는 세상에서! 나는 어찌나 한심한지! 이렇게까지 나 자신을 속여서 편한 삶을 살기 위해 노력했지만 몸이나 조금 안전했을까, 마음은 언제나 사막과도 같이 말라 있었는데 이제 그마저도 끝이란 말이야. 다! 완전히 다! 이 지리멸렬한 생과 쓸모없는 인간들이 다!

그럴 때마다 미림은 무용한 것을 알면서도 자꾸만 묵은 책들을 꺼내 펼쳤다. 인간들에게 무슨 일이 일어나고 있는지 알 리가 없을 책벌레들이 그 위를 기어다녔다. 주경이 그런 질문을 한 적이 있었다. 이 벌레들은 죽을까요, 살까요? 우주로 함께 갈까요? 이 상황을 알까요? 왜 솜새끼는 인간에게만 집중했을까요? 어쩌면 솜새끼가 말을 안했다 뿐이지 얘들도 투표를 할지 몰라요. 그렇잖아요, 어쩌면 나보다 얘들이 책을 더 많이 읽었을 텐데. 누구의 이야기가 가장 훌륭한지도, 더 잘 판단할 수 있을 텐데. 저는 이제 평생 고등학교도 가지 못하는데. 그러네요, 솜새끼가 분명 숨기고 있는 걸 거예요. 인간을 너무 잘 아니까 그 맹점을 파고드는 거야. 알고 보니 투표의 주도권은 이 책벌레들이 지니고 있는 거예요!

활자와 이야기, 언어와 그로 인해 만들어지는 어떠한 모양의 인식들이 사람보다 낫다는 생각을 가진 지 얼마나 되었던 것일까. 미림은 페이지 하나를 뜯어냈다. 찢어진 페이지의 첫 문장은 '물약을 마셨다'였다. 마지막 구두점이 두 개로 보여 손날을 세워 털었더니 하나가 되었다. 내가 섣불리 한 표를 죽인 걸까? 죄를 지어버린 걸까? 미림은 문득 겁에 질렸고, 그 이유가 자못 미신적이라는 것에, 그리고 그 미신의 근간에 오층의 아이가 존재한다는 사실에 굴복할 수밖에 없었다.

용기를 얻기 위한 이야기를 나는 만들 수 없어. 미림은 생각했다. 나는 번역만 할 뿐이야. 이미 존재하는 것들에 기대어 숨쉬고 행동할 뿐이야. 그러니 나는 끝내 안 될 거야. 세상이 끝장날 때까지, 지하까지 내려와주었던 존재에게 그 어떤 손도 내밀지 못하고.

그러나 찢어진 페이지 위의 책벌레들은 계속해서 움직였다. 이상하게도 페이지 위의 모든 개체가 첫 문장 근처만을 맴돌았다. 무언가 말하는 것처럼, 이라고 미림은 생각했다. 어쩌면 알려주는 것처럼. 어쩌면 내게 어서 해석해보라고, 무슨 이야길 들려줄 건지 파악해보라고 요구하는 것처럼……

…… '물약을 마셨다.'


예를 들어 이럴 수 있겠지. 미림은 상상했다. 아니, 벌레들의 궤적을 읽고 번역했다.

'너는 오백 년을 산 뱀파이어야. 그래서 아주 많은 언어를 네 것처럼 말할 수 있는 거지. 초월적인 힘이 용해된 물약을 가지고 있지만 그건 마지막 순간까지 강력한 마법에 묶여 있어. 그렇지, 맞아. 세상 그 어떤 모험 서사를 보아도 필살기는 마지막에 나오잖아, 어린 너는 언제나 왜 그걸 진즉에 쓰지 않았는지 고개를 갸우뚱거리기 마련이었지. 좌우지간 드디어 마지막 순간이 온 거야, 그리고 너는 그 물약의 힘을 이제 세상에 보여주어야 해.

너의 능력을 너는 몇백 년간 잊고 지냈어. 왜냐고? 말했잖아, 주인공은 마치 철저히 망각한 듯 필살기를 마지막까지 절대 쓰지 않는다는 법칙을. 책벌레라면 다 아는 사실이지. 그러나 이제 그 수단을 기억해내야 할 순간이 왔어. 그 물약은 이미 잊었고 병에는 먼지가 가득 끼어 있겠지. 하나도 귀중하지 않은 것처럼.'

벌레들은 그러고서 갑자기 분주하게 움직였다. 미림은 문득 의문을 품었다. 대체 왜 나는 이런 짓을 하려 들지? 그저 비슷한 유년기를 보냈다는 이유 하나만으로? 그렇지만 나는 그렇게 비현실적으로 이타적인 인물이 전혀 아닌데.

그리고 책벌레들은 말했다……라고 미림은 해석했다.

'어렸던 네가 매일 밤 잠들기 전, 간밤에 이루어지길 간절히 기도했던 소원이 뭔지 나는 기억해. 그리고 너는 다음날 아침마다 실망했지. 그러나 너는 네가 맡은 역을 잘못 알았던 것뿐이야.

너는 하늘에서부터 창문을 향해 날아 들어와 상대를 구할 사람이었지, 창문에 코를 대고 바닥을 보며 눈물을 삼키는 역이 아니었던 거야.'

## 08

공격당할까봐 잠들지 못하고, 누군가 자신을 번쩍 들어 밖으로 내던질까봐 자리에 앉지 못하는 작가들은 가끔 솜새끼에게 미약하게 항의하였으나 돌아오는 대답은 똑같았다.

「누구도 여기 억지로 끌려 들어온 게 아니잖아?」

솜새끼의 논리였다. 사실이었다. 어찌 보면 사상 최대의 공모전이나 마찬가지였다. 상금은 여분의 목숨과 추종자들인, 전 세계 사람들에게 여한 없이 자기 작품을 뿌리까지 보여줄 수 있는 공모전.

다만 그들이 간과했던 것은 작품에 대한 사람들의 관심이 점점 없어질 것이라는 사실이었다. 사람들은 이제 그들이 제시하는 종말의 여러 모습에는 환호도 야유도 하지 않았다. 그들의 눈이 좇는 것은 그들의 등과, 걸음과, 손가락과, 같은 이에게 속했으나 서로 다른 의사를 내비치는 눈과 입, 그리고 행동의 크기였다.

아주 선하든 아주 악하든, 아주 꼿꼿하든 이중적이든, 에너지를 마지막 방울까지 짜내야만 연출할 수 있는 몸을 사람들은 원했다.


"우리가 하나로 단일화를 하면 모두 살아남을 수 있는 거 아니에요? 우리가 자기 자신에게만 투표해야 한다는 이야긴 없었잖아요?"

모두가 둘러앉은 공용 공간에서 J가 처음 이야기를 꺼냈을 때 작가들은 모두 퍼뜩 고개를 들었다. 그걸 왜 지금껏 생각하지 못했지? 몇몇이 동시에 신음했다. 그러게. 투표할 대상이 하나밖에 없으면 되는 거잖아? 물론 솜새끼가 또 어떤 장난질을 칠지는 몰랐지만 일단 이대로 다 죽게 놓아둘 수는 없는 것 아니냐, 하는 게 J의 논지였다. 우리도 밟혔으니 꿈틀은 해봐야 할 것 아니냐고요, 이러면 다 살 수 있는 걸 왜 우리끼리 싸우고 난리냐고요!

묘한 긴장감이 물줄기처럼 빠르게 테이블을 훑어 내려갔다. 그 긴장감이 움푹 모여드는 곳이 A가 앉은 소파 언저리라는 사실을 누구도, 시청자들조차 모를 리가 없었다. C가 기화한 후 작가들의 절반은 A를 비난하며 인간 취급조차 하지 않았고, 절반은 A의 일거수일투족에 반응하며 살살 기었다. 그

양상은 주로 십여 년에 가까운 세월 동안 쌓여온 권력관계의 연장선상에 있었으나 전 세계 시청자들이 그 사정까지 다 봐주진 않을 것이기에 과연 어떻게 행동하는 게 더 인기를 얻을 수 있는 길이 될까, 작가들은 머리털이 다 빠지도록 고민에 또 고민을 해야 했다.

J의 이야기를 밤이 내린 공원 벤치에서 들은 솜새끼는 피식 웃었다. 너는 정말 나를 뭐로 보고. 그러고는 바로 한 시간 뒤의 중간 투표율이라며 갑작스러운 공지를 했다. J가 꼴찌였고, J에게 가장 먼저 동조했던 H와 I가 근소하게 그 앞에 서 있었다. 셋의 득표율을 더해도 오 위보다 못했다.

언제 중간 투표를 했대?

사람들은 그런 의문을 가지지는 않았다. 그저, 솜새끼가 의도한 그대로의 사고만을 입으로 뱉었다.

날로 먹으려 했네. 노력도 하지 않으면서, 감히 대가리나 굴려 콩고물을 얻어먹으려 했단 말이야?

그리고 H와 I는 빠르게 J에게서 멀어져갔다. 판을 뒤집어엎고 싶었지, 실패자에게 발목을 잡히고 싶지는 않았다.

*

"작가님, 눈앞이 보이지 않아요."

J가 처음 그 말을 했을 때 G는 그게 간접적인 비유라고 착각했다. 그래요, 저도 그래요. 정말 절망적이지요. G는 그렇게 대꾸했으나 J는 고개를 저었다. 아니요, 정말로 보이지 않아요.

"빛이 조금이라도 들어오면 그게 온통 번져서요. 모니터도 안 보이고, 사람들 눈도 안 보이고, 이 공간이 어떻게 생겼는지도 잘 안 보이고. 밤이 되면 조금 나아질까 싶은데, 사실 밤에 더 많이들 작업을 하시잖아요. 스탠드 켜놓고. 제 방에는 B 작가님 방 불빛이 조금 들어와요. 그냥 아파트였으면 모르겠는데 여기가 또 초호화라 영 희한하게, 동그랗게 생기지 않았습니까…… 뭔가 멋있게 꾸며놓으려다보니 설계상의 문제가 있는 모양이에요."

그래서 요새 자꾸 다용도실에 가 계시는 거군요. G가 말하자 J가 고개를 끄덕였다.

"예. 빛이 없는 곳이 그곳밖에는 없으니까요. 거기서 손으로 종이에 글씨를 씁니다. 종이를 아주 많이 겹쳐놓고 꾹꾹 눌러서 글씨를 씁니다. 그렇게 하면 꾹꾹 눌린 윤곽을 아주 희미하게 감각할 수 있거든요. 어쩌다 빛을 괴로워하는 인간이 되어버렸을까요?"

"작가님. 이제 다 퇴고하셨죠? 마지막으로 어떻게 결정하셨어요? 방향만이라도 알려주세요."

G는 물었다. 보통 작가들 대부분은 마지막 투표율에 영향을 받거나 표절을 당할까 두려워 함구하였지만 어차피 낙인이 찍힌 J의 경우엔 슬쩍 흘린다고 해서 크게 달라질까, 싶은 마음에서였다.

"그렇지요. 저는 어차피, 어차피 꼴찌지요."

J가 말했다.

## 09

주경은 고등학교에 가면 꼭 야간 자율 학습을 신청하리라고 생각했었다. 동급생이든, 선배든, 선생이든, 아니면 하다못해 급식실 뒤, 외지고 잔반 냄새 가득한 곳에서 담배를 피우는 앞치마 차림의 엄마 또래라 해도 좋으니 반드시 누군가 한 명쯤은 주경이라는 형체를 발견해줄지도 모른다고 상상했다. 와, 얘, 너는 어떻게 항상 학교에 있니? 그런 말을 듣고는 샐쭉 웃으면서 저는 학교에서 사는 유령이걸랑요, 하고 농담인 척 진실을 털어놓고 싶었다. 저는 유령입니다. 저는 기억을 잃고 이 학교에 머물고 있지요. 학교에서 눈을 뜨기 전 마지막 순간은 집이라고 불리던 곳에서의 장면이었어요. 그곳에서 아주 불행하고 많이 아팠어요. 왜, 누구 때문이었냐고요? 모르겠어요. 말할 수 없는 것 같아요. 말해서는 안 되는 것 같아요, 시도할 때마다 자꾸 저의 목구멍이 턱, 턱, 하고 막히거든요, 사람된 도리에 어긋나기 때문에, 그런 말을 함부로 하여 나를 이 세상에 존재하게끔 만든 어른들을 애달프게 만들면 안 되기 때문에. 억센 손이 저의 머리채를 단박에 잡아채고는 입을 틀어막는 느낌이에요. 그러나 중간의 길들은 잊었어도, 적어도 집이라는, 아주 하잘것없는 단음절의 글자가 저의 짧은 평생을 좀먹었던 순간들은 잊지 않고 있습니다. 그러니 저를 집이 아닌 곳에서 받아주시겠어요? 어때요?

평생의 장래 희망이 겨우, 집이 아닌 곳에서 아침부터 밤까지의 시간을 안전히 소진해내는 것에 불과했던 유령-아이의 존재를 수용할 수 있나요? 집에 돈은 있는데 꿈도 없고 이루고 싶은 것도 없이 숨만 쉬며 사는 애 같은 건 눌러 죽여야 할 사회악인가요? 그런 애들을 다들 겁나 미워하긴 하던데요.


주경이 사는 꼭대기 층의 문은 다른 세입자들의 얇실하고 허술한 한쪽짜리 적갈색 문과는 달랐다. 녹슬지 않는 은색의 철제 양문이 누구나 오를 수 있는 층계의 마지막을 가로막은 채 버티고 있었고, 그 안으로 들어가 반 층을 더 올라야만 스테인드글라스를 흉내 낸 색유리로 만들어낸 진짜 현관문이 나왔다. 그 현관문의 안으로 발을 들인 사람들은 지금껏 참 많았다. 우리 잘되게 하시고, 우리만 잘되게 하시옵고, 하고 극도의 공동체 의식을 담아 기도하는 책 든 사람들이 있었고, 너무 많은 못난 꼴을 보아 집채만한 남자가 옷을 벗어던지지 않는 한 그 어떤 것에도 반응하지 않는 가스 검침원이 있었고, 대강 시간만 때우다 간식 때가 되면 부엌을 힐끔거리는 과외 선생이 있었고, 돈 빌려달라고 와서는 배달시킨 중국 음식만 먹고 쫓겨나면서도 지치지 않고 계속 찾아오는 숙부가 있었고……

그러나 아무도 저를 찾아온 적은 없어서 저는 집에 있으면 그냥 세상에서 소거된 사람이 된 것 같아요, 하고 주경은 미림에게 웅얼댄 적이 있었다. 제가 아직 안 죽고 세상 어딘가에 버티고 있다는 증거는 학교의 출석 기록뿐인데 중학교는 졸업했죠, 고등학교는 아직 안 들어갔는데 이제 세상 멸망할 때까지 교문은 열리지 않을 거죠, 그러면…… 그러면 저는, '없는 사람'으로 끝나는 거네요.


미림은 계속해서 넘어오는 신물을 참아냈다. 다 쉬어버린 걸 알면서도, 여는 순간 고약한 냄새가 날 걸 알면서도 애써 못 본 척 무시해왔던 술을 입에 쏟아버린 후였다. 혀뿌리에 남는 맛이 너무 강해 사라질 줄을 몰랐다. 정신이 번쩍 들었다.

사이렌이 울렸다. 미림의 노트북이 알아서 팟 소리를 내며 켜지더니 솜새끼의 목소리가 외쳤다. 「투표까지, 한 시간!」

"진짜 쓸데없는 일 참 잘하지."

미림은 중얼거렸다. 한 시간 안에 세상이 멸망하는데 애 하나를 억지로 구해봤자 뭐 어쩔 것인가. 아이가 그 멸망을 살아서 통과할 수 있으리란 보장도 없지 않은가.

그러나 하늘에서 창문으로 날아 들어오는 주인공은 그런 고민을 해서는 안 됐다. 결과가 달라지지 않는다 하더라도, 마지막 순간 상대의 시야 안에 온전히 자신만을 위하는 어느 다른 세상의 가능성이 담길 수 있도록 초현실적인 힘을 불러내야만 했다.

오랜만에 본 일요일 정오의 햇빛은 취기를 더했다. 미림은 취해서 중얼거렸다. 나는 투명하다, 투명하다. 마지막 순간 초능력은 시작된다, 나는 투명하다. 나는 보이지 않고 들리지 않는 유령이다, 그래서 너희는 겁을 먹을 것이다. 몸을 성큼성큼 움직여 철문을 넘고 스테인드글라스를 지났다. 손에는 빈 병이 들려 있었다.

정말로 주문이 통한 것일까? 미림은 그렇게 믿고 싶었다. 집에 들이닥친 불청객이 그저 체구 작은 여자임에도 불구하고 어른이란 사실 자체로 그들이 겁을 먹은 거라면, 그래서 꼬리를 내린 거라면 견딜 수 없으니까. 제삼자의 응시만으로 겁을 먹어버리는 악을 가만히 내버려두었단 죄책감이 무섭게 밀려드니까. 굳이 아주 커다란 용기를 먹지 않고서도 더 일찍 주경에게 손을 내밀어줄 수 있었을 텐데, 그러지 못했으니까. 미림은 손에 잡히는 것들을 휘두르면서 생각했다. 나는 너희에게 보이지 않는다, 너희는 제멋대로 움직이는 물건을 보고 두려움에 떨고 있다, 라고.

미림은 집안의 문을 하나씩 모두 열었다. 마지막으로 열어본 다용도실에 찾던 얼굴이 있었다. 깨진 병 조각으로 케이블 타이를 잘랐다. 주경의 손목을 틀어쥐고 끌어당겼다. 주경이 눈을 둥그렇게 떴다. 얼굴이 멍투성이였다. 검게 변한 두 눈꺼풀이 퉁퉁 부어 있었다. 앞을 볼 수는 있을까. 못 보더라도 괜찮았다. 아마 주경은 마지막까지 무슨 일이 일어났는지 모를 것이고, 죽든 살든, 자신을 미워하기만 하는 것 같던 지구가 지구 자신의 마지막 순간 저를 위해 영 점 일 도 정도 움직여줬다고 여길 것이다.

"누구에게 투표하든."

미림은 말했다. 투명한 성대에서 나오는 목소리도 전달이 될까?

"살아남게 해줄게."

그러고는 주경의 손을 잡아끌고 발코니 쪽으로 향했다. 집에 아무도 없을 때 우두커니 서서는, 여기서 떨어지면 죽을까? 라고 자주 고민했던 그곳. 같이 빛을 보고 싶었다. 주경이 거기서 골백번을 떨어졌더라도 땅속의 미림은 무슨 일이

일어났는지 절대로 몰랐을 것이다. 그 아이가 땅속으로 내려
와주지 않았다면.

## 10

솜새끼는 의기양양한 표정을 짓고서 가운데의 테이블에 가
장 편한 자세로 누워 있었다. 자칫 잘못 보면 바닥용 러그를
테이블 위에 구겨놓은 모양새 같기도 했다. 주변을 휘둘러보
니 다들 안색이 엉망진창이었다. 살해당할까 며칠 잠을 자지
못했고 머리까지 쉴 없이 굴려야 했을, 보통은 소심한 내향
형 인간들일 작가들이 정치질까지 해야 했으니 오죽 힘들었
을까. 솜새끼는 마치 자신이 이런 상황을 만들지 않은 것처럼
그들을 불쌍히 여기며 쯧쯧, 하고 혀를 찼다. 두 사람이 아직
오지 않아 기다리는 중이었다.

곧 G가 J의 팔을 잡고선 천천히 공용 공간으로 걸어왔다.
J는 한쪽 팔을 뻗어 앞을 계속 더듬으며 미적거렸다. "뭐 하는
수작이지." A가 중얼거렸다.

"늦게 와서 죄송합니다, 시력이 영 안 좋아져서." J가 말하자
A가 또 꿍얼댔다. "누군 건강이, 좋아 보입디까?"

「마지막 사이렌이 울리면 모두 딛고 계시는 바닥에 한 글자만 적으

225

세요.」

"영어를 모르면 어떻게 하나요?"

「지금껏 다 보고 즐겼으면서 그거 하나 따라 못 그립니까? 모르는 건 모르는 사람 잘못입니다.」


J는 솜새끼 같은 이들이 하나 혹은 그 이상의 행성에 대한 결정권을 움켜쥐고 설치고 다닐 우주에 대해서도 딱히 크게 기대할 것이 없다는 사실을 몇 번이고 깨달으면서, 자기와 같은 생각을 가진 이들이 없을까를 고민했다.

더 나은 세상에서 살게 될 거란 희망이 사라진 이들, 누구도 뽑고 싶지 않은 이들이 선택할 수 있는 수가 어딘가에는 아직 존재하지 않을까.

그러나 만약 자신이 무슨 수라도 낸다면 그 행위는 결국 누군가의 종말을 뜻하는 것이나 마찬가지였다. 자신이 이긴다면 자신을 뽑지 않은 사람의, 자신이 진다면, 자신의 말에 동조해준 사람들의.

시나리오를 공개하는 순서를 정하기 위한 제비를 뽑았다. J는 마지막이었다. G가 옆에서 무슨 일이 일어나고 있는지 낮은 목소리로 설명해주었다. "솜새끼가 화면 하나를 아무렇지 않다는 듯 띄웠습니다. 일종의 시뮬레이션인 것 같은데요. 저희들이 낭독하는 대로 영상화되어 이해를 돕거나 혹은 공포

심을 촉발하기 위한⋯⋯"

시나리오는 다 거기서 거기였다. 어느 건 좀더 아프거나 끔찍했고 어느 건 조금 부드러울 뿐이었다. 이미 사람들은 작가들이 어떤 아이디어를 생각해 발전시켜왔는지 별 관심이 없었다.

"마지막, J 작가 시나리오 보여주시죠."

솜새끼의 목소리가 들렸다. J는 자리에서 일어섰다. 목이 칼칼했다. 따뜻한 정종을 한 잔 마시고 싶다는 생각이 퍽 크게 들었으나 고개를 흔들었다. 이제 그런 건 더 없을 테니까.

"하나만 물어도 되겠습니까?"

작가들이 일제히 J를 바라보았다. 표정의 빛깔은 다 달랐다. 무슨 수작이지, 라 말하고 싶어 보이는 얼굴도 있었고 어쩌면 생애 마지막일지 모르는 호기심을 감추지 못하는 이도 있었다. 그러나 J는 보지 못했다. 솜새끼가 고개를 끄덕이자 G가 말씀하십시오, 하고 대신 일러주었다. 그제야 솜새끼는 J가 앞을 보지 못한다는 사실을 알게 되었다. 사실 J에게 관심이 없었다. J는 누가 봐도 이미 탈락이 확정된 지망생이었고 재미있는 사고를 일으키지도 않았으니까.

"사람들은 결과를 알게 된 후 죽습니까, 아니면 죽으면서 결과를 알게 됩니까?"

한국인이면서 이렇게 당연한 걸 물어? 솜새끼는 어안이 벙

병했다.

「당연히, 결과를 알리고 몇 분가량은 시간을 줘야죠.」 인지하지도 못하는 종말을 선사할 거였으면 뭣 하러 이런 고생을 한단 말인가? 그냥 통첩 없이 깔끔하게 폭파했을 것이다. 「선택을 했으면 웃든 울든 해야지요. 그래야 감상자까지 하나 되는 서바이벌이지, 안 그러면 아무 의미가 없습니다.」

그러자 J의 입가에 미소가 피어올랐다.

"그렇다면 제가 원하는 종말은 한 가지입니다. 누가 가장 많은 표를 얻는지 결과를 알지 못하는 사람만이 시청자였으면 좋겠습니다. 나머지는, 모두 쇼인 겁니다. 이 공간이 모두 다 세트장인 거죠. 아무도 세트 밖으로 나가지 못했던 거고요. 그러나 그들만은 이제 나갈 겁니다. 내내 일방적인 취급을 받았던 시청자의 첫 권리로요. 그리고 쇼는 끝납니다. 세트는 철거됩니다."

그러고는 두 손으로 귀를 막고는 눈을 꼭 감았다.

# 11

미림은 주경의 귀를 막고 입을 맞추었다. J의 결론을 알아서 그런 것은 아니었다. 원래 사랑이 묻은 행동에는 막연한 구석이 꽤 있는 법이다. 주경은 자기도 모르게 눈을 감았다.

보편적으로, 입을 맞출 땐 그래야 한다고들 하니까.

# 뼈의 기록

♥

천선란

노인은 로비스가 올해 만난 첫 번째 손님이었다. 얼음처럼 딱딱하게 변했던 눈마저 녹고, 무영이 얇은 재킷을 입고 출근했다가 벗어두는 그런 계절이었다.

로비스는 스테인리스 침대에 누워 있는 노인을 바라보다 문을 닫기 전 복도를 돌아보았다. 창백한 조명과 물걸레 흔적이 묻어 있는 바닥, 칠이 벗겨진 딱딱한 나무 의자. 앉은 이 하나 없다. 전자 패드 점검표 속 '유가족 부재' 칸에 표시가 되어 있다는 것을 확인한 뒤, 로비스가 출입문 버튼을 눌러 문을 닫았다. 전자 패드를 데스크 위에 올려둔 뒤 노인에게 향했다.

혈관의 초록빛. 장내 세균의 효소 작용으로 헤모글로빈으로부터 초록색 색소가 분해된 것이다. 이 세균은 며칠간 복강 전체로 퍼져나가고 동시에 다른 효소와 반응하며 기체를 만들어 복부 팽만을 일으킨 뒤, 서서히 몸에 퍼진다. 그럼 혈관이 초록빛으로 변하고 이 과정에서 피부가 갈라지는 듯한 무늬를 남긴다. 노인의 몸이 그랬다. 로비스가 노인의 손을 조심스럽게 들추었다. 표피가 벗겨져 지문이 사라졌다. 적어도 열흘이 지났다. 노인의 심장과 폐가 기능을 멈추고도 열흘을 홀로 있었다. 그렇지만 누군가에 의해 우연히 발견되었을 것이다. 복부에 찬 기체가 몸속 배설물을 피와 함께 뒤섞고 모든 구멍으로 배출시켜, 시멘트를 뚫는 악취로 인해 죽음이 알려지기 전에 말이다. 발목에 채워진 이름표를 확인했다. 팔십구 세, 박도해. 로비스는 절차에 따라 두 손을 모으고 고개를 숙였다. 로비스의 구멍 없는 입은 소리를 따라 파형을 그린다.

"박도해 님, 마지막 가시는 길 정성을 다하겠습니다."

로비스는 라텍스 장갑을 손에 낀 뒤 백오십오 밀리미터 핀셋을 들고 노인의 몸에 붙은 구리금파리의 유충을 제거하기 시작했다. 인간의 죽음을 제일 먼저 알아차리고 오는 것은, 이 구리금파리들이었고 로비스는 이 작업을 할 때마다 인간의 몸이 거대한 생태 일부분임을 확인한다.

구리금파리에게 인간의 육신은 영양이 풍부하고 단백질 함량이 높아 알을 깔 수 있는 최적의 장소이다. 눈과 콧구멍, 귓구멍 따위에 알을 깠다가 부패 정도가 심해지면 살을 파고들고, 그렇게 유충이 태어나면 유충을 먹이로 삼는 또 다른 개체군들이 노인을 찾아오리라. 로비스는 그것이 호흡하는 모든 존재의 특권이자 자신은 끼어들 수 없는 순환의 고리라 생각하지만, 무영은 로비스가 손님의 유가족에게 구리금파리를 언급하는 것을 금지했다. 이것 외에도 이곳에서 지켜야 할 엄중한 규칙들이 많지만 로비스는 구리금파리를 부를 수 있는 것이 생명의 특별함이자 육체 증거임을 외면하는 것을 가장 의아하게 여겼다. 대개의 인간이 육체의 부식을 부정했다.

로비스는 그것을 받아들이지 못했지만, 로비스는 그 부정을 지키는, 무영의 표현에 따르자면 죽은 자의 시간을 돌리는 존재로 만들어졌다. 그렇기에 로비스는 노인의 육체에 새롭게 움튼 작은 생태를 뽑아내 투명 접시로 옮겼다. 이들을 무영이 쉬러 간다는 건물 뒤편에 마련된 화단으로 옮겨줄 수 있으면 좋으련만, 로비스는 전원이 들어온 이후로 단 한 번도 이 건물 밖으로 나간 적이 없었고 그렇다는 건 결국 이 애벌레들은 태워지거나 건조기로 바싹 말려져 쓰레기통에 들어간다는 말이었다. 그것을 성충이 될 때까지 키울 생각은 없느냐고 묻자, 무영이 인간은 그런 것에는 정을 주지 않는다고 했다. 인간이 정을 느끼는 대상은 한정적이고 얕다. 적어도 로비스에게는 인간의 부식을 받아들이지 못해 시간을 되돌리는 행위보다 그곳에 터를 잡아 육신이 생태에 이바지할 수 있도록 하는 구리금파리의 행위가 훨씬 더 이로워 보인다. 그것이 정을 준다는 것과 같은 맥락으로 대치될 수 있는 문장인지는 확실하지 않다. 인간의 언어는 최소한의 규칙성을 두고 대개가 사용자에 따라 의미와 형식이 변주되었기에 로비스는 언제나 인간의 말이 어렵다.

전면을 전부 훑은 후 노인의 몸을 뒤집었다. 노인의 어깨뼈에 새겨진 좌우 대칭 문양의 문신이 보였다. 로비스가 알지 못하는 형태다. 로비스는 그것의 형태를 메모리에 인식시켜 두고, 문신이 자리한 노인의 피부를 주시했다. 문신을 한 부위의 피부는 부패 속도가 가장 늦다. 진피까지 뚫고 내려간 잉크가 어떤 화학적 작용을 일으켜 스며든 피부의 부패 속도를 늦추는지는 로비스 역시 알지 못했다. 언젠가 무영에게 물은 적 있지만 무영 역시 이유를 몰랐고, 이유를 찾아봐줄 의향도 없었다. 중요한 건 문신은 지운다 해도 결국 진피에 박혀 영원히 사라지지 않는다는 점이다. 로비스에게는 그 지점이 중요했다. 날카로운 니들로 표피를 뚫고 진피까지 들어가 잉크를 몸에 박는 행위를 인간은 왜 하는지 물었다. 무영의 손목과 발목에도 문신이 있었으므로 이것만큼은 자세히 설명해줄 거라 기대했다. 무영은 멋이라고 대답했다. 큰 의미 없이 좋아하는 것들을 새기는 거라고. 때에 따라 잊고 싶지 않은 것을 새겨두는 사람도 있겠지만.

그런 것들이 인간의 몸에 가장 오래도록 남는다. 인간은 알까? 새긴 문신이 죽어서도 남는다는 걸 알면 멋이라는 대답 대신 더 그럴듯한 대답을 해줄까? 이 노인도 멋으로 이 문양을 새겼을까? 언제, 어디서, 어떤 마음으로 새겼는지 기록으로 남았으면 좋겠다고, 로비스는 노인의 몸에 남은 선연한 문신의 형태를 보며 생각했다. 로비스의 회로는 그런 의문을 만들게끔 만들어졌다. 그래서 로비스는 모든 것에 질문을 던진다. 모든 의문의 종착지는 헤아림이다. 그리고 그것은 염을 행하는 안드로이드가 가져야 할 가장 기본적인 태도였다. 망자를 헤아리고, 남은 이들을 헤아리는 것. 흉내에 불과하더라도 그건 인간에게 문젯거리가 되지 않는다는 게 제작자의 철학이었다.

유가족을 따라 동행하는 가정용 안드로이드를 마주칠 때가 있었다. 가정용 안드로이드는 친절하고 상냥했지만 그들은 주인이 스테인리스 침대에 누워 있다는 것이 무엇인지 알지 못했다. 가끔 독거노인과 단둘이 지내던 가정용 안드로이드는 챙기는 이가 없어 하루 넘게, 노인의 시신이 화장될 때까지도 영안실 복도 의자에 멀뚱히 앉아 주인이 나오기를 기다렸다. 오지 않는다고 말하면 왜 오지 않느냐고 물었고, 로비스가 영면에 드셨으니 다시는 돌아오지 않는다고, 이 문을 통해 나오지 않을 것이고 이 세상에 존재하지 않으니 그만 돌아가라 말하자 가정용 안드로이드는 고개를 갸웃 움직였다가 뒤돌아 영안실을 빠져나갔다. 한 번도 뒤돌아보지 않고 걸어가는 그들의 뒷모습을 볼 때마다 로비스는 시체가 떠난 스테인리스 침대를 한번 더 쓸어보도록 만들어진 자신이, 영안실 앞에 앉아 닫힌 문을 응시할 수 있도록 만들어진 자신의 존재가 참으로 희한했다.

유충을 다 제거한 후에는 소독 후 방부 처리를 해야 했지만, 로비스가 전자 패드를 다시 확인해보니 이 시체는 삼일장 없이 곧장 화장에 들어가므로 방부 처리를 생략해도 된다는 부분에 표시가 되어 있었다. 로비스는 라텍스 장갑을 낀 상태로 솜에 소독제를 묻혀 노인의 몸을 닦아 내려갔다. 그리고 로비스는 이 작업을 굉장히 오랫동안, 천천히 수행했다. 팽창한 피부, 지방층과 근육 밑에 몸을 이루고 있을 인간의 뼈를 떠올리며.

엉킨 머리를 빗고, 마지막 인사를 나눌 가족은 없지만 인간의 혼은 저승이라는 곳으로 인도하는 또 다른 차원의 존재를 만난다고 했으므로 노인의 얼굴에 옅은 분을 바르고 입술에 생기를 넣는다. 오십칠 분. 방부 처리를 제외한 모든 과정을 끝내고 라텍스 장갑을 벗었다. 그리고 영안실 캐비닛으로 걸어가 그 안에서 수의를 꺼냈다. 로비스는 옷고름이 망가지거나 옷이 구겨지지 않게 수의를 판판하게 당겨 노인에게 입혔

뼈의 기록

다. 그 과정까지 마치자 무영이 때를 맞춰 영안실 안으로 들어왔다. 무영에게는 '감'이라는 특별한 능력이 있다고 했다. 모든 인간에게 있는 능력이지만, 자신은 특별히 더 뛰어나며 그 능력은 보지 않아도 어떤 순간을 알아맞히는 능력이라 했다. 무영은 정확히 열다섯 걸음 만에 문에서 스테인리스 침대 손잡이 앞까지 걸어와 두 손으로 노인의 머리가 놓인 부분의 손잡이를 잡고 침대를 끌어당긴다. 지정된 화장장이나 묫자리가 없다면 노인은 이 건물 뒤편에 마련된 하나뿐인 화장장으로 갈 것이다. 그곳은 화구가 하나뿐인데다 매우 작아서 시체를 전부 태우는 데 무척 오랜 시간이 걸렸고 화장을 할 때면 장례식장 건물 뒤편에서 까만 연기가 굴뚝으로 피어오르는 것을 볼 수 있었다.

화장장은 특수한 경우에만 쓰이기 위해 셋방처럼 만들어진 것이라고 들었으나 적어도 로비스가 이곳에서 사용된 이후로 화장장은 일주일에 두세 번씩 연기를 피웠다. 지인과 연락이 닿지 않는 노인의 시체 수급이 많아졌기 때문이라, 무영은 말했다.

로비스의 손님은 대부분이 노인이었다. 개중에서도 구십 퍼센트가 유가족 없이 홀로 생을 마무리하는 노인이었고 또 개중 절반 이상은 생전에 미리 로비스를 선택한 이들이었다. 그들이 로비스를 선택한 이유 가운데 하나는 고독하고 쓸쓸하게 죽을, 방치되어 부패해 혐오감을 일으킬 자신의 시체를 인간이 본다는 것을, 더 정확하게는 아무렇지 않은 체하지만 속으로 불쌍하고 가엽다고 생각할지도 모르는 인간에게 자신의 마지막을 맡기는 것을 원하지 않는다는 것이고 또 하나는 국가에서 비용의 반을 부담해주는 덕분에 비용이 저렴하다는 것이었다. 그리고 간혹 이런 식으로 생전에 아무런 선택도 하지 않은 노인들이 들어올 때면, 그 일은 로비스가 떠안았고 방부 처리를 하지 않고 화장을 마친 노인의 육체는 비용을 지급하지 않았기에 보관되거나 뿌려지지 않고 퇴비로 쓰이거나 모래에 뒤섞였다. 그곳에는 이름 모를 들꽃들이 핀다고 했다. 그 들꽃이 유독 강하게 자라는 것 같다고 떠들던 직원들의 말을 들은 적이 있다.

영안실 밖 의자에는 모미가 앉아 있었다. 이 의자가 건물 안에서 모미가 편안히 앉아 있을 수 있는 유일한 자리였다. 그마저도 지금처럼 방문객이 아무도 없을 때만 가능하지만. 모미는 파란색 손걸레를 쥐고 있었고 뒤꿈치가 구겨진 실내화 위에 두 발을 가지런히 올려두었다. 로비스가 모미의 옆에 앉았다. 모미가 손걸레를 반대편 손으로 옮겼다. 로비스는 모미가 응시하고 있는 벽을 함께 바라보았다. 흰색 페인트를 칠한 것처럼 보이지만 유심히 보면 검은 점들이 촘촘하게 박혀 있다. 간혹 유난히 점박이들도 있어 도저히 규칙성을 알 수 없는 무늬였지만 하염없이 바라보기에는 적당했다. "고요한 눈으로 바라보아야만 보인다." 모미가 했던 표현이었다. 노화로 인해 시력이 감퇴한 그 눈에는 더는 점박이가 보이지 않겠지만, 이곳에서 삼십 년 넘게 일한 모미는 보지 않아도 그 무늬를 볼 수 있다고 했다. 참으로 신비로운 말이다.

한참을 그렇게 있다 모미가 대화의 시동을 걸었다. 모미는 으레 그렇듯 손에 묻은 물기를(혹은 묻지 않았더라도 습관처럼) 바지에 닦고, 주머니에 꼭 넣어 다니는 핸드크림을 꺼내 바른 다음 손을 움직여 시각언어로 로비스에게 말했다.

— 오늘도 홀로 가는 시체였나?

— 네. 팔십구 세, 박도해 님.

— 뜻이 궁금한 이름이야. 어떤 한자를 쓰던가?

모미가 주머니에서 메모지와 펜을 꺼내 내밀었다. 로비스가 펜을 받아 저장해두었던 박도해의 이름 한자를 종이에 적어 내밀었다.

島海.

모미가 한자를 바라보다 말했다.

— 바다의 섬이라는 뜻인가? 말년과 잘 어울리는 이름이네. 쓸쓸한데 그래도 운치가 있어. 초라한 게 아니고 고독한 느낌이라 멋스러워. 분명 살아 있을 때도 고독을 꽤 즐기지 않았을까?

— 고독을 즐기는 인간도 있습니까?

—없을 리가.

모미가 웃었다.

—박도해에게도 문신이 있었습니다.

—어떤 건데?

이번에는 종이에 아까 보았던 문양을 따라 그렸다.

—이건 나비야.

모미는 손가락을 활짝 핀 두 손을 나란히 놓고 엄지를 교차시킨 뒤 나머지 네 손가락을 팔락였다. 손이 느릿하게 날았다.

몇 번의 날갯짓을 마친 뒤 모미가 말했다.

—나비는 이렇게 날지.

그리고 다시 한번 손으로 나비의 날갯짓을 흉내냈다. 모미의 손을 유심히 바라보던 로비스가 엉성하게 손을 움직이자 모미는 한번 해보라는 듯, 망설이지 말고 하라는 듯, 그래 그렇게 하면 된다는 듯한 눈으로 로비스를 쳐다보았다. 로비스가 천천히 손가락을 펄럭였다. 나비가 된 손이 난다. 로비스의 손은 한 마리 나비 같았다.

복도 불이 꺼졌다. 복도 끝에서 비상용 열쇠 꾸러미가 잘그락거리는 소리가 들렸다. 경비원은 언제나 똑같은 숫자 여섯 자리를 눌러 문을 잠그지만 늘 열쇠 꾸러미를 들고 다녔다. 그것이 경비의 일부라도 되는 것처럼. 경비원이 두 사람을 향해 손을 두 번 흔들고 몸을 돌려 건물을 빠져나갔다. 모미에게는 어서 마무리하고 가라는 뜻일 것이고, 로비스에게는 일이 끝났으면 자리로 돌아가라는 뜻이리라. 모미가 자리에서 일어났다.

　— 즐거웠어.

　모미는 항상 대화의 마무리를 이렇게 했고,

　— 내일 봅시다.

　로비스는 항상 대화의 마무리를 이렇게 했다.

　모미가 손걸레를 카트 바구니에 넣고 대걸레와 각종 소독제가 담긴 분무기, 집게와 양동이가 매달린 카트를 끌고 출구로 천천히 걸었다.

　모미는 로비스의 친구다. 모미가 로비스를 그렇게 불러주었기에.

*

　여름이 시작될 무렵에는 비가 자주 내렸다. 로비스의 공간은 지하 일층이었지만 환풍구와 세로 길이 십오 센티미터의 직사각형 창문이 벽 가장 위에 나 있어 비가 오는 꼴을 볼 수 있었다. 로비스는 텅 빈 곳, 한동안 창고로 쓰였다는 그곳에 의자 하나를 두고 앉아 무영이 틀어놓고 간 텔레비전 뉴스를 보다 빗소리에 창으로 고개를 돌렸다. 창밖에 보이는 저 풀들은 푸성귀라고 했다. 이따금 저곳에서 잘 자란 푸성귀를 따는 모미를 볼 수 있었다. 아마 올해에도 모미는 저곳에 앉아 한참 동안 풀을 고를 것이고, 로비스는 이곳에 앉아 모미를 지켜볼 것이다.

번쩍하는 섬광에 로비스는 텔레비전으로 고개를 돌렸다. 화면에서는 무허가 우주선들을 쫓고 있는 장면이 이어졌다. 그 우주선들이 뿜어내는 밝은 빛들이 현란하게 움직였고 지구 밖이라 하는, 인간이 살 수 없다는 우주 공간에서 국가가 허가한 사설 업체 우주선이 무허가 우주선을 잡는 것을 대리할 예정이라는 자막도 함께 깔렸다. 이곳과 멀지 않은 곳에 우주 항공 시설이 있었다. 이전에 미군 부대로 쓰였던 곳을 바꾼 부지로, 이따금 들려오는 굉음은 전부 그곳에서 우주선이 이륙할 때 나는 소리라고 무영이 말했다. 로비스는 이 건물을 빠져나간 적 없으므로 우주선의 이륙을 직접 보지는 못했지만 무영의 말처럼 그곳이 멀지 않다는 것은 땅에서 느껴지는 미세한 진동으로 알아차릴 수 있었다.

곧 항공우주군 대위 첼의 인터뷰가 이어졌다. 로비스의 시선을 끈 것은 왼쪽 뺨을 전부 뒤덮은 첼의 문신이었다. 그 문신은 규칙성이 없었다. 패턴을 외우려 했지만 패턴이 없는 게 이 문양의 특징인 듯했다. 로비스가 하염없이 첼의 얼굴을 바라보았고, 그렇게 첼의 낯빛이 칙칙하다는 것과 눈 밑에 짙은 그림자가 있다는 사실을 깨달았다. 술을 자주 마시는 사람일 확률이 높았다. 첼은 기자들의 쏟아지는 질문에도 대충 고개만 끄덕이다가, 오른쪽 눈썹을 잔뜩 찌푸리며 질문이 끝나지 않았음에도 자리를 떴다.

로비스는 얼굴 근육을 저런 식으로 쓰는 인간을 대하기 어려운 인간 유형으로 분류했다. 그런 부류에 속하는 인간들은 이곳에서도 만난다. 특히나 모미는 더 자주 마주쳤다. 모미는 바깥에서 만났더라면 무례하다고 화를 냈겠지만 이곳에서는 그들을 이해한다고 했다. 이 건물은 바깥세상과 다르다. 이 건물에 들어온 모든 인간은 바깥에서 어떤 인간이었든 죽음이라는 거대한 존재 앞에 발가벗겨진 하나의 연약한 생물이라고 모미는 표현했다. 강한 척하지만 떨고 있고, 아무렇지 않은 척하지만 외면하고 있는 것뿐이라고. 그 어떤 인간도 태연하게 죽음을 바라볼 수 없다고 말이다. 하지만 그렇게 모든 걸 다 알고 있다는 식으로 말하는 모미도 죽음이 무엇인지 모른다. 정체를 아는 대상은 두려운 상대가 아니라고 대답했다.

출입문 위 호출을 알리는 전등에 불이 켜졌다. 로비스가 텔레비전을 끄고 밖으로 나갔다.

영안실 앞에는 첼이 있었다.

첼은 손에 들려 있던 캔맥주를 벌컥벌컥 마시고 로비스를 노려보다 로비스 옆에 있는 쓰레기통으로 던졌다. 첼은 불안정한 걸음으로 걸어가 벽에 기대어 섰다. 로비스를 바라보는 눈이 조금 전 기자들을 바라보며 지었던 표정과 똑같았다.

로비스는 전자 패드를 꺼내 제게 들어온 시체를 확인했다. 이름은 레나, 이십삼 세. 사인은 척골동맥 절단으로 인한 과다 출혈. 자살이다. 유가족은 친언니 한 명으로 로비스가 염하는 것에 동의했다. 서명란에 쓰인 이름은 쳴. 로비스가 전자 패드를 쥔 채 쳴에게 허리를 숙였다.

"고인의 마지막 길, 생전의 모습으로 가실 수 있도록 정성을 다하겠습니다."

아무 대답도 하지 않기에 몇 초간 자세를 유지하던 로비스가 영안실로 들어갔다. 그리고 문을 닫으려 하자 쳴이 자동문 앞에 발을 두며 고개를 저었다.

"누군가 지나갈 수 있어 문을 닫아야 합니다. 그것이 원칙입니다."

"내가 들어가서 보는 건?"

"가능합니다. 하지만 인간에 따라 고인의 육신을 바라보는 것을 불쾌하게 여기거나 트라우마로 남는 경우가 있어 다시 한번 생각해보시기 바랍니다."

로비스가 말을 끝내기도 전에 쳴은 영안실로 들어가 레나가 누워 있는 스테인리스 침대 옆 의자에 앉았고, 로비스는 그런 쳴의 뒤를 쫓으며 말을 마쳤다. 쳴은 대답 없이 턱짓으로 레나를 가리켰다. 해야 할 일이나 마저 하라는 뜻이었다. 안내 사항을 전부 읊었으므로 로비스가 더 해야 할 멘트는 남아 있지 않았다. 로비스가 라텍스 장갑을 꼈다. 첼이 가방 안에서 맥주 캔을 꺼냈다. 로비스가 첼을 바라보자 첼은 맥주를 따르며 태연하게 말했다.

"영안실은 금주 구역이라는 말 들어본 적 없는데."

첼의 말대로 음주에 대한 항목은 존재하지 않았다. 로비스는 개의치 않고 레나에게 인사를 건넸다. 첼의 얼굴은 동요가 없었으나 빠른 속도로 맥주를 마시고 있었다.

레나의 시체는 빠르게 발견되었다. 아직 구리금파리가 오지 않았고 부패도 시작되지 않았다. 병원에서 이송되었고 심폐소생술을 시도했던 기록이 남아 있는 것을 보면 목숨이 끊기기 전에 병원에 도착했거나 아니면 오던 도중에 끊겼으리라. 어쨌거나 레나는 죽었다. 레나의 몸 곳곳에는 퍼렇고 검은 멍이 그대로 남아 있었다. 갈비뼈와 등, 허리, 허벅지 위쪽. 넘어지거나 부딪혀서 생긴 멍이 아니다. 노랗게 흐려진 멍과 검은 멍이 뒤섞여 있는 것은 누군가에게 지속적인 폭력을 당했다는 증거였다. 하지만 서류에는 경찰 조사가 이루어지지 않는다고 되어 있었고, 그건 로비스가 판단하기에 잘못된 서류였다. 경찰 조사가 이루어진다면 로비스는 레나의 시체를 건드려서는 안 되었고, 레나의 시체는 로비스가 아닌 인간이

맡아야 했다. 로비스가 라텍스 장갑을 빼려고 하자, 첼이 입을 열었다.

"자살 맞아. 그거 다 자기가 낸 거야. 내가 봤고, 말렸지만 소용없었어."

첼이 다 마신 맥주 캔을 구겨 가방에 넣었다. 그리고 다시 새 맥주 캔을 꺼냈다. 로비스는 상황을 분석했다. 첼이 거짓말을 하고 있을 가능성, 첼이 취했을 가능성 따위를.

"인간 부르지 말고 네가 해. 걔가 선택한 거야."

로비스가 전자 패드를 다시 켜고 염 안드로이드 서명 확인서를 살펴보려 했으나, 확인서 대신 레나가 남긴 유서가 첨부되어 있었다. 쉬고 싶다는 간결하고 짧은 문장 뒤에는 "요즘 장의사도 안드로이드가 한다는데 그게 정말이면 안드로이드한테 부탁해. 더는 아무도 나를 보지 않았으면 좋겠어"라고 쓰여 있었다. 그것으로 레나가 로비스를 선택함을 확인했지만 그렇다고 이 확인서가 경찰 조사를 받지 않아도 된다는 것과 뜻을 같이하지는 않는다. 로비스가 걸음을 옮기려고 하자, 맥주 캔이 날아와 눈앞을 스쳤다. 둔탁한 소리와 함께 바닥에 떨어졌고 맥주가 흘러나왔다.

"자기 몸 때려서 아팠으면 어떻게 자살했겠냐? 아픈 걸 알았으면 자기 손목을 어떻게 써느냐고."

"하지만⋯⋯"

"경찰도 이미 끝냈어. 걔를 더 괴롭히지 마."

로비스는 걸음을 돌려 레나 앞에 서서 반쯤 벗었던 라텍스 장갑을 도로 꼈다. 이번에도 방부 처리 없이 곧장 화장되는 순서였다. 자살한 인간에게는 대개 장례를 치러주지 않는 관습이 있는 듯했다. 로비스는 역시 이유를 묻지 않고 시체를 닦아내기 시작했다. 첼은 어느 순간부터 맥주를 마시지 않고 레나만 멀거니 지켜보았다. 그것은 체념諦念과 체념體念 사이의 얼굴이었다. 인간의 얼굴은 종종 이런 식으로 어떠한 단어에도 속하지 않는 모습을 할 때가 있었다.

레나의 몸을 닦으며 로비스는 레나의 변형된 발가락과 발목뼈를 보았다. 레나가 발볼이 좁고 딱딱한 신발을 오래 신었을 가능성. 다른 인간과 다르게 기이하게 변형된 발목이 나타내는 상징성. 굽지 않은 등과 곧은 목뼈, 말리지 않은 어깨가 보여주는 삶의 단서를 훑어 내려갔다. 레나의 뼈는 말하고 있다. 이 말은 단순히 굳은살의 여부나 손톱의 길이, 정돈된 눈썹이나 외상이 하는 말과 다르다. 뼈가 하는 말은 더 길고 깊은 삶의 전체다. 오랜 시간 반복되어야만 생기는 굴곡. 로비스는 아직 단 한 번도 마주한 적 없는 뼈의 말을 읽었다. 레나는 몸을 쓰는 인간이었다.

"재미있는 이야기 좀 해봐."

한참 뒤 첼이 입을 열었다. 로비스가 첼을 쳐다보았다.

"즐거운 거. 흥미롭고."

"오늘 아침 기사에서 새의 눈이……"

"그런 건 하나도 흥미롭지 않아."

첼의 시선이 계속 레나에게 고정되어 있다. 첼이 원하는 이야기란 레나의 이야기라고, 첼은 누군가와 레나의 이야기를 하고 싶은 것이라고, 하지만 레나의 죽음이 사고사나 병사病死, 늙음으로 인한 자연사가 아닌 스스로 목숨을 끊은 것이라서 레나의 이야기를 꺼내고 싶지 않은 마음이 얽혀 있는 것이라고 로비스는 판단했다. 그것은 오류 같은 마음, 죽음을 받아들이는 과정에서 생긴 버퍼링과 같은 것이다. 그 오류와 버퍼링은 첼이 거부하고 있는 무언가로 인해 생긴 것이리라. 그것이 무엇인지 로비스는 알지 못하지만.

"레나 님의 몸에서 가장 얇은 피부가 어디인지 아십니까?"

첼이 고개를 기울이며 로비스를 쳐다보았다. 말에 흥미가 생긴 것이다. "음" 하고 짧게 고민하던 첼은 끝내 모르겠다고 대답했다.

"입술입니다. 레나 님뿐만 아니라 인간의 몸에서 가장 얇은 피부는 입술입니다."

첼의 시선이 레나의 입술에 닿았다.

"그렇다면 레나 님의 몸에서 피부가 가장 두꺼운 곳은 어딘지 아십니까?"

"손가락?"

자신이 뱉은 답이 웃긴 것인지, 로비스의 말에 진지하게 대답하는 것 자체가 웃긴 것인지 첼이 짧게 웃음을 터뜨렸다.

로비스가 답을 말했다.

"손바닥 아래쪽과 발뒤꿈치입니다. 그래서 그 부분은 날카로운 것에 찔려도 피가 잘 나지 않습니다."

"좀 흥미롭다. 더 없어? 보편적인 거 말고 걔만 가지고 있는 그런 건?"

"······뼈."

레나의 몸을 마저 닦으며 로비스가 말을 이었다.

"뼈는 한 인간이 생을 다할 때까지 성장하고 변형됩니다. 레나 님의 뼈는 누구와도 같지 않아 고유합니다."

로비스에게는 없고 인간에게는 있는 것. 로비스를 이루는 것이 단단한 외피라면 인간은 한없이 약한 피부로 단단한 뼈를 감싸고 있다. 피부는 쉽게 상처 입고 감염되고 괴사한다. 감염과 괴사는 죽음에 닿게 할 수 있으며 상처에 의한 출혈 역시 과할 시 죽음에 이른다. 뼈가 피부를 감싸는 것이 아닌 피부가 뼈를 감싸는 구조는 비효율적이었으며 생존에도 불리해 보였다. 그렇다면 도대체 왜 피부가 뼈를 감싸는 것인가.

"그래, 뼈가 있구나."

첼이 말했다. 하지만 그 말은 혼잣말이었기에, 낮은 중얼거림이자 깨달음이었기에 로비스는 듣지 못한 척 제 일을 했다.

"아무도 보지 못한 게 남아 있었어."

첼의 숨소리는 점점 느려졌고, 로비스가 레나의 머리를 빗기는 동안에도 입을 열지 않았다. 그러다 모든 일이 끝날 즈음 로비스에게 물었다.

"아름답지?"

로비스는 아무런 대답도 하지 못했다.

여름이 되면 복도 반대편 문에서부터 들어온 햇살이 영안실 바로 앞까지 닿았다. 특히 노을빛은 더 길게 들어와 영안실 문까지 물들였다. 로비스는 영안실 앞 의자에 홀로 앉아 벽을 응시했다. 계절이 바뀌는 동안에도 녹슬거나 침식되지 않은 벽을 바라보고 있자, 청소 도구 카트의 오래된 바퀴가 끽끽거리며 다가오는 기척을 느꼈다. 곧 모미가 손걸레를 쥔 손으로 무릎을 짚으며 아주 느리게 의자에 엉덩이를 붙였다. 모미가 손걸레를 옆에 놓고 말했다.

— 오늘은 다른 때보다 생각이 많아 보이는데?

— 이십삼 세, 레나.

— 세상에서 잠깐 숨쉬다 갔구만.

— 이십삼 년이 짧습니까?

— 아주 짧지.

— 자살이었습니다.

— 그 나이는 사고가 아니면 자살이지. 안타깝군.

— 몸에 멍이 많았습니다.

— 마음에는 더 많았을 거야.

— 그렇습니까?

— 가족들은 왔다 갔나?

— 그녀의 언니가 항공우주군 대위 첼이었습니다.

모미가 고개를 끄덕였다. 더위로 모미의 바지가 짧아지며 오른쪽 다리에 남은 흉터가 드러났다. 아홉 살 때 옷에 불이 붙으며 남은 화상 흉터라고 했다. 그래서 모미는 뜨거운 열기를 싫어했고, 화장장을 보는 것만으로도 숨이 막힌다고 자주 말했다.

로비스가 물었다.

— 아름다움은 어떤 것입니까?

모미가 로비스를 쳐다보았다. 그건 왜 묻느냐는 표정이었다.

— 아름답지? 라고 물었는데 몰라 대답하지 못했습니다.

모미는 한동안 답이 없었다. 로비스는 차분히 모미의 답을 기다렸다.

그렇게 모미는 시계의 분침이 반 바퀴를 돈 뒤에야 손으로 나비를 만들었다. 손가락을 펄럭이며 나비가 날았다. 모미는 로비스를 보며 고개를 끄덕였다. 따라 하라는 의미였다. 로비스가 모미를 따라 나비를 만들자, 모미는 그제야 다시 손을 움직였다.

— 일본의 한 작가가 아름다움을 아홉 단계로 나누었는데, 그러니까 이런 거야. 이건 그중 세 개인데 말이야.

모미는 로비스가 만든 나비의 그림자를 가리켰다.

— 그림자를 볼 때 모든 나비가 똑같아 보이는 동일성.

그리고 로비스의 손을 가리켰다.

— 하지만 결국 같은 나비가 아니라는 차별성.

마지막으로 로비스의 손을 붙잡아 내렸다.

— 그리고 이 나비는 결코 진짜 나비가 될 수 없다는 불가능성. 그것이 아름다움이지. 같고, 다르고, 불가능을 이야기하는.

로비스가 무릎 위에 내려앉은 손으로 만든 나비를 바라보았다. 조금 전까지 나비처럼 움직였던 그것은 카본과 알루미늄의 혼합으로 만들어진 쇳덩이에 불과했다. 분명 나비의 꿈을 꾸었는데도.

— 그럼 저에게 아름다움은 뼈와 같습니다.

— 뼈?

— 네. 뼈는 모두가 가지고 있지만 모두 다르며, 존재하지만 볼 수 없다는 불가능성을 가지고 있습니다.

모미는 잠시 생각에 빠졌다가 웃었다.

경비원의 그림자가 길게 뻗었다. 영안실 문에 동그랗게 경비원의 그림자가 떠오르자 모미가 자리에서 일어났다. 모미는 손걸레를 카트에 넣고 이번에도 같은 인사를 건넸다.

— 즐거웠어.

— 내일 봅시다.

로비스는 모미의 그림자가 사라질 때까지 바닥을 응시했다.

*

직사각형 창문 밖에는 떨어진 낙엽이 가득 쌓여 있었다. 창밖으로 파릇파릇하던 잎사귀들이 전부 붉게 물들었다. 낙화하는 것은, 질긴 생명력을 갖고 있던 것들이 바싹 말라 바람에도 으스러지는 모습은 언제나 흥미로웠다. 살아 있던 모든 것들은 죽은 후 메마른다. 로비스를 거쳐간 시체들도 화장되지 않는다면 낙엽처럼 말라 어느 한순간 무너져 흙과 다름없어지리라. 죽은 것들은 모두 형태를 잃고 흩어졌다가 무언가로 재조립되어 다시 탄생했다. 순환의 의미였지만 인간에게 순환은 형태의 재조립이 아니었다. 이곳이 아닌 어딘가로, 살아서는 갈 수 없는, 지금의 육신으로는 들어가지 못하는 다른 곳을 들렀다가 다시 돌아오는 것. 그렇기에 인간은(적어도 로비스가 머물고 있는 이 나라에서는) 죽음의 조의를 돌아간다고 표현했다. 어딘가로. 이곳에 오기 전에 먼저 머물렀던 그곳으로. 죽음에 이르기 전까지는 그곳에 갈 수 없으므로 살아 있는 인간 중에서는 누구도 그곳을 확신할 수 없었음에도 인간들은 믿는다. 당연히 있으리라. 당연히 그곳에서 다시 만나리라. 그것이 죽음일까. 공간을 옮기는 것, 소멸이 아닌 돌아가는 것.

경비원이 빗자루로 건물 앞에 쌓인 낙엽을 쓸었다. 낙엽에 의해 가로막혀 있던 로비스의 창에도 가을볕이 내리쬐었다. 로비스는 빛을 향해 손을 뻗었다. 눈이 부시면 모미가 자주 하던 행동이었다. 그러다 손가락 관절을 움직이며 로비스는 관절 유연성이 이전보다 떨어짐을 느꼈다. 불편하거나 수리를 요구할 정도는 아니었고 그저 로비스는 자신의 신체에도 유한성이 있다는 게 흥미로울 뿐이었다. 그때 전등에 불이 들어왔다. 로비스는 자리에서 일어나 영안실로 향했다.

로비스의 입이 만들어지지 않은 이유는 침묵을 의미하고, 침묵은 위로와 공감을 품고 있다고 무영이 이야기해준 적 있다. 입을 경박스럽게 움직이지 않는 것, 섣불리 유가족의 말을 침범하지 않는 것, 심정을 쉽게 추측하지 않는 것, 거짓으로 공감하지 않는 것. 이 모든 것의 의미로 로비스의 얼굴에는 입이 없다. 소리를 내는 스피커는 목 부근에 내장되어 있지만 입은 없다.

젊은 여자가 로비스의 얼굴을 보며 물었다.

"입은 왜 없어요?"

여자의 눈은 붉게 충혈되어 있고, 입술은 하얗게 질려 있었다. 수분이 몸에서 빠져나간 것처럼 메말랐다. 홀로 서 있기도 힘들어 보였으나 여자는, 슬리퍼를 신은 여자는 두 다리로 강직하게 로비스 앞에 버티고 서 있었다. 젊은 남자 역시 그런 여자의 뒤에서 비슷한 몰골로 있었다.

"섣부르게 말을 하지 않기 위해서입니다."

"……몸에 총 같은 것도 있나요?"

"저는 군사용이 아닌 장의사 안드로이드로, 무기는 내장되어 있지 않습니다."

여자는 갈라진 입술 사이로 "그렇구나"라며 중얼거렸다.

"우리 애한테 꼭 말해주세요. 궁금해할 거예요. 로봇을 보면 꼭 물어보는 애라……"

로비스는 허리를 수그리며 젊은 부부에게 말했다.

"고인의 마지막 길, 생전의 모습으로 가실 수 있도록 정성을 다하겠습니다."

메마른 여자는 또다시 눈물을 터뜨리며, 마지막 남은 수분까지도 모두 배출시키고 말겠다는 듯이 울며 자리에 주저앉았다.

로비스는 문을 닫고 체구가 작은 시체 앞에 섰다. 십일 세, 서채호. 사인은 다발성 골절과 두부외상으로 인한 대뇌 출혈.

뇌사 판정. 원인은 일 일 전 오후 네시경, 하굣길 교통사고다. 서채호는 뇌사 판정을 받고도 하루 동안 중환자실에서 머물다 이곳에 왔다. 염을 안드로이드에게 맡긴 것은 서채호 본인의 선택이나 유언이 아닌 부모의 결정이었다. 로비스가 전자 패드를 내려놓고 라텍스 장갑을 꼈다. 그리고 서채호에게 고개 숙여 인사했다.

서채호의 몸에는 곳곳에 덜 닦인 피와 자상들이 남아 있었다. 외상을 입고 죽은 인간의 시체는 더 까다로워 시간이 오래 걸렸다. 로비스는 소독약을 묻힌 솜으로 서채호의 몸을 닦아 내려갔다. 그 뒤에는 상처를 꿰맬 것이고, 그다음에는 상처 부위가 티가 나지 않도록 칠을 할 것이다.

로비스는 아직 단단하지 않은 서채호의 몸을 조심스럽게 쥐었다. 이 몸은 수억 번의 진화 가능성을 잃었다. 모든 죽음은 이런 식으로 가능성의 상실로, 기회의 소멸로 가는 것일까. 로비스는 서채호의 기회를 빼앗은 인간이 누구인지 생각해보려 했지만 알 수 없는 영역이었다. 서채호의 몸은 그런 것을 기록해두지 않는다. 죽음은 관대하고 몸은 이타적이지 않다. 스테인리스 침대에 누운 몸은 타인의 얼굴을 기록하지 않는다.

서채호는 오른쪽 손을 꼭 쥐고 있었다. 로비스가 서채호의 손바닥을 조심스럽게 펼치자, 그 안에서 구겨진 종이가 나왔다. 몸에서 발견된 것들은 훼손되지 않도록 보관해 경찰이나 유가족에게 넘겨야 한다. 로비스가 구겨진 종이를 펼쳤다. 종이에는 로봇 그림이 그려져 있었다. 젊은 여자가 부탁한 것이 떠올랐다. 몸의 피를 닦아내며 로비스가 천천히 읊었다.

"저는 로비스입니다. 정확한 명칭은 G−J7231, 제조 연월은 2052년 3월입니다. 장의사 안드로이드로 시신의 염을 맡고 있습니다. 건전지로 움직이며 내구성이 약해 일 미터 이상의 높이에서 뛰어내리거나 백 도 이상의 고온에서는 부품이 망가집니다. 저는 오로지 이 영안실 안에서 움직이도록 만들어진 기계로, 저는 이곳에서 인간을 마지막으로 배웅합니다. 저는 서채호 님을 배웅하기 위해 만들어진 것입니다. 지금은 오로지 당신을 위해 움직입니다."

포름알데히드, 메탄올, 에탄올, 페놀의 합성물 따위를 뒤섞어 방부 처리를 한다. 서채호는 이제 며칠 동안 영안실에 머물다 장례가 끝날 즈음 화장장에 갈 것이다. 그렇다면 서채호의 몸은 한줌으로, 로비스가 배웅했던 그 어떤 인간보다 더 작은 한줌으로 젊은 부부의 손에 쥐여지리라. 로비스는 상처를 가리고, 머리를 빗기고, 서채호의 뺨에 새겨진 주근깨가 도드라질 수 있도록 손을 움직였다. 서채호는 죽었지만 당장이라도 웃을 것 같았다. 서채호의 몸은 아직 살아 있는 것처럼 느껴졌다.

영안실 앞 의자에 앉아 있던 젊은 부부는 로비스가 나오자 자리에서 일어났다. 로비스는 서채호가 쥐고 있던 종이를 넘겼다. 여자는 울지 않고 종이를 다림질하듯 매만졌다. 그러고는 행복한 기억이 떠오른 듯이 옅게 웃었다.

"로봇을 정말 좋아했어요. 로봇을 만드는 사람이 될 거냐고 물었더니, 그게 아니라 로봇이 되고 싶다고 하더라고요. 로봇은 강하니까. 로봇처럼 강해지고 싶다고 했어요. 우리 애가 로봇처럼……"

여자는 말을 멈추고 숨을 깊게 들이켜고 눈을 감았다. 울지 않으려고 애를 쓰는 것이다. 남자 역시 여자의 어깨를 꽉 붙잡고 고개를 숙였다. 서채호의 몸이 로봇처럼 강했더라면 그렇게 무너지지 않았으리라. 서채호의 몸이 강한 철로 뒤덮여 있었다면 부딪힌 차가 망가졌으리라. 서채호가 로봇이었더라면 그랬을 것이다.

"하나의 적혈구는 백이십 일의 생존 기간 동안 십오만 번 몸을 순환하며 모든 세포에 산소를 전달합니다. 그건 로봇이 할 수 없는 일입니다. 그 몸에서는 하루에도 수억 개의 세포들이 움직였습니다."

여자의 숨이 차분해지는 걸 느꼈다.

"서채호 님의 몸은 지구의 인간들을 전부 합친 것보다 더 바쁘게 움직였습니다. 서채호 님은 강했습니다. 로봇은 가질 수 없는 강인함의 산물입니다."

젊은 부부가 눈물을 뚝뚝 떨어뜨리며 고개를 끄덕였다. 이겨보겠다는 다짐이 깃든 고갯짓이었다.

젊은 부부는 무영의 안내를 받으며 자리를 떴다. 복도를 걷던 여자가 문득 뒤를 돌았다. 곧장 넘어질 것 같으면서도 단단한 그 두 다리로 버티고 서서 로비스에게 허리 숙여 인사했다. 그러자 옆에 있던 남자도 여자를 따라 허리를 숙였다.

가을의 저녁 빛은 여름보다 길고 붉었다. 모미의 그림자도 여느 때보다 길고 짙었다. 모미가 말했다.

— 소원이었을 거야. 로봇을 만나거나 보는 거. 그 애가 로봇을 너무 좋아했으니 마지막을 로봇에게 맡긴 거지.

— 죽었는데도 소원을 들어주는 것이 이상했습니다.

— 산 사람 소원은 안 들어줘도 죽은 사람 소원은 들어주는 게 인간이거든.

— 왜 산 사람의 소원은 안 들어주고 죽은 사람의 소원은 들어줍니까?

모미가 웃음을 터뜨렸다. 하지만 웃음은 오래가지 않아 기침으로 변했고, 모미는 한참 동안 가래 섞인 기침을 뱉었다. 모미가 주머니에서 손수건을 꺼내 가래를 뱉고, 그것을 반으로 접어 입 주변을 닦을 동안 로비스는 가만히 모미를 기다렸다.

모미의 기침이 잦아지고 있다는 것은 로비스도 알고 있다.

기침에 가래가 점점 더 많이 섞인다는 것도, 이따금 피가 섞여 나온다는 것도 알지만 로비스가 해줄 수 있는 것은 모미가 느린 움직임으로 뒤처리하는 것을 기다리는 것밖에 없다. 인간의 노화는 기계의 어긋남과 같은가. 인간의 죽음은 기계의 해체와 같은가. 그렇다면 모미의 기침은 로비스 관절의 삐걱거림과 같은가.

모미는 손수건으로 손까지 구석구석 닦은 후 말했다.

— 그게 마음이 하는 일이니까. 마음의 일은 몸이 거부할 수가 없지.

마음이라는 건 인간의 성품이나 성격, 특정 물건에 대한 감정 따위를 통틀어 일컫는다는 것을 로비스도 알고 있다. 마음의 추상성을 설명할 수 있는 건 마찬가지로 추상적인 단어들뿐이었고, 그런 추상적 단어들은 대개 실존하는지에 대해 의견이 분분했으나 인간은 마음의 실존 여부에는 의문을 품지 않았다. 로비스는 종종 그 증거가 자신이라 여겼다. 망자는 육체를 떠난 마음의 집합체고, 인간은 망자가 볼 자신의 육체를 소중히 여겼다. 그래서 어떤 면에서 로비스는 마음을 돌보는 일을 하는 것과도 같았다.

경비원의 그림자가 닿았고 모미가 자리에서 일어났다.

— 오늘 자네와 매일 이야기를 나눈 지 딱 일 년이 지났어. 덕분에 내 생활이 아주 즐거워.

— 저도 즐겁습니다.

로비스가 이렇게 말하면 무영은 즐거움이 뭔지 아느냐고 되묻지만 모미는 웃었다. 가끔 모미는 웃는 표정밖에 지을 줄 모르는 인간처럼 느껴지기도 했다.

— 오늘도 즐거웠어.

— 내일 봅시다.

모미가 청소 도구 카트를 끌고 출입문으로 향했다. 모미의 키보다 큰 그림자가 로비스의 발등을 덮었다. 로비스는 혹여나 그림자가 불편할까, 발을 뒤로 물렀다.

*

낙엽이 뒤덮였던 자리에는 이제 흰 눈이 내려앉았다. 밤새도록 소슬하게 내린 눈은 아침이 가까워 오자 제법 쌓였다. 경비원은 새벽부터 삽을 들고 나와 건물 근처 눈을 치웠고 소음에 반응하게 만들어진 로비스는 평소보다 일찍 전원이 켜졌다. 어슴푸레한 시간의 경계를 로비스는 처음 보았다. 잿빛에 하늘색 물감 한 방울을 섞어놓은 듯한 차갑고 딱딱한 푸름이 모든 사물에 뒤덮여 마치 한 장의 그림처럼 세상이 평평하게 느껴졌다. 로비스는 자신의 시각 센서가 잘못된 것이 아닐까 의심했지만 머지않아 그것이 경계의 순간이라는 것을 깨달았다. 로비스는 손을 응시하며 손가락을 하나씩 움직였다.

자신의 손이 아닌 것만 같았다. 이번에는 발을 쳐다보았다. 그것 역시 자신의 일부가 아닌 것 같았다. 앉아 있던 의자, 벽에 달린 텔레비전, 출입문 위의 전등, 벽 귀퉁이에 쳐진 거미줄까지도 전부 누군가 그려놓은 듯한 선처럼 느껴졌고 오로지 바깥에서 들려오는 땅을 긁는 소리만이 생생했다.

문틈으로 소설小雪의 창백한 빛이 새어 들어왔다. 로비스가 문 앞에 섰다. 전등의 불이 들어오기 전에 이 문을 열어본 적 없다. 문을 열어야겠다는 판단조차 한 적 없었다. 하지만 모든 것이 선으로 변해버린 새벽, 로비스는 문을 열어야겠다는 결론에 이른다. 결과에 도달하는 과정이 없었으므로 마음이 있다면 로비스는 이것을 충동이라 불렀으리라. 로비스는 한참 동안 문 앞에 서 있었으나 끝내 문을 열지 않았다. 문을 열고자 했던 충동을, 하지만 결국 열지 않은 그 판단을 로비스에게 마음이 있었다면 로비스는 그것을 직감이라 이야기했을 것이다.

그날 전등엔 두 번 불이 들어왔다. 팔십구 세 노인의 염을 마친 로비스는 오지 않는 모미를 기다리며 어둑어둑한 복도 의자에 한 시간가량 앉아 있다가 돌아온 찰나였다. 틀어놓은 텔레비전에서는 다음날 오전 네시에 다시 우주로 나갈 것이라는 첼의 덤덤한 인터뷰가 흘러나오고 있던 때이기도 했다. 하루에 호출이 두 번 있던 건 오늘이 처음이었다. 로비스는 모미에게 이 사실을 말해주고 싶었다. 모미는 또 웃겠지만, 결국 웃겠지만, 로비스의 이야기를 즐겁게 들어주었을 것이다. 죽지 않았더라면.

로비스는 스테인리스 침대에 누운 채 웃지 않는 모미를 바라보았다. 팔십사 세, 모미. 로비스에게 염을 맡긴다고 본인이 직접 선택했음. 유가족 없음. 방부 처리하지 않고 곧장 화장 예정.

"종일 안 보이어서서 직원이 찾으러 갔는데, 휴게실에서 발견했대. 의자에 앉아서 잠든 듯이."

무영은 그렇게 말하고 한숨을 내뱉으며 영안실을 나갔다. 오후 여섯시 십분. 해가 졌고, 주변은 적막했다. 로비스는 시계와 복도를, 흰 벽과 빈 복도 의자를 번갈아 바라본 뒤에야 라텍스 장갑을 꼈다.

— 모미 님, 마지막 가시는 길 정성을 다하겠습니다.

소독약을 묻힌 솜으로 모미의 몸을 닦는다. 모미의 피부는 부서지던 낙엽 같다. 만지면 바스락거리며 금세 형태를 잃어버리던 창 너머의 붉은 나뭇잎 같아서 힘을 줄 수가 없다. 닦는다는 단어보다 훑는다는 단어가 더 어울리는 행위를 반복한다. 모미의 얇은 눈꺼풀을, 뚫었던 흔적이 남은 귓불을, 손톱보다 도톰하게 올라온 손가락 끝과 푸른 반점이 있는 뱃가죽을 닦는다. 모미의 사인을 모른다. 알 수 없다. 의자에서 잠을 자듯 죽었다는 것이 다였다. 분명 죽음에는 이유가 있을 텐데. 자연사, 병사, 타살 따위의 이유가 있을 것인데 아무도 모미의 죽음을 파헤치지 않고 따지려 하지 않았다. 모미의 몸 역시 살아온 흔적만 남았을 뿐 죽음을 기록해두지 않았다. 그렇기에 로비스는 모미가 죽었다는 사실만 되풀이했다. 수분이 줄어들어 표피와 피하지방층이 얇아진 모미의 피부에는 거뭇거뭇한 반점과 기미들이 복도의 점들처럼 수놓아져 있었고 두껍고 딱딱하며 까맣게 변한 팔꿈치와 무릎은 고사枯死처럼, 퇴적층이 켜켜이 쌓인 절벽 같았다.

다리를 닦던 로비스가 멈췄다. 모미의 오른 다리가 품고 있는 화마火魔의 기억. 새로 자란 여린 살과 형태를 잃어버린 살들이 뒤섞이어 부서지는 파도 같고 생장을 담은 식물의 줄기 같은 그 다리를 보며 로비스는 모미가 뜨거움을 싫어한다는 걸 곱씹었다. 끓는 물도, 사십 도에 육박하는 햇빛도, 화면 속 타오르는 불도 싫어했던 모미가 어떻게 화장을 견디는가. 모든 조직이 불타 한줌의 재로 남는 것은 모미에게 형벌 같았다. 인간은 죽음 이후에도 자신이 선택한 방식으로 죽음의 절차를 밟지 않던가. 모미의 죽음은 아무도 선택해주지 않았다. 모미는 화장을 싫어할 것이다. 모미는 뜨거운 것을 서글퍼할 것이다. 모미는 타오름을 고통스러워할 것이다. 로비스는 그렇게 중얼거렸다.

평균보다 십이 분 십일 초 늦게 소독을 마쳤다. 빗을 들고 모미의 머리를 빗겼고 수의를 입혔다. 그 일을 하는 내내 로비스는 어쩐지 모미가 당장이라도 눈을 뜰 것만 같았다. 왜 이런 예측을 하는지 로비스는 스스로가 이해되지 않았다.

모든 일을 마친 로비스는 이전처럼 이곳을 나가기만 하면 그만인데 그러지 못했다. 움직이지 않았다. 오후 여덟시 십삼 분. 직원은 퇴근했고 모미는 직원이 출근할 때까지 이곳에 덩그러니 누워 있어야 했다. 로비스는 자리를 뜨지 않았다. 무표정한 얼굴의 모미를 보며, 그렇게 하염없이 모미를 보며, 밤 열한시가 되도록 시간이 흐른다는 생각도 없이 죽은 모미의 얼굴을 보고 서 있던 로비스는 모미가 만들었던 나비를 떠올렸다. 땅을 날던 검은 나비. 한때 검은 나비처럼 우주를 날기를 꿈꿨다던 모미의 말.

— 언젠가 우주를 알고, 우주에서 자유로우며, 우주를 누빌 수 있다고 말이야. 하지만 그건 아직 이뤄내지 못했고 오히려 우주를 정복하려 하고. 여전히 우주에서 손짓 한 번 제대로 할 수 없지. 하지만 나는 아직 믿어. 인간은 언젠가 우주를 유영할 거야. 이 나비처럼.

꿈을 꾸던 모미의 얼굴. 우주를 좋아하십니까? 하고 묻자 웃으며, 우주는 차갑다던 모미의 대답.

오후 열한시 오십팔분. 로비스가 자리에서 일어났다. 모미를 데리고 밖으로 나가기 위한 준비를 시작했다. 휠체어를 이용하면 편할 테지만 모미의 몸은 이미 딱딱하게 굳어 굽힐 수 없었으므로, 로비스는 침대에서 떨어지지 않도록 고정용 끈으로 모미의 몸을 침대에 단단히 묶었다. 수의가 보이지 않도록 흰 천을 이불처럼 덮었다. 이제 모미는 정말 잠든 것 같다. 로비스가 영안실 문을 활짝 열었다. 바퀴 고정 장치를 풀고 침대 손잡이를 잡았다. 해가 사라진 복도에는 달빛이 가득했고 로비스는 그렇게 한 발, 침대를 끌며 복도를 빠르게 지나쳤다. 오래된 바퀴에서 녹슨 소리가 났지만 개의치 않았다. 입구에 잠시 멈춰 서서 출입문 잠금장치에 경비원이 눌렀던 여섯 자리 숫자를 눌렀다. 문은 쉽게 열렸다. 로비스는 다시 침대 손잡이를 붙잡았다. 한 번도 나가본 적 없는 건물이었지만 로비스는 망설이지 않았다. 오로지 모미를 불에 태울 수 없다는 마음 하나로.

문밖에는 한 줄의 시멘트 길과 양옆으로 펼쳐진 잔디가 있었고, 시멘트 길의 끝에는 또 다른 문이 있었다. 그리고 경비실이 보였다. 로비스는 시각 렌즈를 확대해 경비실 내부를 살폈다. 경비원은 모자로 얼굴을 가린 채 의자 등받이에 기대어 앉아 있었다. 미동 없는 몸, 느린 숨. 로비스는 경비원이 자고 있다고 판단했다. 침대를 끌고 문밖의 문, 바깥의 문, 로비스와 모미에게 허락되지 않은 문을 향해 달렸다. 그 문을 통과하는 일은 허무할 정도로 쉬웠다.

바깥은 완만한 내리막으로 눈이 쌓인 들판이었다. 도시의 불빛은 저멀리 날벌레처럼 모여 있었다. 바퀴 소리가 졸졸 흐르는 물줄기처럼 로비스와 모미의 여정을 함께했고, 침대를 끌고 가는 로비스의 모습이 달빛의 그림자로 새겨졌다. 모미는 알았을까? 달빛으로도 이토록 선명한 그림자를 만들 수 있다는걸. 참으로 신비로웠다. 그림자 속의 로비스는 기계인지 알 수 없었고 침대에 누운 모미의 모습은 인간의 형상이 아니었다. 그것은 나비와 다를 게 없었다.

숨이 차지 않는 로비스는 멈추지 않고 달렸다. 돌멩이에 걸려 침대가 휘청여도 모미는 단단히 버티고 있었다. 로비스의 목적지는 땅의 진동이 시작되는 지점. 언제나 큰 진동을 일으키는 진원지, 우주로 나갈 수 있는 출발점이자 첼이 있는 곳이었다.

항공우주군 기지는 로비스의 신장보다 높은 철조망으로 둘러싸여 있었고 철조망에는 그것을 타고 자란 식물의 줄기가 얽혀 있었다. 그리고 그 너머는 허허벌판이었다. 로비스는 무릎을 꿇고 앉아 땅에 손을 짚었다. 그렇게 몇 분. 곧 땅에서 미세한 진동이 느껴졌고 그 진동은 영안실에서보다 크고 강했다. 이곳이 맞다. 허허벌판처럼 보이지만 이 벌판을 가로지르면 그 너머 어딘가에 우주로 갈 수 있는 비행체가 있을 것이다. 철조망에는 '고압 전류'라고 쓰인 안내판이 붙어 있었지만 모든 철조망에 전류가 흐르는 건 아니었다. 연속적으로 붙여진 직사각형 철조망 중 진짜 전류가 흐르는 것은 네 개 중의 하나 꼴. 나쁘지 않은 확률이지만 잘못 선택해 전류가 흐르는 철조망을 잡는다면 생명을 잃거나 신체 일부를 못 쓰게 될 수도 있으므로 별 목적 없이 도전할 만한 가치는 되지 못했다. 하지만 로비스는 목적이 확실했고, 어떤 철조망에 전류가 흐르는지 감지할 수 있었다. 로비스는 전류가 흐르지 않는 철조망을 손으로 움켜쥐고 철사를 하나씩 끊어냈다. 시간이 오래 걸리는 작업이었지만 끝내 모미가 지나갈 수 있을 정도의 커다란 구멍을 만들었다. 철조망 너머부터는 흙길이었다. 로비스는 흙에 바퀴가 박혀 모미가 떨어지지 않도록 조심히 침대를 끌었다.

감시대의 불빛이 땅을 훑었다. 로비스는 불빛이 이동하는 패턴을 파악해 어둠 속에서 은밀히 움직였다. 아무것도 보이지 않는 벌판에서 조금씩 탱크와 기지 내부를 돌아다니는 전차 따위가 보이기 시작했고 곧 천막과 컨테이너로 만들어진 임시 건물들도 모습을 드러냈다.

지나가는 인간들.

점점 소란스러워지는 소음들. 로비스는 자신의 청각 장치의 기능을 최대로 키웠다. 어려운 작업은 아니었다. 이전에 한번 무영이 로비스의 귓바퀴 부근의 버튼을 눌러 소리 감지의 폭을 늘렸던 경험을 기억해두었을 뿐이다. 로비스는 숱한 소음 속에서 첼의 목소리를 찾는다. 떠들고, 욕하고, 화를 내고, 애원하고, 쏟아내는 하품 속에서 땅으로 꺼지는 깊은 한숨이 들려왔다.

첼이 지내는 컨테이너는 동떨어져 있었다. 인간이 다니지 않는 한산한 곳이었다. 로비스는 모미를 잠시 어둠에 세워두고 첼의 컨테이너로 다가갔다. 인간에게 부탁하려면 설득의 과정을 거쳐야 했다. 들어줄 수 있도록, 이해가 되도록, 해주고 싶도록. 하지만 기계의 부탁을 들어주고 이해하고 위해주는 인간이 존재하던가. 없을 것이다. 기계를 이해하기 위해서는 인간이 인간을, 다른 생명체를 완전히 이해하는 단계를 거쳐야만 가능했고 그런 면에서 인간은 아직 첫 번째 단계조차 넘지 못했다.

그래서 로비스는 컨테이너 문을 열며 단도직입적으로 말한다.

"우리를 우주로 데려가주십시오."

다행히 번지수를 맞게 찾았다.

"그 부탁을 하기 위해 찾아왔습니다."

로비스는 이제 첼의 얼굴에 새겨진 문신이 무엇인지 얼추알 것 같았다. 철조망을 타고 자랐던 식물의 줄기. 살기 위해뻗은 무규칙성을 닮았다.

첼은 로비스의 말을 흔쾌히 승낙하지는 않았지만, 그렇다고 내쫓거나 신고하지 않고 로비스와 모미를 컨테이너 안으로 초대했다.

첼은 모미를 위해 짧은 기도를 올린 뒤 로비스에게 물었다.

"그건 이 할머니의 부탁이었나?"

"아닙니다."

그럼 누구의 부탁이냐고 묻는 눈빛.

"저의 판단이고, 저의 부탁입니다."

이해가 가지 않는다는 표정.

"모미는 아홉 살 때 화상을 입어 덥고, 뜨겁고, 붉고, 타오르는 것들을 싫어합니다. 모미는 오늘 새벽 휴게실 의자에 앉은 채 숨을 거두었고 이는 모미가 자신의 죽음을 알아차리지 못했음을 의미합니다. 모미가 죽음을 인지했더라면 화장이 아닌 매장을 선택했을 것입니다. 하지만 모미는 선택하지 못했고, 모미에게는 모미의 장례를 선택해줄 유가족도 없기에 남은 선택지가 화장뿐입니다. 모미는 불을 싫어합니다. 저는 모미를 불속에 넣고 싶지 않습니다. 태우고 싶지 않습니다."

흥미롭다는 반응.

"그게 다 너의 판단이라고?"

"네."

"왜 그런 판단을 했지?"

로비스는 자신이 했던 말이 대답이 될 수 없다는 사실에 당황스럽다. 동시에 마땅한 답이 떠오르지 않는다. 첼이 묻는 건 더 깊은 이유다. 이곳에 온 이유가 아니라 로비스가 뱉은 말들의 이유.

로비스는 오래도록 고민했다. 그사이 첼은 시간을 확인했고 가방에 장비들을 챙기기 시작했다. 로비스는 첼이 자신들을 두고 갈 확률을 계산했다. 현재로선 첼이 자신들을 데리고 갈 이유가 없었다. 조금도.

"마음이 하는 일. 몸이 그것을 따랐을 뿐입니다."

첼이 행동을 멈추고 로비스를 바라봤다.

"거부할 수가 없어서. 몸은, 거부할 수가 없으니까. 마음이 시키면."

첼은 웃기다는 식으로 웃었고, 따라오라고 말했다.

로비스는 모미를 끌고 첼을 따라갔다. 첼은 마주치는 인간들에게 자신이 이번에 산 보조 안드로이드라고 소개했다. 인간들은 로비스를 힐끔 쳐다보고 로비스가 끌고 가는 침대도 쳐다봤지만 곧 흥미 없다는 듯 시선을 돌렸다. 첼의 컨테이너에서 우주선까지는 꼬박 이십 분을 걸어야 도착할 수 있었다. 첼이 우주선 출입구를 열어 먼저 올라가라는 듯 자리를 비켰다. 로비스는 마지막으로 확인했다.

"정말로 우리를 데려가주시는 겁니까?"

"마음 바뀌기 전까지는."

로비스는 첼의 마음이 바뀌기 전에 얼른 우주선에 탑승했다.

모미의 침대가 흔들리지 않도록 고정 장치로 침대를 꼼꼼하게 묶고, 로비스는 첼의 옆자리에 앉았다. 우주복을 입은 첼은 능숙하게 장치를 만졌다.

"지금이라도 내리고 싶다면 말해."

"지금이라도 생각이 바뀌셨다면 말해주십시오."

"말하면 내릴 건가?"

"출발해주셨으면 좋겠습니다."

로비스는 우주선 엔진이 점화되던 순간 물었다.

"그런데 왜 태워주신 겁니까?"

첼은 우주복 헬멧을 내리며 대답했다.

"고마워서."

로비스는 안정적인 궤도에 들어설 때까지 모미를 바라보았다. 모미의 몸이 선체를 따라 덜컹덜컹 흔들렸는데, 그게 꼭 춤을 추는 것처럼 보였고 로비스는 그 모습에서 눈을 뗄 수 없었다.

우주선은 달이 잘 보이는 곳에 멈췄다. 첼은 알루미늄으로 코팅된 특수 섬유를 꺼내 모미의 몸에 둘렀다. 풀어지지 않도록 끈으로 돌돌 묶으며 오래는 아니더라도 우주여행을 할 정도로는 몸을 지켜줄 거라 말했다. 로비스가 추측하기로 그것은 우주에서 죽음을 맞는 이들을 위한 일종의 관이었다.

첼은 우주복을 갖춘 뒤 우주선 후미를 열었다. 우주선 안의 모든 것들이 끈에 매달려 떠올랐고 로비스의 몸도, 모미의 몸과 침대도 함께 떠올랐다. 로비스가 끈을 풀고, 손을 놓았다. 로비스의 손에서 끈이 빠져나갔다. 모미의 몸이 조금씩 우주선 밖으로, 끝이 없는 공간으로, 멈춰 세우지 않는 한 무한히 흘러가는 저 아득한 곳으로 나아갔다.

"동생의 가장 두꺼웠던 피부를 종종 생각해. 생각해보니 어렸을 때 내가 그 애의 손바닥 아래에 그림을 그리며 놀았더라고. 잊고 있었는데 그게 떠올랐어."

로비스는 모미에게서 시선을 떼지 않고 첼의 말을 들었다.

"그 애는 곳곳에 떠도는 자신의 몸을 싫어했고, 힘들어했고 끝내 그 몸을 스스로 없애고야 말았는데 나는 아직도 그 몸을 사랑해. 통통하고 부드러웠던 손바닥은 정말 사랑스러워, 여전히."

"다행입니다."

이제 모미의 발까지 전부 우주선을 빠져나갔다. 지금 잡지 않으면 모미는 손을 뻗어도 잡을 수 없는 영역으로 진입한다. 로비스는 복도 의자에 앉아 이야기를 나누었던 모미의 얼굴을 떠올렸다. 첼이 자리를 피했다. 로비스는 그 행동이 마지막 인사를 하라는 인간의 몸짓언어임을 안다. 홀로 남은 로비스가 모미에게 마지막 인사를 건넸다.

— 즐거웠습니다, 안녕히 가십시오.

로비스가 첼과 함께 다시 지구로 돌아왔을 때 항공우주군 기지는 로비스를 기다리는 인간들로 북적였다. 그들은 로비스가 인간의 시체를 훔쳐갔다는 것을 알고 있었고 로비스를 폐기해야 한다고 주장했지만 로비스의 입장을 들어야 한다고 주장한 건 무영이었다. 무영은 그들에게 말했다. 로비스와 모미는 친구였고, 로비스는 죽음을 체감하는 기계라고. 하지만 안타깝게도 로비스는 무영이 말하는 죽음의 체감이 무엇인지 몰랐으며 인간의 시체를 훔쳤다는 죄목에서 벗어날 수 없었으나 첼의 증언이 로비스가 장의사로서 일을 계속할 수 있도록 해주는 단초가 되었다. 그 이후에도 로비스를 거쳐간 유가족들의 입장이 이곳저곳에 공개되며 폐기를 앞두고 있던 로비스는 장의사 안드로이드로서 더 오랜 시간 일을 할 수 있게 되었다. 세간의 관심이 기계와 죽음에, 기계가 주는 위로에, 인간의 죽음과 삶에 집중되었고 숱한 말들이 얹어졌다. 로비스는 짧은 기간 동안 지구에서 가장 유명한 기계가 되었다. 모미가 고요히 우주를 떠도는 도중에도. 많은 이들이 로비스를 찾을 줄 알았으나 그후로 팔십 년 넘게 일을 하는 동안 로비스를 찾는 손님의 수는 그전과 크게 다르지 않았다. 로비스의 하루 역시 다를 게 없었다. 로비스는 원래 있던 공간으로 돌아와 전등에 불이 켜지면 밖으로 나갔고 낯선 시체를 만났으며 직사각형 창문으로 계절을 체감했다. 그리고 염이 끝나면 언제나 그렇듯 의자에 앉았다. 이제는 그곳에서 만나는 이가 아무도 없었음에도 늘 앉았다. 앉아서, 무언가를 생각하는 것 같기도 하고 아닌 것 같기도 한 시간을 보냈다. 그러는 동안 로비스는 무영의 시체와 첼의 시체를 염했고 자주 모미의 위치를 떠올렸다. 모미가 아직 달 근처에도 가지 못했음을, 모미가 지금 달의 분화구를 구경중이라는 것을, 모미가 화성에 머물다 목성의 소용돌이를 보고 토성의 고리와 수평을 이루고 있다는 것을 생각했다. 그리고 어느 겨울, 호출을 받고도 무릎이 녹슬어 일어나지 못하게 된 순간 로비스의 존재 가치는 완전히 사라졌다. 로비스는 폐기가 확정되었다.

로비스의 전원을 끄기 직전, 로비스는 모미가 이제 성간우주에 돌입했다는 계산을 해냈다. 그리고 그 순간 로비스는 이제 죽음이 무엇인지 깨닫는다. 죽음이란 모두 같은 모습을 하고 있지만 모두에게 다르며, 볼 수 없는 존재의 삶을 끊임없이 보고 있는 뼈의 아름다움과 같은 것이로구나.

# 남은 사랑을 볼 수 있다면

♥

김겨울

여러 작가의 소설을 모아놓은 앤솔러지를 읽을 때 독자가 기대하는 것은 두 가지다. 각 작가의 소설이 비슷한 정도로 재미있을 것, 동시에 각자의 서로 다른 스타일을 즐길 수 있을 것.『내게 남은 사랑을 드릴게요』는 다섯 작가의 작품이 각기 다른 매력을 가지고 있어 독자를 즐겁게 한다. 더하여 이 소설들이 장르 소설의 터치를 가미하고 있다는 점도 감상 포인트가 될 수 있을 것이다.

**SF의 폭**

SF는 이미 오랜 시간 사랑받아온 장르인 만큼 그 세부 장르 역시 확고하게 정립되어왔다. 시간을 뛰어넘는 타임 슬립이나 루프를 다루는 소설, 인간과 비슷한 로봇이 등장하는 소설, 비슷한 맥락에서 인간 복제를 다루는 소설, 외계인과의 접촉을 다루는 소설, 우주를 탐험하고 새로운 세계를 발견하는 소설, 인간과는 다른 존재가 사건을 경험하는 소설, (SF를 사변 소설이라고 봤을 때) 대체 역사를 전개해보는 소설 등 그 종류는 다양하다. 장르 작가는 이러한 세부 장르를 선택하여 장르의 규칙을 지키되 나름의 방식으로 새로운 이야기를 만들어나간다. 반복—장르에 충실한 독자가 읽었을 때 대번에 어떤 세부 장르인지 알 수 있다—과 변주—그러나 뻔하게 전개되기를 기대하지는 않는다—를 통해 장르의 규칙은 재확인되고 동시에 장르의 경계는 확장된다.

때문에 'SF란 무엇인가?'라는 오래된(또는 해묵은) 질문은 계속된 장르의 확장을 통해 '무엇이 SF인가?'라는 질문으로 변화해왔다. 『과학 소설 연구Science Fiction Studies』의 편집장 세릴 빈트는 SF라는 장르가 태생적으로 팬과 편집자들의 투쟁의 장소였으며, 작가, 독자, 팬을 아우르는 실천 공동체의 산물이 되어왔다고 말한다.[1] 그런 의미에서의 SF는 쓰고자 하는 사람과 읽고자 하는 사람의 유연한 공동체라고 할 수 있다.

좋은 SF소설을 선별하여 주기적으로 선보이는 SF 잡지의

---

1 세릴 빈트, 『에스에프 에스프리』, 전행선 옮김, 아르테, 2019.

전통이 단단히 자리잡고 있는 영미권과는 다르게 한국에서 SF는 최근에야 기성 문단의 주목을 받고 있는 것으로 보인다. 국문학이나 문예 창작을 배워 특정한 방식의 글쓰기를 훈련받은 뒤 신춘문예나 문학상을 통해 등단하는 전통적인 방식으로 글을 써온 작가들도 SF 소설, 크게는 장르 소설이라는 새로운 가능성을 바라보기 시작한 것이다. 그러한 과정에서 장르에 대한 오해가 생기거나 팬들의 불만이 드러날 수도 있지만, 위에서 서술한 바와 같이 장르가 '실천 공동체'로서 계속해서 발전해나가는 것이라면, 이러한 새로운 시도가 모여 장르 소설은 더욱 풍요로워질 수 있을 것이다.

『내게 남은 사랑을 드릴게요』의 수록작들은 기본적으로 SF 장르를 전제하고 있지만 과학적 설정이 차지하는 비중은 작품에 따라 차이를 보인다. 「내게 남은 사랑을 드릴게요」와 「폴터가이스트」는 문단 문학의 문법에 가깝게 이야기를 풀어내고 있다면 「수브다니의 여름휴가」와 「뼈의 기록」이 전통적인 SF의 문법에 가깝고, 「미림 한 스푼」은 둘 사이를 오가고 있는 것으로 보인다.

「내게 남은 사랑을 드릴게요」는 주인공 수진과 절친한 친구 영인의 거래에서 시작된다. 이들이 거래하고 있는 것은 다름 아닌 '파트너에 대한 사랑'이라는 감정으로, 영인은 외도를 했던 남편 고민후를 다시 사랑하여 행복한 가정을 이뤄보려는 목표로 수진에게서 사랑을 전이받으려 한다. 성재와 헤어진 후 수진은 성재에게 남은 사랑이 고통스럽기만 하고, 반려묘 순대를 위한 치료비 역시 벌어야 했기에 영인의 제안을 받아들인다. 수진은 병원에서 무사히 영인에게 감정을 전이한다. 고민후는 이 거래가 마뜩잖지만, 당사자인 수진과 영인은 결과가 만족스럽다. 영인은 수진의 부작용을 해결하기 위해 새로운 남자 영욱을 소개해주고, 영욱이 알고 보니 이미 여러 번 감정전이를 했다는 사실이 밝혀지며 소설은 마무리된다. 소설에서 사랑이라는 추상적 감정을 추출하여 타인에게 옮기는 방식은 해당 감정에 집중하여 숨을 통해 기체화하는 것이다. 기체화된 감정을 증폭하여 전이관에서 수령자에게 옮긴다는 장르적 설정이다.

「폴터가이스트」는 학교에서 친구들로부터 따돌림을 당하고 있는 김세인이 정현수와 친해지면서 벌어지는 이야기다. 김세인은 남들이 듣지 못하는 소리를 혼자만 듣고 있는데, 이것 때문에 세인의 부모는 세인을 데리고 무당이며 병원이며 찾아가보았지만 세인은 그러한 노력이 의미 없다고 느낀다. 모든 문제를 세인이 어렸을 때 당한 건물 붕괴 사고에 환원하려는 시도가 지겹다. 학교에서도 집에서도 혼자인 세인에게 현수가 다가오고, 둘은 다른 친구들의 눈은 아랑곳하지 않고 조금씩 친해진다. 그러던 중 사람들이 점점 이상한 소리를 듣다 사고가 나는 사건이 발생하고, 현수가 다니는 수영장에 정체를 알수 없는 거대한 검은 구가 출현한다. 이야기는 세인이 구의 소리에 홀린 현수를 구하며 마무리된다. 소설에서 의문의 구체가 무엇인지는 정확히 해명되지 않지만, 마지막 장면에서 현수는 이 구체에 대해 "저 까만 건 외계에서 온 거 같아. 지구를 지배하러 온 거 아닐까?"(120쪽)라고 말하고, 세인 역시 이 가설이 그럴듯하다고 생각한다. 사실상 암시에 가까운 대사지만 SF적인 후일담을 기대하게 한다.

「수브다니의 여름휴가」는 앞선 두 소설에서 전통적인 의미에서의 SF로의 확실한 전환을 보여준다. 주인공인 '나'가 도영 언니에게 남긴 메시지로 시작하는 소설은, 첫 파트에서부터 '인공피부'라는 소재를 통해 이 소설이 SF 소설이 될 것임을 선언한다. '나'는 인공장기 배양 회사에서 일하다가 안구에 대한 공포 때문에 바이오해킹, 즉 신체 개조를 하는 '솜솜 피부 관리숍'으로 이직한다. 원하는 스타일의 피부를 만들어주는 이곳에 수브다니라는 손님이 지속적으로 찾아와 금속 피부를 만들어달라고 하고, 계속 이를 거절하던 사장은 수브다니가 원래 안드로이드였다는 사실을 안 후 이를 수락하게 된다. 알고 보니 수브다니는 예술계에서 화제가 되었던 수안 최라는 안드로이드였는데, 남상아라는 아티스트와의 협업, 반인간화, 결혼, 이혼 등으로 회자되었던 것이었다. 수브다니는 죽은 남상아의 작품을 훔쳐 금속이 된 자신의 피부에 덧붙이고, 자유로이 휴가를 떠나 자신이 바라던 대로 바닷물에 녹슬어간다. 안드로이드 아티스트와 바이오해킹이라는 소재를 사용했을 뿐만 아니라 이 소재에서 출발하는 문제, 즉 안드로이드와 인간의 구별 문제, 신체와 기술의 결합 문제 등이 이 소설 전체의 주제로 확장되고 있다.

「미림 한 스푼」은 두 이야기가 교차되며 진행된다. 큰 서바이벌과 작은 서바이벌이 벌어지고 있다. 큰 서바이벌은 갑자기 집밖에서 기화되어 사라지는 사람들에서 시작된다. 알고 보니 태양계의 기피 장소가 된 지구를 더이상 그대로 둘 수 없기 때문에 일 개월간의 서바이벌 후 운영을 종료하려 하는 외계인 솜새끼가 벌인 일이었고, 하필 한국을 찾아온 솜새끼는 작가 열 명을 모아 각자 인간의 종말 시나리오를 써내도록 한다. 작은 서바이벌은 주경의 필사적인 생존 문제다. 빌라의 꼭대기 층에 사는 주경은 매일같이 가정 폭력에 시달리고 있다. 솜새끼 때문에 밖에 나갈 수 없게 된 상황에서 주경은 꼼짝없이 가정 폭력에 노출되지만, 지하에 사는 미림에게 찾아가 잠시간의 안도를 얻는다. 큰 서바이벌을 가벼운 터치로, 작은 서바이벌을 비교적 무거운 터치로 그려내고 있는 소설은 외계인의 지구 침략이라는 소재와 개인의 구원 서사를 연결하고 있다.

「뼈의 기록」은 장의사 로봇 로비스의 이야기다. 안드로이드 로비스는 상사인 무영, 청소부인 모미와 함께 일하며 시체를 염하는 작업을 하고 있다. 무연고의 노인, 항공우주군 대위 첼의 동생, 열한 살에 교통사고를 당한 서채호, 마지막으로 동료 모미가 로비스의 손님들이다. 로비스는 매 손님을 깍듯하게 모시며 정성을 다해 염한다. 로비스는 첫 노인의 등에 새겨져 있던 나비를 통해 모미에게 아름다움을 배우고, 첼에게는 그녀의 동생만이 가지고 있었던 뼈에 대해 이야기해준다. 서채호의 부모에게는 로봇보다 강했던 서채호의 몸에 대해 이야기해주고, 모미가 생전에 불을 싫어했던 것을 기억하고 첼에게 데려가 우주로 떠나보낸다. 로비스는 안드로이드이기에 모든 사태와 개념을 액면 그대로 받아들이지만 오히려 그렇기에 사람보다 죽음을 더 잘 이해하고 있는 것처럼 보인다. 안드로이드는 자신도 모르는 사이에 죽은 사람(혹은 남은 유족)을 구원한다.

## 보이지 않는 것을 만지는 사람들

첫 세 작품인 「내게 남은 사랑을 드릴게요」 「폴터가이스트」 「수브다니의 여름휴가」에서 공통적으로 드러나는 특징이 있다면 SF적 요소를 선택함에 있어 물질성을 중요한 계기로 삼고 있다는 점이다. 각 작품에서는 손으로 만질 수 없는 것, 눈에 보이지 않는 것이 물질화하여 등장한다.

「내게 남은 사랑을 드릴게요」에는 특정 감정을 담고 있는 기체가 등장한다. 이 기체는 심층 조사지에 대한 답을 집중하여 작성하고 나서 컵에 숨을 불어넣으면 활성화된다. 활성화된 기체를 증폭하면 손으로 만질 수 있을 정도가 되는데, 이것은 말 그대로 '만질 수 있는 사랑'이다.

> 직원이 상자의 뚜껑을 열었다. 기체라더니, 신기하게도 뚜껑을 열었는데도 그것은 새어나오지 않고 분홍빛 구름처럼 상자 안에 둥둥 떠 있었다. 서로 눈을 한 번 마주본 뒤, 우리는 시키는 대로 조심스럽게 손을 집어넣었다. 따뜻했고 부드러웠다. 체온보다 사오 도 높은 정도일까, 적당히 기분 좋은 온도에다 꼭 베개 솜 안에 손을 쑥 집어넣은 듯 몽글몽글한 촉감이 나쁘지 않았다. (33쪽)

색깔마저도 진분홍색인 이 '사랑 기체'는 전이관 안에서 숨을 통해 전달된다. 천천히 심호흡을 하는 동안 기체는 다시 타인의 몸으로 들어가 손에 잡히지 않는 감정이 된다. 사랑은 완벽하게 작동하고, 완벽하게 작동하기에 민후를 불편하게 한다.

「폴터가이스트」에서는 듣고 싶지 않은 소리를 들려주는 블랙홀 같은 구체가 등장한다. 이 구체는 등장인물들의 짐작에 따르면 "미래보다 과거를 생각하게" 하고, "주변 사람들의 목소리를 흉내내서 죄의식이 뚜렷한 기억을 조작해 내면을 깨뜨리려는"(118쪽) 존재다. 말하자면 죄책감을 물질화한 것이다.

정현수는 새까만 동그라미를 앞에 두고 가만히 서 있었다. 커다랗고 까만 구체가 물 위에 떠 있었다. 이 구가 폭력적으로 풀을 점령한 것 같았다. 레인이 다 터져 후르츠링처럼 둥둥 떠다녔다. 나와 정현수가 헤비메탈을 들으며 몰래 대화했던 장소 위에 누군가 블랙홀을 합성한 것 같았다.
구가 말을 하거나 소리를 내거나 특정 패턴의 움직임을 보인 것은 아니지만, 이 구가 나와 정현수를 동시에 쳐다보고 있다고 확신했다. 무한한 압박감이 머리를 짓눌렀다. 이만큼 커다란 존재는 동물원의 코끼리 말고 처음 봐서, 헛것을 보는 것 같았다.(116쪽)

이 구체의 유혹에는 세인만이 면역을 가지고 있기에, 세인이 현수를 통해 자기 주체성을 찾아가는 결정적인 계기가 된다. 어렸을 때 당한 사고로 남들이 자신을 사이코패스라고 불러도 죄책감에 짓눌려 반박하지 못했던 세인은 이제 죄책감이라는 구체로부터 현수를 구하는 사람이 된 것이다. 오히려 너무 큰 죄책감을 가지고 살아왔기 때문에 그럴 수 있지 않았을까, 세인은 생각한다. "내가 지금껏 들은 소리도 피아노 학원에서 보낸 생일날과 닮은 구석이 있었다. 단지 그게 하나하나 잘 기억나지 않아서, 저 동그란 존재들이 나에겐 어떻게 할 수 없었을 것이다."(121쪽)

「수브다니의 여름휴가」에서는 사람의 본질을 형상화한 매개체로서의 피부가 등장한다. '솜솜 피부 관리숍'의 홍보 문구인 "재료와 표면, 인간 본질의 상호 관계를 탐구함"(129쪽)에서부터 이러한 점이 명시적으로 드러나고 있다.

사장은 이런 생각에 도달했죠. 인간의 재료가 달라진다면 인간과 세계의 상호작용도 바뀌지 않을까? 우리가 매끈한 가죽과 살을 가진 존재가 아니라 까끌까끌한 털로 뒤덮인 존재라면, 혹은 석고처럼 단단해 보이지만 잘 부스러지는 존재라면? 인간의 부드럽고 말랑말랑하고 매끈한 피부는 인간의 본질에 얼마나 많은 영향을 미치고 있을까?(131쪽)

인간의 본질이란 매우 추상적인 개념이기에 그만큼 상상하기도 어렵다. 그러나 이것을 인간의 피부에 연결시키는 순간 물음은 구체적이고 흥미로워진다. 주인공은 어렸을 때 인형이 되는 것이 꿈이었다고 고백하면서 인형의 특성들을 가지고 싶었다고 말한다. 여기서 인형의 특성이란 "보송보송한 몸으로 살아간다는" 것, "옆이 터져서 솜이 흘러나와도 그다지 아프지 않아 보"이는 것, "때가 까맣게 타도 더럽지 않고 포근해 보"(168쪽)이는 것, 즉 인형의 몸으로서의 특성이다.

추상적인 개념을 눈에 보이는 물질로 형상화하면 해당 물질을 변형하거나 제거함으로써, 등장인물의 정체성에 결정적인 영향을 미치는 감정이나 생각을 조정할 수 있게 되는 효과가 있다. 분홍 기체도, 검은 구도, 커스터마이징된 피부도 변형됨으로써 인물의 속성이 바뀌는 결정적 계기가 된다. 그렇다면 우리의 정체성은 분리 가능하고 추출 가능하며 변형 가능한가? SF의 오래된 질문이 여기에 깔려 있다.

## 손 내미는 사람들

한편으로 여러 작품에서 타인을 구하기 위해 손 내미는 인물들이 등장한다. 「폴터가이스트」에는 따돌림당하는 세인에게 아랑곳하지 않고 다가가는 현수가 있고, 「미림 한 스푼」에는 가정 폭력을 당하는 주경을 구하러 올라가는 미림이 있고, 「뼈의 기록」에는 유족을 위로하고 함께 일한 모미를 위해 위험을 감수하는 로비스가 있다. 이들은 공통적으로 다른 인물을 자신의 공간에 들이고, 이야기를 듣고, 자신이 할 수 있는 일을 한다. 이들은 고통받는 타인에게 관용과 위로를 건네는 정도에서 그치지 않고 직접 행동에 나선다.

「폴터가이스트」의 현수는 이유를 모르게 살갑다. 현수는 아무도 모르는 세인의 생일을 축하한다. 혼자 시간을 보내는 세인에게 산책을 하자고 권한다. 조퇴한 세인에게 무슨 일이 있었는지 물어본다. 모두가 이상하다고 생각하는 세인의 증상을 진지하게 듣는다. 나름의 방법으로 위로한다. "우정의 담화는 기원의 담화이다. 그것은 욕망, 요청, 약속, 그리고 기도이다. (……) "우정은 결코 현재 안에 주어진 것이 아니다. 그것은 기다림, 약속, 또는 헌신의 경험이다."(Derrida, 1988b; 635)"[2] 손 내미는 현수와 그 손을 잡는 세인 사이에 요청과 약속과 헌신이 오감으로써 세인은 유령이 아닌 사람이 된다. 소설의 제목 '폴터가이스트'는 이유 없이 들려오는 불쾌한 소리를 일컫는 용어지만, 글자 그대로 해석하면 '시끄러운 유령'이다. 세인은 그동안 주변을 시끄럽게 만드는 유령으로 학교를 배회했으나, 현수를 만나면서 드디어 자기를 찾은 인간이 된다.

「미림 한 스푼」의 미림은 자신의 내밀한 공간, 최후의 공간이라고 할 수 있는 집에 주경을 들인다. 도망쳐온 주경을 기꺼

---

2  김애령, 『듣기의 윤리』, 봄날의박씨, 2020.

이 받아들인 미림의 행동은 환대라고 부르기에 모자람이 없다. 직접적으로는 미림 자신에게 비슷한 과거가 있었기에 주저 없이 그런 선택을 할 수 있었겠지만, 상징적으로 보았을 때 미림의 직업은 번역가다. 번역가는 듣고 옮기는 사람, 남과 나 사이를 오가는 사람이다. "폴 리쾨르는 생전의 마지막 저서인 『번역론』(2004)에서 번역을 "언어의 손님맞이"(ST, 43)라고 정의했다. (……) 언어의 손님맞이란, 언어가 언어를 손님으로 맞이해서 언어로 환대하는 언어의 놀이이다."[3] 멸망을 앞둔 세상에서 미림의 손님에 대한 환대는 사랑으로 발전하고, 소설의 결말은 둘에게 호의적인 방향으로 활짝 열려 있다.

「뼈의 기록」에서 안드로이드 로비스는 함께 일하던 모미가 죽자 최선을 다해 염하고, 절차대로 화장을 하는 대신 자신이 떠올릴 수 있는 최선의 대안을 택한다. 로비스는 인간이 가지고 있는 오염의 개념[4]을 공감하지 못하는 로봇이다. 대신 인간을 더 큰 자연의 일부로, 또 살아 있는 생명 자체로 바라봄으로써 존중의 근거를 가져온다. 그렇기에 로비스는 유가족들에게 순전하게 생물학적이면서도 위로가 되는 이야기들을 건넬 수 있었던 것이다. 피부 아래 자기만의 방식으로 뒤 틀렸을 뼈, 살아 있는 동안 하루에도 수억 개의 세포들이 움직였을

---

3   이기언, 『해석학』, 그린비, 2021.

4   오염과 위생의 개념은 혐오 문제나 인간의 존엄성 개념과도 연결되어 있다.

몸, 그리고 끓는 물도 햇빛도 싫어했던 모미의 몸. 로비스는 죽은 모미의 몸도 모미라는 것을 믿는다. 그렇기에 "염을 행하는 안드로이드가 가져야 할 가장 기본적인 태도"로서 모미를 "헤아리"(237쪽)려 한다.

우정과 환대와 헤아림이라는 '손 내밀기'는 이 작품을 읽는 독자에게도 하나의 '손 내밀기'로 다가온다. 그것은 이 세 가지의 마음이 수동적이거나 관용적인 태도를 넘어 적극적인 행동으로 표현되어 있기 때문일 것이다. 어쩌면 우정도 환대도 헤아림도 이들의 마음을 가리키는 데에는 부족한 단어일지도 모른다. 그렇다면 어떤 단어가 좋을까. '사랑' 말고는, 대체할 단어가 없을 것이다.

자이언트 픽

# 내게 남은 사랑을 드릴게요

ⓒ 이유리 · 김서해 · 김초엽 · 설재인 · 천선란

| | |
|---|---|
| **1판 1쇄** | 2023년 1월 12일 |
| **1판 4쇄** | 2024년 12월 16일 |

| | |
|---|---|
| **지은이** | 이유리 김서해 김초엽 설재인 천선란 |
| **펴낸이** | 지영주 |
| **편 집** | 황예인 한수림 |
| **표지 디자인** | permanent ink |
| **본문 디자인** | *Desig* 신정난 |
| **마케팅** | 최기현 김채린 한주회 정지혜 |
| **경영 지원** | 정의정 |

| | |
|---|---|
| **펴낸 곳** | ㈜자이언트북스 |
| **출판 등록** | 2019년 5월 10일 제2019-000085호 |
| **주소** | 경기도 고양시 덕양구 덕은1로 5 2층 |
| **전화** | 070-7770-8838 |
| **팩스** | 02-3158-5321 |
| **홈페이지** | www.giantbooks.co.kr |
| **전자우편** | books@giantbooks.co.kr |
| **인스타그램** | https://www.instagram.com/giantbooks_official/ |

**ISBN**     979-11-91824-19-3 (03810)